KB041170

level.18

세계가 나를
싫어한다

주몬지 아오

일러스트 시라이 에이리

# Grimgar of
# Fantasy and Ash

Presented by Ao jyumonji / Illustration by Eiri shirai

Level. Eighteen

'철혈왕국'은 쿠로가네 산맥 안에 있다.
그 실태는. 수백. 수천 개의. 가로세로로 나 있는 갱도였다.

출입구 중 하나가 서쪽 경사면 중턱에 있고.
계곡을 지나 저습지를 올라가. 바윗덩어리 틈새를
기어서 빠져나가야만 도달할 수 있다—.

"여기가 철혈왕국—"

"하루."

어쩌면
그녀는 울지 않으려고 애썼는지도 모른다.
하지만, 눈물은 멈추지 않았다.

세계가 나를 싫어한다

# 재와 환상의 그림갈 level. 18

주몬지 아오

변경군 병사 닉은 전날 오후 10시부터 오르타나 북문의 망루에서 보초 임무를 맡고 있었다. 최초의 시각 종이 울리는 다음 날 아침 오전 6시까지의, 말하자면 심야 당번이다.

북문 망루에는 지붕이 없다. 27세인 닉은 중키에 중간 체격이지만, 망루의 흉벽은 그의 가슴 위치까지 오는 높이다. 그 위에서 얼굴을 내밀고 오르타나를 지키는 방벽 밖으로 눈을 빛낸다. 거의 실외나 다름없다. 바람이 차가워서 유난히 춥게 느껴진다. 게다가 이날은 새벽부터 짙은 안개가 끼어 있었다.

"진짜 운도 없네."

닉은 중얼거리면서 장갑을 낀 손으로 얼굴을 비볐다. 화톳불 옆에 서서 불을 쬐고 있지만 아까부터 콧물이 멎지 않는다.

"왜 이렇게 추운 거야? 안개 때문에 제대로 보이지도 않고…."

"그렇게 투덜대지 마."

옆에서 동갑인 동료 차드가 웃는다.

"이제 곧 동이 트겠지. 그럼 바로 교대야. 조금만 더 참으면 되잖아."

닉은 곁눈으로 오랜 친구인 동료를 노려보았다.

"어이, 차드."

"엉?"

차드는 가죽 물통에 입을 대고 벌컥 내용물을 마셨다.

"왜? 닉."

"계속 궁금했는데 말이야."

"어."

차드는 느긋하게 대답하며 어깻짓을 해 보인다.

"그래서, 뭔데? 말해봐."

"그 물통 말이야."

말하자마자 닉은 차드의 손에서 가죽 물통을 낚아챘다.

"앗, 야, 이 바보가."

차드는 발끈하며 닉에게서 가죽 물통을 도로 빼앗으려고 한다.

"시끄러워. 누구더러 바보라는 거야? 바보."

그렇게 대꾸하면서 닉은 차드의 두 손을 자기 팔로 막고, 가죽 물통 입구에 코를 갖다 댔다.

강하진 않았지만 물씬 냄새가 나는 것이 있었다.

"역시 술이잖아."

"아니, 그게 아니라…."

차드는 갑자기 구슬리는 목소리가 되었다.

"바, 바보네, 닉. 야, 그게 아니라니까. 술 같은 게 아니라고. 술일 리가 없잖아. 무엇보다도 술이라면 취하겠지? 그렇지? 심야 당번 하는 동안 계속 마셨으면 고주망태가 되었을 거라고. 내가 취한 것처럼 보여? 아니잖아?"

"그야 이걸 마셔보면 알겠지."

"아니, 글쎄에? 안 마시는 게 좋다고 생각하는데? 내가 입을 댔던 거잖아? 나는 별로 상관없지만? 너는 그런 거 신경 쓰잖아?"

닉은 아랑곳하지 않고 가죽 물통의 내용물을 딱 한 모금만 마셔봤다.

"…싱거웟. 엄청 약하네, 이거. 진짜 약간이네. 하지만 들어 있어.

들어 있다고. 이거 술이 들어 있는 거야. 확실히 들어 있어."

"알았어."

차드는 닉의 어깨에 손을 올렸다.

"알았다고. 네, 네, 네, 네. 알겠습니다."

"어? 뭐야? 배 째라냐?"

"알았으니까 들어봐. 인정한다고, 닉. 네 말대로, 분명히 나는 물에 술을 탔다. 단, 아주 조금뿐이라고. 탔는지 안 탔는지 모를 정도로 상당히 미묘한 양이니까. 차라리 절묘하다고나 할까? 임무에 지장이 없으면 문제없는 거잖아?"

"우리 진 모기스 총사님한테 그런 논리가 통할 거라고 생각해?"

"나는 지금 총사가 아니라 너랑 이야기하는 거니까. 반대로 묻고 싶네. 춥지? 심야 당번. 밤이고. 밤이니까 힘들지? 아무리 생각해도 힘들지. 그러니 탈 수밖에. 물에 술 정도는, 좀 섞는 정도는 할 법하지. 섞지 않는 쪽이 오히려 이상할 정도잖아. 그거 알아? 닉 너, 진짜로 머리가 이상하다고. 차라리 내가 훨씬 정상이라니까."

"도대체 뭐야? 이게. 나 지금 머리가 이상한 놈한테 이상하다고 설교당하고 있네. 도대체 뭐가 어떻게 된 거야? 차드 너, 상식이라거나 군기라는 걸 어떻게 생각하는 거야?"

"괜찮아. 괜찮다고."

차드는 닉의 손에서 가죽 물통을 도로 빼앗더니 한 모금 마시고 윙크를 해 보인다.

"괜찮다니까, 닉. 내 친구여. 걱정하지 않아도 된다고. 응? 생각해보라고. 우리 변경군과 망할 놈의 건방진 의용병들이 탄식의 산의 적을 무찌르고 다 쫓아낸 참이잖아? 상식적으로 생각해서 이 주변에 적 같은 건 없어. 있을 리가 없다고. 이럴 때에는 군기도 다소 풀어줘도 되는 거야. 그렇지. 인간이니까. 좀 풀고 마음 편히 가자고."

"아니, 하지만 바로 코앞에 있는 저 다무로에는 고블린이 있잖아."

"놈들은 공격하거나 하지 않는다니까. 무엇 때문에 총사님이 동맹을 맺었다고 생각하는 거야? 그 야만족 망할 원숭이들을 구슬리기 위해서잖아?"

"신용할 수 있겠냐고. 그놈들은 뵈는 게 없어. 아무렇지도 않게 우리 인간을 잡아먹고, 게다가 자기들끼리도 서로 잡아먹는다고."

"응, 응."

차드는 닉의 어깨를 주무르기 시작했다.

"그건 그래. 용케도 저런 것들과 동맹을 맺을 생각을 했네 싶어. 위험하지. 진짜 제정신이 아니야, 우리 총사님은. 듣자 하니 우리는 알지도 못하는 사이에 고블린들을 먹고 있던 모양이던데."

"…엉? 그게 무슨 말이야?"

"이건 소문으로 들은 건데."

차드는 목소리를 낮추고 말했다.

"어떤 당번 병사가 천망루의 식량 창고에서 어쩌다가 나무통 안을 들여다봤는데, 토막 내서 소금에 절인 고블린이…."

닉은 구역질이 치밀어 반사적으로 손으로 입을 틀어막았다.

"…진짜야?"

"그러니까, 어디까지나 소문이라고."

차드는 웃으면서 닉에게 가죽 물통을 내밀었다. 닉은 가죽 물통을 받아 살짝 술 맛이 나는 물을 한 모금 마셨다.

"…하지만 그 총사님이라면 그 정도쯤은 할지도 모르지. 오르타나 주위의 마을에서 키우던 가축을 모으기도 하고, 뭔가 먹을 수 있을 만한 것을 모으는 임무에 동원된 무리도 있긴 하지만 과연 그런 것들로 충분할지 걱정된다고들 하고…."

"총사는 어딘가에 물자를 숨기고 있다고 하던데. 본토에서 수송 부대가 와서 정기적으로 보급하고 있다는 소문도 있고."

"본토라."

닉은 차드에게 가죽 물통을 돌려주더니 흙벽에 팔을 괴고 먼 곳으로 눈길을 향했다. 하얀 한숨이 흘러나왔다.

"돌아가고 싶다. 돌아가봤자 부모 형제와는 한참 전에 연이 끊겼고 입에 풀칠할 길도 없어. 어떻게 할 수도 없지만…."

"그쪽은 북쪽이다, 닉. 본토는 반대 방향이잖아."

차드가 가죽 물통을 흔들어 내용물의 양을 확인하면서 웃었다. 닉은 코웃음을 쳤다.

"알아. 임무에 전념하고 있는 거야. 실수해서 상관에게 얻어맞는 정도라면 몰라도, 총사님이 죽을죄라고 선언이라도 하면 큰일이니까."

"그야, 뭐…."

차드도 방벽 밖으로 시선을 향했다.

"기강을 바로잡는다면서 갑자기 시작할지도. 우리 총사님이라면. …오, 안개가…."

"아아."

닉은 안개가 옅어진 오르타나 주위 일대를 다시 보았다.

"어느 정도는 좀 걷혔네…."

그리고 거의 바로 아래인 북문으로 눈길을 떨구었을 때였다.

닉이 차드의 팔을 움켜잡았다.

"야."

"엉?"

"누군가 있어. 문 앞에."

닉이 눈을 부릅뜬다. 차드는 까치발로 서서 흉벽 밖으로 몸을 내밀었다.

"…오오?"

지상은 아직 흐릿했다. 북문 앞에 누군가가 서 있고, 보아하니 인간 같다는 것은 알겠지만 얼굴까지는 판별할 수 없었다. 단, 남자겠지. 수염이 있다. 전체적으로 너저분한 행색이다. 닉은 얼굴을 찡그렸다.

"…개?"

남자는 혼자가 아니었다. 개처럼 네발로 걷는 생물을 데리고 있다. 그러나 정말로 개일까? 유난히 체격이 크다.

수염 난 남자가 고개를 쳐들고 올려다본다. 아무래도 닉을 보고 있는 것 같다. 손을 흔들었다.

"차드!"

닉이 부르자 차드는 곧바로 흉벽에 세워뒀던 석궁을 집어 들었다.

"어떻게 하지? 닉, 쏠까?!"

차드는 당장이라도 석궁을 쏠 것 같은 기세다. 어깨가 들썩인다. 콧김이 거칠다. 불이라도 난 것처럼 흥분한 동료의 모습을 보고 닉

은 오히려 냉정해졌다.

"기다려. 내가 보기에 저놈은 인간이다."

차드는 심호흡했다.

"…그런 것 같네."

"누구냐?"

닉은 수염 난 남자를 향해 외쳤다.

"거기서 뭐 하는 거야?"

"문이 열리는 것을 기다리고 있다."

수염 난 남자는 아주 유유히 대답했다.

"나는 이츠쿠시마. 오르타나의 사냥꾼 길드에 있었다. 그쪽 사정은 잘 모르겠지만 책임자를 만나게 해다오."

## 2. 끊어도 끊어지지 않는, 그것이 인연

"하루 군! 있잖아, 하루 군! 큰일 났어, 하루 군!"

유메가 다급히 잠에서 깨워서 란타, 쿠자크, 메리, 세토라와 함께 서둘러 향한 곳은 천망루 지하였다. 도중에 진한 녹색 망토를 걸친 척후병 닐이 불러 세웠지만 하루히로 일행은 무시하고 계단을 내려갔다. 닐은 억지로 하루히로 일행을 세우려고는 하지 않고 지하까지 따라왔다.

그 남자는 소지품을 전부 몰수당하고 외투와 신발까지 벗겨져 차갑고 습한 돌과 쇠창살이 있는 지하 감옥에 갇혀 있었다. 수염이 텁수룩하고 청결감과는 거리가 먼, 인간이라기보다는 야수를 연상시켰다. 상당히 너저분한 풍채의 남자였다.

"스승님!"

유메는 달려들 것 같은 기세로 쇠창살을 움켜잡았다.

"스승님이잖아. 있잖아! 유메 걱정했어. 무사해서 다행이야!"

"…어, 그래."

수염이 텁수룩한 남자는 마치 기겁하는 것처럼 보였다.

"미안했다, 걱정 끼쳐서. …그렇구나. 뭐, 나도 너를 걱정하지 않은 건 아니지만. 그야 뭐, 일단은…."

"저기…."

하루히로가 고개를 갸웃거리고 있노라니 란타가 턱짓으로 감옥 안을 가리켰다.

"사냥꾼 길드의 이츠쿠시마야. 도적 길드에는 멘토, 암흑기사 길드에는 로드, 그게 지도 역할 같은 거잖아. 사냥꾼 길드의 경우에는 남자는 사부(파더), 여자는 사모(마더)였던가? 이 녀석은 유메의 파더라는 거지."

"보기에는 마치 야인 같군."

세토라는 거침이 없다.

"맞는 말이네."

수염이 텁수룩한 이츠쿠시마는 딱히 불쾌해하는 것 같지 않았다.

"사실 인간이 사는 동네보다는 산속이 훨씬 잘 맞으니."

"스승님은 말이야, 유메의 아빠 같은 사람이니까. 그치? 스승님."

"어, 응… 아빠?"

이츠쿠시마는 노골적으로 당황하는 기색이었다.

"아, 아빠인가? 내가 유메, 아빠….”

"스승님이 아빠면 유메는 스승님 딸인 거지?"

"그, 그야 뭐, 그렇게 된다거나 할지도….”

"잘 어울리는 부녀로군."

세토라는 비꼬는 것인지, 솔직한 감상을 말하는 것인지 잘 모르겠다.

하루히로는 살그머니 란타에게 귓속말을 했다.

"제대로 인사드리지 않아도 되나?"

"에엥…?!"

란타는 과장되게 놀라는 시늉을 했다.

"인사아…?! 뭐어…?! 뭐, 뭐, 뭐, 무슨 말을 하는 거야?!"

"아니, 유메의 아버지라면 말이지."

"진짜 아빠도 아닌데에…?! 설령 리얼 아빠라고 해도 그렇지, 이이이이이인사라니, 그건 좀 거시기하잖아! 이이이 이 나 님이, 누구 때문에, 무엇 때문에, 인사 같은 걸 해야 하냐고요오오오, 이 문어 대가리야…!"

메리가 눈살을 찌푸리며 고개를 흔들었다.

"목소리가 울려서 더 시끄러워…."

"왁…! 왁…! 왁왁…! 괴로워해랏, 망할 것!"

란타가 외친다. 하루히로는 한숨을 쉬었다.

"확실히 최악이네…."

"그보다 있잖아…."

쿠자크가 미간을 찡그리며 말한다.

"유메 씨의 스승님인지 파더인지가 왜 감옥에 갇혀 있는 건가요?"

문제는 그거다.

듣자 하니, 오르타나가 함락되었을 때 유메와 이츠쿠시마와 란타는 일시적으로 같이 행동했던 모양이다. 유메와 란타는 그 후에 의용병단에 합류했다. 그러나 이츠쿠시마는 북쪽으로 갔다.

"스승님이, 포치랑 같이, 코메카미 산맥으로 가겠다고 했거든."

유메의 설명으로는 솔직히 잘 모르겠다. 스승님, 즉 이츠쿠시마가 보충 설명을 해주었다.

"포치라는 건 길드에서 키우던 늑대개 중 한 마리다. 코메카미 산맥이 아니라 쿠로가네 산맥이고."

"아아, 확실히 그거 맞네요…."

쿠자크가 머리를 벅벅 긁으면서 말했다.

"무슨 왕국이 있는 장소였던가요? 드워프 씨들의."

"철혈왕국이다. 아무한테나 씨 자를 붙이기만 하면 되는 게 아니야."

세토라가 쿠자크를 보는 눈길은 차갑다. 그러자마자 쿠자크는 시무룩해졌다.

"…넵. 주의하겠슴다."

카하하하하핫, 란타가 경박하게 웃었다.

"그렇지! 네놈은 전체적으로, 더욱… 더 많이 주의해!"

"그거, 란타 군한테서만큼은 듣고 싶지 않네…."

유메의 스승 이츠쿠시마가 말하기를, 그에게는 철혈왕국에 사는 드워프 친구가 있다고 한다. 그림자 숲의 아르노투, 오르타나에 이어 적이 노릴 만한 지역이라면 철혈왕국이 아닐까? 그래서 친구에게 위험이 닥쳐오고 있다는 것을 알리기 위해 쿠로가네 산맥으로 가려고 했다고.

예상대로였다. 지금으로부터 한 달도 더 지난 일이라고 한다. 오크와 언데드의 대군이 쿠로가네 산맥에 들이닥쳤다.

수백 년의 역사를 지닌 철혈왕국은 거대한 지하 도시다. 드워프족이 쿠로가네 산맥의 암반을 파내고 깎아내어 구축했다. 요컨대 크고 작은 온갖 갱도의 집합체다.

적은 철혈왕국과 지상을 연결하는 출입구로 들어가려고 했다. 대철권문. 눈물 강이라는 이름의 큰 강 가까이에 있는, 철혈왕국의 정면 현관이다.

사실 이츠쿠시마의 말로는 드워프들도 아무 대책이 없었던 것은 아니었다.

"드워프와 그림자 숲의 엘프는 예전부터 사이가 나빴지만 철혈왕국의 철괴왕이 영단을 내려 아르노투에서 난민을 받아들였다. 조금이나마 내가 아는 정보를 전부 전달했다."

"드워프들은 적의 움직임을 파악했다는 건가?"

란타가 뭘 안다는 듯한 얼굴로 끄덕였다.

"그렇다는 건 공격에 대비해서 준비를 갖출 여유가 있었다는 거네."

"전황은?"

세토라가 묻자 이츠쿠시마는 담담히 대답했다.

"내가 쿠로가네 산맥을 떠난 것은 12~13일 전이다. 적어도 그 시점에는 철혈왕국은 함락되지 않았다. 적은 공격할 방법을 찾지 못해 전전긍긍하던 분위기였지."

흐음, 유메가 눈을 동그랗게 떴다.

"대단하네. 드워풍, 엄청 쎄구나. 웅냐…."

"아르노투는 순식간이었지만."

란타는 어디까지나 마치 정보통인 듯한 분위기를 계속 풍기고 싶은 모양이다. 유메의 아버지 같은 스승 앞에서는 좀 그럴싸해 보이고 싶은 나이겠지.

"그리고 유메, 너, 언제까지고 일일이 이상한 소리 내지 말라고. 그런 바보 같은 반응은…."

갑자기 쾅 하고 쇠창살이 울려서 란타가 "…힉!" 소리를 내며 놀라 벌벌 떨었다.

이츠쿠시마였다. 손으로 쇠창살을 밀었다기보다, 힘껏 손바닥으로 내리쳤다고 하는 게 정확할 것이다.

"바보라고? 지금 유메한테 바보라고 했나?"

"앗… 아니, 바보라기보다, 바보랄까, 바보 같다고, 같다고…."

"취소해. 그렇지 않으면 잘게 썰어서 곰에게 먹이겠다."

"죄, 죄송합니다. 취취, 취소하겠습니닷. 마마마마마, 말이 잘못 나왔다고나 할까….."

"곰, 무섭….."

쿠자크가 완전히 질색한다. 정작 유메는 고개를 갸웃거리며 깜빡깜빡, 눈을 깜빡이고 있다. 이해를 못 한 모양이다.

"실은….."

이츠쿠시마는 수습을 하려는 듯이 에헴, 헛기침했다.

"나도 이번에 철혈왕국에 갈 때까지 몰랐는데, 드워프들에게는 비밀 병기가 있다. 그 때문에 적은 대철거문으로 쳐들어가는 건 고사하고 멀찌감치 떨어진 곳에서 포위할 수밖에 없었다."

하루히로는 자기 뺨을 만지작거렸다. 비밀 병기. 좀 오그라들지만 설레는 단어다. 란타는 이미 완전히 흥분해서 쓸데없이 눈이 반짝반짝 빛나고 있다.

"어이, 어이, 어이, 어이! 진짜 실화냐고! 비밀 병기라는 게 이 세계에 실제로 존재할 줄이야! 끝내준다, 나도 갖고 싶다! 비밀 병기! 나한테도 줘!"

"아니, 무슨 소릴. 줄 수야 없겠지."

쿠자크는 어이없어하는 척을 하면서도 흥미를 채 감추지 못했다.

"…나도 보고는 싶지만. 어떤 걸까요? 비밀 병기라니….."

세토라가 기가 막힌다는 듯이 한숨을 쉬었다.

"어쩜 하나같이….."

철혈왕국에서 이츠쿠시마는 인간족인 아라바키아 왕국의 대표 같은 대우를 받았다고 한다. 철괴왕의 요구에 따라 오르타나 상황을 알려주기도 했고, 오르타나에서 온 인간족이 달리 없었다는 사정이 겹쳐서 결과적으로 그렇게 되어버렸다고.

이츠쿠시마도 드워프 친구와 함께 쿠로가네 산맥 방어전에 참가했던 모양이다. 격전이 되어, 양쪽 다 적긴 하지만 사상자가 생긴 것은 첫날부터 둘째 날까지였다. 이틀 동안에 철혈왕국 측 사망자는 27명, 적군은 수백 단위의 시체가 생겼다.

그 후에는 산발적으로 작은 전투가 벌어지는 정도였지만 적군이 빈틈을 보이면 철혈왕국 측은 치고 나갈 준비를 했다고 한다.

적군 입장에서 보면, 뒤를 공격당하면 안 되니 섣불리 후퇴할 수는 없었다. 이츠쿠시마는 틈틈이 철괴왕을 알현할 기회가 있었기 때문에, 차라리 추격하지 말고 적군을 놔주는 것이 어떠냐고 진언해봤다. 그러나 그것은 안 된다는 것이 철괴왕의 대답이었다.

"철괴왕은 훌륭한 성군이다. 어떻게 말하면 좋을까? 드워프라는 종족의 장점을 한데 모아놓은 것 같은…."

이츠쿠시마의 말로는 철괴왕 본인은 결코 호전적이지 않은, 대단히 사려 깊은 인물이지만 원래 드워프라는 종족은 하나같이 혈기왕성하다. 쉽게 뜨거워질 뿐만이 아니라 엄청나게 질기다. 드워프의 불꽃은 백 년 동안 꺼지지 않는다는 말도 있다.

할 바에는 철저하게 한다, 그것이 드워프의 신조다. 게다가 상대방 쪽에서 공격해온 것이다. 싸움을 걸어온 상대를 멀쩡하게 돌려보내줄 이유는 없다. 드워프 속담 중에 강도는 반드시 잡아매달라는 과격한 것이 있다. 자기 집에 쳐들어오려고 한 무뢰한은 붙잡아서 끽소리 못 하게 하는 것만으로는 부족하다. 형틀에 매다는 것까지 하지 않으면 드워프의 이름에 먹칠을 하는 것이다. 그런 의미다.

란타가 흐흥, 콧소리를 냈다.

"일단 시작한 이상, 죽느냐 죽이느냐 외의 결말은 있을 수 없다는 건가? 그런 거 나쁘지 않아. 오히려 내 취향이다. 드워프랑은 기분 좋게 한잔할 수 있을 것 같군."

"놈들의 주량을 알고나 하는 말인가?"

이츠쿠시마는 코웃음 쳤다.

"인간 술꾼이 떼로 덤벼도 드워프 한 명한테 진다. 하긴 그 점이 놈들의 약점이기는 하지만."

유메는 응응, 고개를 끄덕였다.

"감점이 약점이 된다는 말이 있잖아. 옛날 옛적부터."

"…응. 그렇지."

이츠쿠시마는 마치 울면서 동시에 웃는 것 같은 얼굴을 했다.

"감점이 아니라 강점이겠지. 그걸 말하려면. 사소한 부분이긴 하지만…."

명백하게 스승은 난처한 것 같았지만 유메 때문에 난처한 거라면 싫지 않은 것 아닐까? 왠지 기쁜 것 같기도 하다.

"술이 드워프의 약점이라는 겁니까?"

그렇기는 해도 좀처럼 이야기가 진전되지 않으면 하루히로까지 곤란해지기 때문에, 살며시 도움의 손길을 내밀어봤다. 아니 하고 이츠쿠시마는 고개를 저었다.

"그게 아니야. 드워프 대부분은 물 대신 술을 마셔도 멀쩡해. 전쟁을 치르는 동안은 사기를 북돋우려고 한잔하면서 싸우는 게 보통인 모양이야."

거대 지하 도시인 철혈왕국에는 전 국민이 몇 년 동안 먹을 수 있는 양의 식량이 항상 비축되어 있다고 한다.

그러나 술은 다르다.

그보다 드워프들에게 술은 생활필수품이다. 당연히 양조, 증류는 직접 하고 상당량을 저장해놓는다. 단지, 평상시에 비교해서 전시는 소비량이 껑충 뛰어 철혈왕국 전체의 주류 보유량이 쑥쑥 감소한다. 평소에는 자유 도시 베레에서 수입하기도 하는 모양이지만 쿠로가네 산맥 바깥에 적군이 있어서는 그것도 기대할 수 없다.

술이야 떨어지면 떨어졌나 보다 하면 되고, 안 마신다고 죽는 것도 아니다. 법석을 떨 일인가?

법석을 떨 일이었다. 드워프들에게는 술이야말로 바로 큰 소동의 근원이었다.

이츠쿠시마의 말에 따르면, 조만간 마음껏 술을 마시지 못하게 될지도 모른다는 소문이 들려오기 시작하자, 그러자마자 철혈왕국은 살벌해지기 시작했다. 드워프는 대개 주당이지만 기준치를 훨씬 넘는 술고래들은 규탄받았다. 네가 그렇게 마신다면 나도 마시겠다는 듯이 술을 들이부으며 경쟁하는 한심한 풍조가 퍼졌다. 드워프들의 주량은 오히려 폭발적으로 늘었다. 만취해서 폭력을 휘두르는 자도 끊임없이 생겼다. 유혈 사태를 동반하는 요란한 싸움이 여기 저기에서 벌어졌다.

이대로 두다가는 죽는 사람도 생길 수 있다. 그런 일보다, 술이 다 동나버릴지도 모른다. 드워프들이 지나치게 마시니까 문제인 것이지만 더욱 근본적인 원인은 적군이다. 결코 용서 못 한다.

철혈왕국의 드워프들은 술을 둘러싸고 내부 분쟁을 격화시키면서 적의와 전의를 활활 불태우고 있다.

"철괴왕은 주정뱅이 드워프의 폭발을 억누르느라 고심하고 있다는 것이 현 상황이라서."

그 와중에 인간족 세력이 오르타나를 탈환한 모양이라는 정보가 흘러들어왔다고 한다.

그 소식은 적군이 먼저 어떠한 방법으로 알게 되었다. 철혈왕국 측이 첩보 활동을 해서 그것을 깨닫기에 이르렀다.

"…그래서 내가 철괴왕의 친서를 받아 오르타나로 돌아오게 된 거다. 설마 본토에서 원군이 와 있을 거라고는 생각지 못했지만."

하루히로는 약간 떨어진 곳에서 히죽거리고 있는 척후병 닐을 흘 끗 보았다.

"원군… 이라고요…."

"이봐요!"

유메가 볼멘소리로 닐을 향해 외쳤다.

"스승님을 있지, 여기 감옥에서 꺼내줬으면 좋겠는데! 스승님은 말이야, 엄청 다정하고! 유메는 엄청 좋아하는데!"

"그걸 나한테 말해봤자."

닐은 어깻짓을 하더니 비웃었다.

"모기스 총사님께 직접 부탁해보지그래?"

"또 뭔가 강요당할 것 같아…."

메리가 중얼거리자 곧바로 세토라가 동의했다.

"있을 수 있어. 아니, 거의 확실해."

하루히로는 배 위쪽을 문질렀다. 갑자기 위가 더부룩하고 딱딱해 진 것 같은 느낌이 든다.

"…응. 분명히."

"후우우우우우우우우우우우우우우우우우우우웅…!"

유메는 구강에 공기를 모을 수 있을 만큼 모아 볼을 빵빵하게 하더니, 코로 신음 소리 같은 것을 냈다. 머리끝까지 화가 난 것이다.

"일단, 진 모기스 총사인지 뭔지한테 친서는 건넸다."

이츠쿠시마가 유메를 다독이는 것처럼 말했다.

"나는 옛날부터 잘난 척하고 거만하게 구는 놈과는 잘 맞지 않아. 거짓으로라도 굽실거리는 척했으면 좋았을지도 모르지만 도저히 못 해서. 뭐, 겁을 주기 위해서 투옥한 거지 죽일 생각은 아니겠지. 아무리 그래도 나는 철괴왕의 사자인데."

"스승니임…."

유메는 쇠창살 사이로 손가락을 넣었다.

이츠쿠시마는 잠깐 망설이는 기색을 보였으나 결국 유메의 손가락을 가만히 잡았다.

"나는 괜찮아. 유메, 너는 너 자신과 동료만 생각해."

"헷…."

닐이 슬그머니 웃었다.

"눈물 나네."

정말로 눈물 나게 해줄까? 하루히로는 그렇게 생각했지만 입 밖에 내지는 않았다. 만약 하게 된다면 그때에는 말없이 행동으로 옮기는 게 제일 좋겠지. 쓸데없이 미리 이렇게 저렇게 해주마 하고 선언해서 상대방에게 준비할 시간을 줄 필요는 없다.

…그렇다 해도, 구체적으로 어떻게 하면 되는가?

진 모기스가 배정해준 천망루 안의 방에 있는 것도 거북했다. 아니, 조심스럽게 표현해도 기분이 나쁘다고 할 수밖에 없다. 하루히로 일행은 밖으로 나가기로 했다.

오늘은 아침부터 차가운 비가 내리다가 그치다가 하는, 별로 좋지 못한 날씨. 때때로 진눈깨비가 내리기도 했다. 쿠자크가 몸을 부르르 떨었다.

"춥네요…."

"머리가 식어서 딱 좋겠는데."

세토라는 태연했다.

"하지만 이걸로 당면 과제가 하나 늘어버렸네."

가면을 쓴 란타가 손가락 두 개를 세워 보인다.

"첫 번째로, 시호루 탈환이 있지. 그리고, 이츠쿠시마 아재도 구해줘야 하고."

메리는 끊임없이 주위를 신경 쓰고 있다. 척후병 닐 패거리한테 미행당할 것이라는 건 이미 예상했던 바다. 일단 걸어가면서 작은 목소리로 말하면 그들이 엿들을 리는 없다. 그래도 신경 쓰이는 것은 어쩔 수 없겠지.

쿠자크가 응… 하고 얼굴을 찡그리며 고개를 틀었다.

"시호루 씨는 역시 열리지 않는 탑에 있는 걸까요? 아무튼, 열리지 않는 탑이니까."

"그치만 이상하네."

유메는 이츠쿠시마가 투옥된 사실에 대한 분노가 가라앉지 않는 모양이다. 표정이 험악하다. 어디까지나 유메치고는 말이지만.

"열리지 않는 탑이 말이야, 진짜 열리지 않는다면, 열리지 않는 거잖아. 그치?"

"그렇지. 바로 그 점이야."

가면 사나이가 고개를 끄덕였다.

"열리지 않는다고 해도 진짜 열리지 않을 리가 없잖아. 정말 그렇다면 밖에서는 들어갈 수 없다는 말이 되니까."

"…용케 바로 알아들었네, 방금 그 말."

하루히로가 말하자 가면 사나이는 으헉으헉 묘한 기침을 해댔다.

"뭐뭐, 뭐가? 그 정도는 보통 알아먹지. 알고 지낸 세월도, 그 뭐냐, 이쯤 되면. 너는 거시기라서 그래. 기억이 거시기해버렸으니까 거시기한지도 모르지만. 보통이라고. 이 정도는."

"거시기가 너무 거시기해서 이제 완전 거시기인데요…."

어이없다는 얼굴로 말한 쿠자크에게 가면 사나이가 "이야아압……!" 덤벼든다. 먹잇감을 조준한 매처럼 난폭하고 기민한 동작이다. 쿠자크는 가면 사나이에게 발을 밟혔다.

"…아얏?!"

"히히얏!"

"뭐, 뭐 하는 거야? 갑자기!"

"이 정도는 피하라고, 얼간이. 너처럼 무식하게 큰 것만이 내세울 거리인 굼벵이가 방패 역이라니, 솔직히 불안감밖에 없다. 최대한 정진하라고, 이 무능한 놈."

"…내가 굼뜬 게 아니라 당신이 너무 빠른 거라니까… 라고 말하면, 오히려 좋아하겠지. 진짜, 똥 덩어리야! 쓰레기! 하지만 나, 그냥 크기만 한 게 아니라 몸이 튼튼하다고!"

"그거 말고 다른 건 없는 건가?"

세토라가 건조한 목소리로 묻자 쿠자크는 팔짱을 끼고 생각에 잠겼다.

"다, 다른 거? 으음. 다른 거라면⋯."

"뭔가 있겠지."

그렇게 말해놓고서는 좀 그렇지만 금방 떠오르지 않는 하루히로였다.

"⋯있다니까, 분명. 없지는 않겠지. 이것저것⋯."

"그런가요? 진짜로? 예를 들면?"

유메가 쿠자크의 가슴팍을 톡 두드렸다.

"쿠자쿵은 있지, 엄청 순순히 하루 군이 하는 말을 들으니까? 아마 추측이지만 유메는 생각하는데, 성격이 좋은 거 아닐까?"

"성격? 그런가요? 그야 하루히로 말은 절대적이지만."

"바보냐!"

가면 사나이는 유메와 쿠자크 사이에 파고들더니 하루히로에게 삿대질을 했다.

"이런 멍청한 녀석을 절대시하다니, 완전 헛소리잖아. 진짜 네놈은! 바보, 바보, 곰탱이!"

"바보는 그렇다 치고 곰탱이는 너무하잖아!"

"어느 쪽인가 하면 반대 아닌가? 보통."

세토라가 경멸이 섞인 목소리로 지적해도 쿠자크는 태연했다.

"그런가? 그렇지요. 아하하."

"그리고 또."

유메가 손가락을 딱 소리 나게 튕겼다.

"웃는 게 상큼해. 쿠자쿵은, 삶은 창란제."

"어… 디가 삶의 청량제 같단 말이냐!"

란타가 즉각 호통을 쳐서 하루히로는 감탄해버렸다.

"용케도 알아듣네…."

그러게, 말하며 쿠자크가 고개를 끄덕인다.

"삶은? 뭐였더라? 창난젓? 이었나요? 방금. 삶의 청량제라고 떠올리기 힘든데…."

유메는 아랫입술에 검지를 대고 고개를 갸웃거렸다.

"웅냐?"

"아, 알아듣지, 그 정도는."

가면 사나이가 발을 굴렀다.

"네놈들이 수행이 부족한 거야. 수행하라고, 수행. 격렬하게 수행햇. 무슨 수행이냐고? 알 게 뭐야…!"

하루히로는 란타를 놀리며 내심 살짝 즐기고 있는 자신을 발견하고 복잡한 심경이었다. 즐기고 있을 때가 아니다. 하지만 이게 어려운 점인데, 진지하게 고민하고 열심히 생각하면 올바른 답이 도출되는 건가? 온종일 계속 긴장 상태를 유지할 수도 없는 일이다. 모처럼 허물없는 동료들이 곁에 있다. 이렇게 적당히 숨을 돌려가면서 조일 때에는 바짝 조이면서, 어떻게든 타개책을 연구하는 수밖에 없다.

그렇지? 안 그래? 라고 동의를 구하려고 했던 것도 아니지만 왠지 하루히로는 메리에게 눈길을 향했다. 다른 멤버들에 비하면 너무 조용해서 좀 마음이 쓰였던 까닭도 있다. 좀… 이랄까, 솔직히 꽤 마음이 쓰였다.

메리는 혼자서 허공을 노려보고 있었다.

분명히 하루히로 일행을 보고 있지 않았다. 약간 비스듬히 위쪽으로 시선을 향하고 입술을 꼭 다물고 있다. 이를 악물고 있는 걸까? 턱 주위에 힘이 꽉 들어가 있다.

왜 그래? 라고 말을 걸기도 꺼려졌다. 유난 떠는 건지도 모르지만 뭔가 기이한 분위기를 풍기고 있다.

"열리지 않는 탑… 이라."

메리가 말한 건가?

그런 모양이다. 하지만 메리치고는 유달리 낮은 목소리였다.

하루히로는 침을 삼켰다. 입안이 말랐다. 목구멍 상태도 이상하다.

"…지금… 메리… 뭐라고?"

메리는 하루히로 쪽으로 고개를 돌렸다.

한마디로 말해서, 기묘하다. 위화감밖에 없다. 메리는 하루히로를 보고 있다. 그런데도 하루히로 따위는 안중에 없는 것 같다. 하루히로는 상처를 입었다. 메리가 갑자기 전혀 모르는 타인이 되어버렸다. 그런 느낌까지 든다. 혹은, 메리에게는 하루히로가 낯선 사람인 건가? 그렇지 않다면 이런 눈으로 하루히로를 보지는 않을 것이다.

"열리지 않는 탑에 들어갈 방법은?"

메리는 하루히로에게 묻는 것일까?

"어… 아니…."

하지만 하루히로가 대답할 수 있을 리가 없다. 그런 일은 메리도 알고 있을 터였다. 그게 아니면, 지금의 메리는 모르는 것일까? 애초에 알든 모르든 상관없는 건가?

"열리지 않는 탑… 이라."

메리는 다시 한번 되풀이 말하더니 갑자기 걷기 시작했다.

란타가 가면을 벗고 의아하다는 눈길을 하루히로에게 보냈다. 뭐야? 저 녀석, 어떻게 된 거야? 라고 말하고 싶은 것 같은데, 물어보고 싶은 건 하루히로 쪽이다.

쿠자크는 메리의 뒷모습을 흘낏 보았다. 그리고 하루히로를 봤다.

"…뭡니까?"

그러니까, 나도 모른다고. 하루히로는 화를 낼 뻔했다. 그건 어른스럽지 못하다고 생각을 고쳐먹고 자제한 것이 아니다. 화보다 불안 쪽이 컸다. 메리는 어떻게 되어버린 걸까?

"메리, 왜 그래?"

유메가 종종걸음으로 메리를 쫓아간다. 덩달아 따라가듯이 하루히로 일행도 뒤를 따랐다. 유메는 금방 메리를 따라잡아 어깨를 나란히 했다.

"메리…?"

부르자 메리는 유메를 힐끔 쳐다봤다. 그것뿐이었다. 그저 자기 옆에 있는 것을 확인한 것뿐이고, 유메라는 존재에게는 아무런 관심도 없는 것 같았다.

유메와 쿠자크는 여우에 홀린 것 같은 얼굴을 하고 있다. 란타와 세토라는 노골적으로 수상쩍다는 표정이다. 어느 쪽이건 모두 말이 없었다. 하루히로를 포함해서 전원, 우선은 아무튼 어리둥절한 상태다.

메리는 똑바로 북문으로 향했다. 북문은 열려 있고 변경군 병사들이 경비하고 있었다. 당연히 병사는 메리를 막았다.

"망자를 조문하고 싶다."

메리는 병사를 향해서 거침없이 말했다.

"바로 저 언덕에 동료들의 무덤이 있다. 조문하고 돌아오겠다."

병사들은 당황했지만 결국 하루히로 일행을 통과시켜주었다. 의외로 간단히 나올 수 있어서 맥이 풀렸다.

문득 생각했다. 어쩌면 하루히로는 진 모기스를 과대평가했었는지도 모른다.

시호루는 모기스에게 붙잡혀 있는 것이 아닌 모양이다. 분명 열리지 않는 탑 안에 있다. 기억을 잃고, 열리지 않는 탑의 주인이 뭔가 거짓을 말해 그에게 조종당하는 것이 아닐까?

시호루를 납치한 것은 모기스의 부하라고 추측된다. 그러나 그후에 열리지 않는 탑의 주인에게 넘겨지고 모기스의 손에서 벗어났다. 그렇다면 하루히로 일행이 모기스의 말을 따를 이유는 없다.

강력한 렐릭을 지닌 모기스와 대결하는 것은 바람직하지 않다. 그렇다면 차라리 그를 무시하고 변경군에서 이탈해버리면 된다. 그전에 유메의 스승 이츠쿠시마를 어떻게든 탈옥시켜 함께 도망친다. 각각 자기 속내대로 움직이는 세력이 몇 개나 있어서 상황은 복잡하지만 하루히로 일행은 관여하지 않는다. 자기들만을 위해서 독자적인 행동을 하는 것이다. 가장 간단하고 나쁘지 않은 것처럼 느껴진다.

메리는 언덕을 올라가기 시작했다. 변경군 병사에게는 조문 어쩌고 말했지만 그럴 생각은 없는 모양이다.

비는 내리지 않았지만 하늘에는 구름의 양탄자가 빈틈없이 깔려 있다. 아득히 저편에서 뭔가가 빛났다. 번개다. 한참 뒤에 무거운 쇠 구슬이 구르는 것 같은 낮은 소리가 들려왔다.

오르타나에서 언덕 위로 이어지는, 사람들의 발길에 다져진 길은 습하고 미끄러웠다. 메리는 한 번도 뒤돌아보지 않고 언덕길을 다 올라가더니, 우뚝 솟은 열리지 않는 탑을 올려다보았다.

하루히로도 탑을 올려다보았다. 이렇게 새삼 찬찬히 보고 있노라니 이 탑은 부자연스럽다. 돌로 만든 건가? 블록 상태의 물체를 쌓아 구축했다. 그것은 틀림없다. 하지만 정말 돌일까? 그런 것치고는 블록 하나하나가 크기도, 모양도, 질감도 너무 균일하다. 어쩌면 암반을 깎아내어 만든 블록이 아닌지도 모른다. 콘크리트 같은 것이라거나. 아니면, 보기에 광택은 없지만 무슨 금속인가?

열리지 않는 탑은 오르타나에 있는 천망루보다도 높다. 일찍이 변경백의 거성이었던 천망루와 달리, 장식미가 일체 없어서 근사한 건물이라는 인상은 없지만 그야말로 견고하다.

천망루라면, 막대한 인력과 지혜와 도구가 있으면 세울 수 있을 것 같다. 그러나, 이 열리지 않는 탑은 어떤가? 사람이 지은 것이라기보다는 원래부터 여기에 있던 것이라고 말하는 편이 더 납득하기 쉽다.

"이것은, 렐릭."

메리가 그렇게 말했을 때, 하루히로는 물론 놀랐다. 렐릭. 그거다. 하루히로는 생각했다. 열리지 않는 탑은 거대한 렐릭이었던 것이다. 하지만 어째서?

어떻게 메리가 그런 말을 꺼낸 것일까?

하루히로는 그 질문을 본인에게 던져야 했다. 분명히 메리는 어딘가 이상하다. 그래도, 메리는 어디에서 어떻게 봐도 메리다. 틀림없이 메리 이외의 그 누구도 아니다. 기억을 잃기 전에도, 잃고 난 후에도 고락을 함께했다. 충분히 믿을 만한 소중한 동료다. 의문점이 있다면 눈앞에 있는 메리에게 물어보면 된다. 어려운 일은 결코 아닐 터인데, 하루히로만이 아니라 유메도, 쿠자크도, 란타까지, 어째서 잠자코 있는 것일까?

또 멀리서 천둥소리가 울려 퍼졌다.

얼음 알갱이나 다름없는 비가 하루히로의 뺨을 때렸다.

"너는, 누구냐?"

세토라가 침묵을 깼다.

그것은 핵심을 찌른 것이며 분명 적절한 질문이었다. 그러기에 더욱 하루히로는 말할 수 없었던 것이다. 분명 말해서는 안 되는 것이다. 왜 말해서는 안 되는 것인가? 메리는 아무리 생각해도 메리인데, 도대체 어떻게 된 영문인지 메리가 아닌 것 같다. 만약, 가령, 만에 하나, 메리가 메리가 아니라면 누구란 말인가? 하루히로는 바로 그것이 알고 싶었던 것 아닐까?

무서운 건가? 하루히로는 겁을 먹고 있는 건지도 모른다.

당연히 이상하다고는 느끼고 있었다.

유메와 란타는 따로 행동했었지만 하루히로, 시호루, 쿠자크, 메리, 세토라는 함께 이계에서 지냈다고 한다. 그리고, 경위는 접어두고 그림갈로 돌아왔다. 하루히로 일행은 열리지 않는 탑에서 무슨 일을 당해서 기억을 빼앗긴 모양이다. 하루히로도, 시호루도, 쿠자크도, 세토라도 자기 이름밖에 모르는 지경이었다.

메리만은 달랐다. 이계에서 일어났던 일은 모호하다고나 할까, 거의 기억나지 않는 모양이지만 그 외의 기억은 잃지 않았다. 어떻게 된 일인가? 메리 본인도 알 수 없다고 한다. 렐릭의 작용이나 그런 건지, 기억을 잃은 것부터 이상하기는 했다. 어쩌다 메리만 불완전한 형태로 기억을 잃었다. 그런 일도 있을 수 없는 일은 아니잖아?

단, 문제는 그것만이 아니었다. 기억 건만이 아닌 것이다.

메리는 마법을 쓴 적이 있다.

매직 미사일(마법의 광탄).

히요무가 놀랐었다.

신관인데, 마법… 이라고.

기억이 없는 상태에서 그림갈로 돌아오고 나서 얼마 되지 않았었다. 그때에는 와 닿지 않았으나, 지금이라면 하루히로도 이해할 수 있다. 메리는 신관으로서 의용병이 되었다. 이후로 쭉 신관이었던 모양이다. 마법사의 마법을 쓸 수 있을 리가 없다.

게다가 그때의 메리는 상태가 이상했던 것 같은 느낌이 든다. 매직 미사일을 쏜 뒤에 왠지 괴로워 보였다.

"…웃…."

메리가 갑자기 숨을 삼키고 눈을 크게 떴다. 하루히로는 알았다. 분명히 느꼈다. 어딘가라거나 왠지 하고 표현할 만한 알쏭달쏭한 변화가 아니다. 그냥 서 있을 때에도 사람에게는 특유의 습관이 있다. 예를 들면, 한쪽 다리에 체중을 싣기 쉽다거나, 어느 한쪽 어깨가 올라간다거나. 그것들이 한순간 전까지와는 달라져 있었다. 어떤 부분이 어떤 식으로 어느 정도 변한 건가? 설명하는 것은 어렵다. 하지만 틀림없이 변했다. 그렇게 확신할 수 있을 정도의 변모였다.

"메리…?"

하루히로의 목소리는 잠기고 갈라졌다.

메리는 하루히로에게 눈길을 향했다. 그리고 눈을 깜빡였다. 메리는 어리둥절한 얼굴이었다. 자기의 현재 상황을 파악하지 못하고 있는 것 같다. 하루히로는 그다음 행동을 예상할 수 있었다. 메리는 수습하려고 하겠지.

바로 그랬다. 메리는 재빨리 주위를 시선으로 살피고 아마 여기가 어디인지를 확인했을 것이다.

"…응… 뭐?"

미안해, 잠깐 멍하니 있어서, 이 비슷한 느낌의 대답이었다. 왜 그래? 라고 하루히로가 물어보면 메리는 틀림없이 그렇게 대답하겠지.

그런가. 아니, 응. 더러 있지. 그럴 때. 있어, 있어.

없다고는 단언할 수 없다… 그럴 것이다.

하루히로는 억지로 자기 자신을 납득시키려고 했다. 눈앞에 우물 같은 것이 있다. 들여다봐도 수면은 보이지 않는다. 대신에 뭔가 정체 모를 기척이 있다. 과연 이것은 우물이 맞는 걸까? 확인하기 전에 하루히로는 그 우물 같은 것을 뚜껑으로 덮으려고 했다. 막아두면 그것은 뚜껑이 덮인 우물로밖에 보이지 않는다. 사실은 다른 것인지도 모르지만 정체는 불명이다. 별로 몰라도 괜찮다.

"뭐… 가 아니지."

세토라의 목소리는 평탄했다. 그녀는 대개 냉정하다. 그렇긴 해도 지나치게 억양이 없다. 어쩌면 나름대로 동요하고 있어서 애써 감추려는 건지도 모른다.

"조금 전까지 너는 다른 사람 같았다. 어째서 우리가 이런 곳에 있다고 생각하지? 메리 너다. 네가 우리를 여기까지 데려왔다. 정확히 말하자면 너는 혼자서 멋대로 이 탑 앞까지 걸어왔다. 우리는 너를 쫓아온 거다."

"아니, 세, 세토라 씨, 잠깐만, 말하는 방식이랄까, 질책하는 것 같은 느낌은 좀…."

쿠자크가 세토라를 달래려고 했다.

"질책한다고?"

세토라는 아주 약간 눈을 가늘게 떴다.

"그런 의도는 조금도 없어. 나는 단지 분명히 해두고 싶은 것뿐이다. 메리는 원래 그랬나? 아니면 전에는 아니었나? 나는 몰라. 기억도 못 하고, 애초에 나는 의용병이 아니니까. 너희들과의 교류는 길지 않을 것이다. 예를 들면, 유메."

"후나앗?!"

유메는 기이한 목소리를 내며 뒷걸음질 쳤다. 세토라는 유메의 눈을 빤히 응시했다.

"너는 기억을 잃지 않았고, 란타처럼 파티에서 이탈했던 것도 아니지?"

"…으, 응. 그건 응, 그런데…."

"네가 보기에 메리는 변했나?"

"벼… 변했… 그게 그러니까… 웅… 우우웅….."

유메는 고개를 숙이고 머리를 감싸 쥔다.

"…벼, 변한… 건가? 어떤 건지. 으응. 그러네….."

보고 있을 수가 없다. 하지만 고뇌하는 유메에게서 눈을 피하고 하루히로는 도대체 무엇을 보면 되는 건가? 직시해야 할 것은 무엇인가? 란타는 가면을 벗고 열리지 않는 탑을 올려다보았다. 잇달아 차가운 빗방울을 맞아 순식간에 란타의 맨얼굴이 흠뻑 젖었다.

"유메."

란타는 답지 않은 낮은 목소리로 불렀다.

"내가 없는 동안에 있었던 일, 여러 가지 가르쳐줬지. 하지만 말이야, 말하지 않은 게 있지 않아?"

유메는 란타를 노려보았다. 그야말로 질책하는 듯한 눈이었다.

"…애초에, 란타가 말이야… 란타가 없어져버리니까 그렇잖아. 란타 잘못이니까, 잘못이라는 거랑은 다른지도 모르지만. 하지만 있잖아, 그때에도, 란타가 같이 있었으면, 분명 메리는…."

"뭐냐고, 그게…?"

란타는 손으로 얼굴을 닦고 유메를 쳐다본다.

"메리가… 어쨌다는 거야?"

"…메, 메리는….."

유메는 오른손으로 자기 왼쪽 어깨를 힘껏 눌렀다. 덤으로 왼손으로 자기 옆구리를 꼬집는다.

"…메, 메리는, 있잖아, 한 번, 죽….."

죽, 죽, 죽, 유메가 되풀이 말한다. 뭔가 말하려고 하는 것이다. 하지만 목구멍에 걸려서 도저히 그 말이 튀어나오지 않는 모양이다.

죽.

…죽었다?

"아앗…."

생각났다.

그것은 그때 본 것이다. 들었던 소리다. 맡아본 적 있는 냄새다. 그런 여러 가지가 한꺼번에 하루히로의 마음속에서 분출했다.

"아아아아아아아아아아아아아아아아아앗…."

흑갈색의 딱딱한 껍질로 뒤덮인 커다란 원숭이 같은 생물이 메리를 덮쳤다. 그것을 떼어놓으려고 한다. 몸에 힘이 들어가지 않는다.

하지만 메리를 구해야 해. 빨리 하지 않으면. 서두르지 않으면.

메리는 반 정도밖에 눈을 뜨지 못한다. 떨고 있다. 바들바들 떨고 있다. 메리가 기침한다. 피를 토한다.

마법… 이라고 메리에게 말했다. 메리, 마법을. 치료해야 해. 서둘러. 메리. 그렇다. 메리는 신관이니까. 지금 여기에서 상처를 치료할 수 있는 것은 메리뿐이다. 메리밖에 없다. 메리도 알고 있을 것이다. 그러니까 메리는, 손을, 오른손을, 들어 올리려고 한다. 광마법을 쓰려면 육망성을 그려야 한다. 하지만 팔이 올라가지 않는 모양이다. 괜찮아. 괜찮아. 도와줄 테니까. 메리의 오른손을 잡고 거들어주려고 한다. 메리가 신음한다. 고개를 젓는다. 아픈 거다. 아프고 괴로워서 견딜 수가 없는 거다.

어떻게 하면 돼? 메리? 메리…? 어… 나, 어, 어떻게, 하면….

뭔가… 메리는 뭔가 말하려고 한다. 메리의 입술에 귀를 가까이 댔다. …메리? 뭐? 메리? 뭐라고…?

안 들려, 메리. 목소리가 작아서. 너무 작아서.

"하."

"응. 뭐?"

"…하, 루."

"응?"

"나….'"

"응."

"…하루… 나, 당신… 이….'"

"내가, 뭐? 왜 그래? 메리…?"

"웃….'"

메리는 뭔가 말하려고 한다. 전하려고 한다. 하지만 말할 수가 없는 건가? 더는 목소리를 낼 수가 없는 것일까?

약간 얼굴을 폈다. 메리를 본다. 눈이 마주치자 메리는 웃음을 짓는다.

영문을 모르겠어. 어째서야? 괴로운 거지? 아프지? 무서울 거야. 왜 웃는 거야? 메리.

대답은 없다. 이제 할 수 없다. 그 순간을 알았다. 확실히.

동공이 열리고 어딘가에 초점을 맞추는 일이 없게 된다. 메리에게는 아무것도 보이지 않는다. 아마도 아무것도 들리지 않는다. 아무것도 생각하지 않는다. 뭔가를 느낄 수가 없다.

내가 어쨌다고? 가르쳐줘, 메리.

아아, 생각났다.

메리는 한 번 죽어버렸던 것이다.

"…야, 하루히로!"

정신이 들고 보니 란타가 어깨를 움켜잡고 흔들고 있었다.

"하루히로! 하루히롯! 너까지 어떻게 된 거야?!"

어떻게도 되지 않았다고 하루히로는 고개를 저어 보였다. 어떻게 되어버린 것이 아니다. 그게 아닌 것이다.

아니야.

오히려 지금까지가 어떻게 되었었다.

어째서 잊고 있었나? 오히려 신기할 정도다. 왜냐하면, 이런 일, 잊을 수 있을 리가 없다. 실제로 하루히로는 전부 기억했다. 기억을 잃거나 하지 않았다. 여기에 있었던 것이다. 하루히로의 머릿속에. 그게 아니라면 생각났을 리가 없다.

"하루히로오…!"

"시끄러워!"

하루히로는 란타를 밀쳤다. 시끄러워. 성가시다고, 너는. 도대체 뭐야? 젠장. 하루히로는 자기 자신에게 일렀다. 진정해. 냉정해져.

진정할 수 있겠어? 그런 생각도 든다.

란타만이 아니다. 쿠자크도, 세토라도, 유메도 각각 의아한 듯이 하루히로를 보고 있다. 메리까지.

"…잠깐."

그런 눈으로 보지 말아줘.

계속 이상했던 것이다. 이제야 정상으로 돌아왔다. 간신히 멀쩡 해지려고 하는데 또다시 이상해질 것 같다.

"좀, 기다려줄래? …정리하게. 잠깐만….”

하루히로는 걷기 시작했다. 어디로 가려는 것은 아니다. 그저, 이 자리에서 벗어나고 싶었다. 여기는 너무나 열리지 않는 탑에 가깝다.

모든 것은 이 탑에서 시작되었다.

누군가의 목소리가 들린 것이다.

"…어웨이크(눈을 뜨라).”

또렷하게 떠오른다. 어두운 장소였다. 그것은 열리지 않는 탑의 지하다. 란타가 있고 유메가, 시호루가 있었다. 렌지. 론. 아다치. 삿사. 꼬마. 킷카와도. 그리고 모구조가 있었다. 그리고 마나토도.

자기도 모르게 발이 그리로 향했다. 동료가 잠든 하얀 묘석 앞에서 하루히로는 발길을 멈췄다.

"…모구조….”

하루히로는 묘석을 향해서 손을 뻗었다. 닿으면 뭔가가 일어나는 것이 아닐까? 그런 식의 기대를 한 것은 아니었다. 예상대로였다. 그것은 그저 하얀 돌이었다. 차갑게 젖은 돌일 뿐이다.

하루히로는 기억하고 있다. 렌지 팀의 도움을 받아 모구조를 시외의 소각장으로 옮겼다. 그 누구보다도 상냥하고 몸집이 큰 모구조가 뼈와 재가 되어버렸다. 그것을 그들 손으로 이 묘석 밑에 묻었다.

마나토의 무덤도 모구조의 무덤에서 간신히 보이는 장소에 있다. 그래. 저기다.

하루히로는 경사진 풀밭을 걸었다. 동료들이 따라오고 있다. 그것은 눈치채고 있었다. 하지만 하루히로는 돌아보지 않았다. 메리는 어떻게 하고 있을까? 같이 잘 따라오고 있는 건가? 신경 쓰이기는 했다. 그렇다면 확인하면 된다. 간단한 일인데도 어째서인지 확인하고 싶지 않다.

"…그렇지."

하루히로는 마나토의 무덤 앞에 쪼그리고 앉았다.

"그랬지, 마나토…."

열리지 않는 탑을 나가자, 밑에서 벽이 튀어 올라오는 것 같은 형태로 출입구가 닫혀버렸다. 안에 레버 같은 것이 있었다. 그 레버다. 그것을 조작해서 출입구를 여닫는 시스템이다.

달.

탑에서 나가서 달을 봤다.

달이 빨갛다니, 이상하다.

그렇게 느꼈던 것을 기억한다.

처음 열리지 않는 탑 지하에서 깨어났을 때보다 더 예전 일은 역시 모른다. 단지 뭔가 실마리가 잡히면 알 수 있을 것 같기는 하다. 사소한 일이라도 좋으니까 뭔가 단서가 될 만한 것을 찾을 수 있다면 의외로 쉽사리 떠오르지 않을까?

예를 들면 없을 리가 없는 부모님. 가족이라거나. 혹은 친구라거나.

누군가와 재회한다면 바로 기억이 돌아올지도 모른다. 사람이 아니어도 괜찮다. 애용하던 도구라거나.

아무튼 이것만큼은 틀림없다.

여기는 아니었다.

…"어웨이크(눈을 뜨라)."

그 목소리를 듣고 깨어나기 전에 하루히로가 있던 장소는, 아니다.

그림갈이 아니었다. 거기서는 아마도 달은 빨갛지 않았을 것이다. 어떤 색이었을까? 그것까지는 모른다. 하지만 빨갛지는 않았다. 달이 빨간색이라니 이상하다.

하루히로는 그림갈에서 다른 세계, 이계에도 갔었다. 원더 홀에서 더스크렐름으로. 거기서 그렘린의 공동 주거를 경유해서 이계 다룽갈로. 화룡산의 길을 빠져나와 그림갈로 돌아왔다. 그 안개 짙은 사우전드 밸리에서 세토라와 만났고 란타와 헤어졌다. 그리고 파라노다. 레슬리 캠프에 발을 들여놓은 결과, 그 불가사의한 이계에서 오랜 시간을 보내게 되었다.

그림갈.

더스크렐름(황혼 세계)

다룽갈.

파라노.

이것 말고도 이계랄까, 세계는 틀림없이 존재한다. 세계는 잔뜩 있는 것이다. 어쩌면, 무수한 세계가.

하루히로는 그중 하나에서 그림갈로 왔다.

"…정리해야 해. 혼란스러운 거야, 나는. 마나토…."

눈을 감으면 또렷하게 마나토의 얼굴이 떠오른다.

기억이 뒤섞여 시간 순서가 뒤죽박죽된 건지도 모른다. 마나토가 죽고 나서… 죽게 만들고 나서 벌써 꽤 지났다.

죽게 만든 것이다.

메리도 그랬다. 하루히로가 죽게 만든 것이나 마찬가지다. 리더니까 책임은 하루히로에게 있다.

란타가 사우전드 밸리에서 파티를 떠났다. 하루히로네는 와이번을 피하기 위해서 쿠아론 산맥의 남서부를 동쪽을 향해서 나아갔다. 산속에서 궈렐라 떼의 습격을 당해 도망친 곳에 마을이 있었다. 그 마을의 주민은 인간이 아니었다. 오크, 인간과 엘프 등의 혼혈, 구모들이었다.

아니, 딱 한 사람만 인간이 있었다.

제시. 금발 파란 눈에 사냥꾼 출신이라고 했다.

그렇다. 사냥꾼. 유메가 사냥꾼이라는 것을 알고 자기도 사냥꾼이었다고 제시는 밝혔다.

이츠쿠시마. 유메의 사부. 지금 천망루 지하 감옥에 갇혀 있다. 제시는 그 남자의 이름도 입에 올렸던 것 같은 기억이 있다. 유메한테, 너는 이츠쿠시마의 제자인가? 라고.

제시는 사냥꾼이었다.

하지만 마법을 쓸 수 있었다.

모순되지는 않다. 사냥꾼 출신 마법사가 있어도 이상하지 않기 때문이다.

제시랜드. 그 장소에서 메리는 목숨을 잃었다. 완전히 숨을 거뒀었다. 그런데도, 방법은 있어 하고 제시가 말한 것이다.

『한 번 죽었던 나처럼 이 사람은 되살아난다.』

『대가는 따르지만.』

『이 사람은 나 대신에 되살아나는 셈이 되니까.』

『너희도 바보는 아닐 테니 알지?』

『이건 보통이 아니야.』

『사람이 되살아나지 않는다는 것은 상식이고, 사실 그게 맞다.』

하루히로는 바닥에 무릎을 꿇었다. 허벅지를 두 손으로 누르고 몸을 지탱하지 않으면 쓰러져버릴 것 같다.

제시는 의문에 싸인 인물이며 신뢰할 수 있을 만한 남자는 아니었다. 단, 하루히로네를 속이려고 한다고는 생각할 수 없었다.

마나토와 모구조가 가르쳐주었다. 사람은 죽는다. 생명은 사라진다. 죽음이라는 결말로 하나하나의 인생이 끝난다.

그러니까, 이것은 특별한 사건이고 특수한 사정이 있는 거라고 제시는 명언했다. 기적은 결코 아니다. 마술처럼, 아무리 신기하고 비논리적이어도 분명히 트릭이 있다. 하지만 트릭을 밝히는 것은 일절 할 수 없다고 제시는 단언했다. 제시 대신에 메리가 되살아난다. 그것 말고는 설명할 수 없다.

선택할 권리는 하루히로 파티에게 주어졌다.

아니, 하루히로다.

아무한테도 의논하지 않고 하루히로가 혼자서 독단으로 결정했다. 도저히 견딜 수가 없었다. 마나토와 마찬가지로, 모구조처럼, 언젠가 메리도 추억이 된다. 함께 지낸 시간을 아픔과 함께 되새긴다. 그런 것은 싫다. 농담이 아니야. 당연히 싫지. 만약 무슨 방법이 있었다면 마나토와 모구조 때에도 하루히로는 같은 선택을 했을 것이다. 소중한 사람의 죽음. 영원한 상실. 너무나 지독한 아픔을 받아들이지 않아도 된다면 그게 최선이다.

설령 아무리 끔찍한 일을 겪는다고 해도 죽어버린 메리를 매장하는 것보다는 훨씬 낫다. 한 번으로도 충분히 뼈저리게 느꼈다. 그런데도 두 번째를 피할 수 없었다. 세 번씩이나 그런 심정을 맛보고 싶지는 않다. 더는 질색이다.

하지만 그것은 무엇이었을까? 제시는 무엇을 한 것인가?

메리는 어깻죽지에 상당히 깊은 상처를 입었다. 제시는 왼쪽 손목을 깊게 베어 메리의 상처에 자기 상처를 댔다. 꽤 오랜 시간 그렇게 하고 있었다. 마침내 제시는 뼈와 가죽 정도가 아니라 거의 가죽만 남은 것 같은 꼴이 되어버렸다. 마치 메리의 몸속에 제시의 내용물을 송두리째 쏟아부은 것 같았다.

메리는 깨어나더니 입과 코, 귀에서 액체 상태의 비릿한, 피와는 다른 어떤 물체를 배출했다.

들어간 만큼 나와버린 것이라면 총량은 변함없다는 말이 된다.

제시의 속을 채우고 있던 것이 메리의 속으로 옮겨졌다. 그런데도 아무것도 나오지 않는다면 계산이 맞지 않는다. 아무리 생각해도 그것은 이상하다.

결국 일어나야 할 일이 일어났고, 메리는 무사히 되살아났다.

그때 하루히로는 그렇게 해석했던 것일까? 아니면 그렇게 해석할 수밖에 없었던 건가? 어떻게 해석해도 무리가 있으니 사고를 정지한 건가? 생각하기를 포기한 건지도 모른다.

"…그때부터… 구나."

하루히로는 고개를 쳐들었다. 이토록 자기 머리의 무게를 실감했던 적은 일찍이 없었다. 고개를 오른쪽으로 틀자 동료들이 있었다.

란타가 가면을 벗고 심각한 얼굴로 하루히로를 보고 있다. 쿠자크는 걱정스럽다고나 할까, 어찌할 바를 모르는 것 같다. 고개를 떨군 메리의 등을 유메가 껴안는 것처럼 부축해주고 있다.

세토라는 팔짱을 끼고 턱을 당기고서 조용히 하루히로를 응시하고 있었다.

『죽은 자는 되살아나지 않아.』

그날, 세토라가 그렇게 말했다. 만약 죽은 자가 다시 숨을 되살린다고 해도, 그것은 하루히로가 바라는 그런 소생은 아니라고.

메리.

아아, 하지만 괜찮을 거라고 생각했다.

괜찮다고 생각하고 싶었으니까, 믿으려고 한 건가?

『되살아난 그녀는 죽기 전과는 다른 사람일지도 모른다.』

세토라의 말에는 설득력이 있었다. 왜냐하면, 그녀는 숨겨진 촌락의 네크로맨서(사령술사)다. 사령술사들은, 죽은 자를 소생시키려고 시도하던 과정에서 인조인간을 만들어낸 것이라고 한다. 죽음을 극복해보고자 시행착오를 거듭했으나, 목표를 이룰 수는 없었다. 사체를 재료 삼아, 가공할 만한 충실한 종복을 만들어냈다. 그것이 고작이었던 것이다.

『정체 모를 괴물이 아니면 좋겠지만.』

아니야.

메리는 되살아났어도 메리였다. 정체 모를 괴물 같은 게 아니야.

단연코, 달라.

"…아니… 지…?"

하지만 그때부터다.

메리는 틀림없이 메리였다. 하지만 이상한 점은 있었다.

제시랜드에 시체를 먹는 부르, 곰만큼 큰 늘대 같은 생물 떼가 쳐들어왔다. 그것은 간신히 잘 넘겼다. 문제는 그 뒤였다.

땅 울림 같은 소리를 내며 언덕이 밀어닥쳤다. 물론 그럴 리가 없다. 그것은 언덕이 아니었다. 거대한 검은 송충이 같은 것의 집합체였다.

자연 현상인가? 저런 생물인 건가? 아무튼 하루히로는 듣도 보도 못한 것이었다.

단, 메리는 알고 있었던 것이 아닐까?

메리는 그것을 세카이슈라고 불렀던 것 같다. 게다가, 마법. 그렇다. 메리는 마법을 썼다. 블레이즈 클리프(대염 절벽)라든가 하는, 아르부 매직(화열마법)을. 하지만 이 정도로 세카이슈는 배제할 수 없다, 그런 식의 말을 했었다. 분명히 세토라가 메리한테 물었다. 세카이슈라는 것은 뭐냐? 모른다고 메리는 대답했다. 자기가 입에 올린 단어인데도, 자기는 모른다고. 메리가 아르부 매직 같은 걸 쓸 수 있을 리가 없는데도. 블레이즈 클리프. 기묘하게도 그것은 전 사냥꾼인 제시가 써 보였던 마법과 같았다. 기묘하게도?

정말로 우연인 건가?

제시랜드를 떠나 바다를 향해 갔다. 그 도중이었다. 메리와 둘이서 이야기할 기회가 있었다.

『…나, 이상하지? 모두 신경 쓰고 있어. 나 알고 있어.』

자기 몸에 이변이 일어났다는 것을 메리는 이해했다. 분명 나는 변해버렸다. 이상할 때에는 말해줘. 나를 말려줘 하고도 말했었다.

『…나는 여기에 있어. 그런데도 모르겠는 거야. 늘 그런 건 아니지만 때때로 알 수 없게 돼. 세찬 바람이 불어서 날려갈 것 같아. 나는 어디에 있는 거지? 누가 좀 가르쳐줘. 나는….』

파라노에서 그림갈로 돌아와서, 분명 하루히로 일행은 열리지 않는 탑의 주인에 의해 기억을 잃어버리는 약인지 뭔지를 투여당했다. 조금 전까지 하루히로도 잊어버리고 있었다.

어떻게 된 일인지 메리만은 달랐다. 파라노에서의 일들은 잘 모른다고 말했다. 그것 이외의 일은 기억하고 있었다. 어째서인지 메리 혼자만은.

하루히로는 바닥을 짚고 일어섰다.

비라기보다 진눈깨비가 내린다. 꽤 춥다. 몸이 차가워져서 하루히로는 떨고 있었다.

이제 돌아가자. 어디로 돌아가야 하는 것인지 모르지만. 일단 비바람을 피할 수 있는 장소라면 어디든 좋아.

"메리."

하루히로가 불렀다. 그녀는 얼굴을 들지 않는다. 유메에게 몸을 기대고, 겁먹은 것 같기도 하다. 그녀는 누구를 두려워하는 것일까? 무엇에 위협을 느끼는 건가? 그녀는 유메에게 보호받고자 하는 것일까? 유메라면 감싸줄 것이다. 그리 생각하는 건지도 모른다.

과연 메리는 그런 식으로 생각하는 걸까? 하루히로가 알고 있는 메리라면. 무엇보다도 어째서 대답을 해주지 않는 건가? 하루히로는 메리 하고 이름을 부른 것이다. 한마디 대꾸해줘도 좋을 터인데. 아니면 뭔가 대답할 수 없는 이유가 있는 것인가?

"너는 제시인 거야?"

하루히로가 그렇게 묻자 그녀는 한순간 몸을 떨었다. 고개를 숙인 채였다. 역시 얼굴을 들려고는 하지 않는다.

그녀는 어깨를 크게 들썩이며 숨을 쉬었다. 되풀이해서 몇 번이나, 몇 번이나.

"…메리?"

유메가 그녀의 얼굴을 들여다본다. 그래도 대답하지 않는다.

그녀의 숨결이 순식간에 가빠지고 얕아진다. 유메가 그녀의 등을 문질러주려고 한다. 그녀는 그 손을 뿌리쳤다. 그뿐이 아니다. 유메의 몸도 밀쳐냈다.

"뭐….”

란타가 반사적으로 그녀와 유메 사이에 파고들었다.

"아, 아니, 아니야….”

그녀는 머리카락을 헝클어뜨리며 고개를 저었다.

"…아앗!"

목소리는 거의 비명 같았다. 아니, 비명 그 자체였다.

"웃, 아아… 앗…!"

어딘가 아픈 걸까? 숨이 답답한 건가? 그녀는 몸부림치고 있다.

"…아니야! 아니야, 아니야, 아니야, 아니야, 아니야, 아니야…! 나는… 웃…!"

그녀를 괴롭히는 것은 하루히로가 아닐까? 그녀는 메리다. 왜냐하면 메리의 모습을 하고 있다. 메리로밖에는 보이지 않는다. 그런데도 하루히로는 그녀를 뭐라고 불렀나?

제시 하고 부른 것이다.

메리가 그 의문투성이인 남자라고 말하는 건가? 그럴 리가 없는데도.

"메리! 미안해, 메리…!"

둘이서 이야기했던 그날. 메리가 불안을 토로했던 그 밤. 하루히로는 메리를 끌어안았다. 메리는 하루히로를 거부하지 않았다. 메리는 뭐라고 말했지?

『내내, 이렇게 해주길 바랐어.』

기억하고 있다. 메리는 하루히로에게 그렇게 말했다.

그것은 메리였다. 지금 괴로움에 몸부림치는 메리도 당연히 메리다. 메리는 유메에게 보호받으려고 했던 것이 아니다. 자기의 이변을 깨닫고, 그래도 메리 본인도 어쩔 수도 없어서, 자기도 모르게 유메에게 매달려버렸다. 요컨대 그날 밤과 같다. 메리는 하루히로도, 유메도 동료로서 신뢰하고 있다. 그러기에 메리는 그에게 의지해준 것이다. 그런데도 나는 무슨 짓을.

하루히로는 메리에게 달려가려고 했다. 그때였다.

메리가 갑자기 하늘을 우러러보았다. 툭, 소리가 들릴 것 같은 급격한 움직임이었다. 메리는 "…하웃" 하고 입을 벌리고, 순간 눈을 하얗게 까뒤집었다. 메리가 자기 의사로 그렇게 했다기보다는 어떠한 외적인 힘이 가해진 결과로 그렇게 된 것처럼 보였다.

실제로 예를 들어 누군가가 메리의 머리를 움켜잡고 뒤로 꺾으려고 했다… 는 사실은 없다. 아무도 그런 짓은 하지 않았다.

"…메리?"

"아니야."

그것은 메리의 목소리였다. 목소리 자체는.

하지만 다르다.

"그는… 없다."

메리는 턱을 치켜든 채로 안구를 움직여, 내려다보는 눈으로 하루히로를 응시했다.

"정확히는, 그는 자기 자신을 인식할 수 있는 상태가 더 이상 아니다. 따라서 나올 수 없다."

제시인가? 그라는 것은 제시를 말하는 것이리라.

하루히로가 말을 꺼낸 것이다. 메리의 모습을 하고 있지만 실은 메리가 아니라 제시인 게 아닌가 하고. 메리는 그것을 부정했다. 하지만 아니다.

메리가 아니다.

그녀는 이미 자기가 메리가 아니라는 사실을 숨길 마음도 없는 것 같다. 목소리를 내는 방식부터 서 있는 방식, 몸짓과 손짓, 하나부터 열까지 메리와는 다르다. 조금이라도 메리를 아는 이라면 구별할 수 있다. 그 정도로 동떨어졌다.

"말할 필요도 없는 일이지만…."

그녀가 말한다.

"그녀를 탓하는 것은 도리가 아니다. 그녀가 선택한 것이 아니야."

그녀에 관한 말을, 그녀가.

"…좀 더 알아듣도록 말해."

란타는 유메를 물러서게 하고 자기도 반걸음 뒷걸음질 쳤다.

"도대체 무슨 말을 지껄이는 거야? 네놈은."

그녀는 란타를 힐끗 보았다. 얼굴을 비스듬히 기울여 가볍게 고개를 끄덕이는 것 같은 특징적인 시선이었다. 메리가 취할 만한 동작은 절대로 아니다.

"그녀에게는 일체 책임이 없다는 말이다. 그녀의, 죽어야 할 사람으로서의 운명을 흩뜨린 것은 그녀 자신이 아니다. 내가 그녀를 선택한 것도 아니다."

"죽어야 할… 사람의… 운명… 이라고?"

란타는 입술을 깨물었다.

"…뒈졌다는 말인가? 메리는… 죽은 건가? 하지만 살아 있잖아. …아닌가? 너는 메리가 아니지? 그렇다는 건, 메리 속에… 뭔가 다른 것이 있고… 지금 지껄여대는 네가… 그것… 인가…?"

"그녀를 아껴줘야 한다."

노골적으로 메리가 아닌 존재가 메리의 얼굴, 메리의 목소리로 제3자 이야기를 하는 것처럼 메리에 관해서 이야기하고 있다.

"그대들은 그녀를 억압하고, 상처 입히고, 고립시켜서는 안 된다. 그녀 탓이 아니니까. 지금으로서는 그녀는 아직 기억이나 의사, 자기 동일성 등을 유지하고 있다. 그러나 무조건 그것들이 존속할 거라고는 생각하지 마라. 내가 지금까지 관측해온 바에 따르면, 그대들 같은 생물의 자아는, 물론 개인차는 있다고 해도 그리 강고한 것이 아니다. 오히려 매우 약하고 부서지기 쉽다."

"그러니깟!"

란타는 고함쳤다.

"나불나불 썰을 읊어대는 네놈은 도대체 누구냐 말이다! 잘난 척하며 장황하게 수작을 늘어놓기 전에 먼저 이름을 대란 말이닷!"

"나에게 이름은 없다."

"어물쩍 넘어가려 들지 맛!"

"아니."

메리가 아닌 존재가 천천히 고개를 저었다.

"나는 이름을 갖지 않는다. 그저 불리는 통칭만이 있다."

"그렇다면 그걸 대라고!"

"죽어야 할 운명으로부터의 해방은⋯."

말하려다가, 메리가 아닌 존재는 현기증이 난 것처럼 약간 비틀거렸다. 머리를 누르고 눈을 감는다.

"⋯그녀가 나오고 싶어 한다. 아직 받아들일 준비가 되지 않은 모양이다⋯."

말을 마치기 전에 메리가 아닌 것은 변하기 시작했다. 하루히로는 그것을 분명히 알았다.

"⋯웃⋯."

그녀는 숨을 들이켰다. 눈을 크게 뜨고 허공을 응시한다.

"메리⋯?"

이름을 부르자 그녀는 하루히로를 보더니 바로 눈을 피했다. 앞으로 몸을 굽히고, 목덜미 부근에 두 손을 겹쳐 누르고, 가쁜 호흡을 한다.

"메리⋯."

유메가 다가가려고 한다. 그녀가 외쳤다.

"오지 마!"

메리다. 하루히로는 확신했다.

"⋯나한테 다가오지 마. 부탁이니까⋯."

지금은 메리다.

한 번 죽었다가 되살아난 메리 속에 메리가 아닌 누군가가 있다. 메리가 아닌 누군가도라고 말해야 할지도 모르겠다. 메리 속에는 메리도 있다. 그리고, 지금 동료들을 거부하는 것은, 메리가 아닌 누군가가 아니라 메리 본인이었다.

하루히로 일행은 오르타나로 돌아가기로 했다. 일단 돌아가자 하고 말해보았더니, 메리는 고개를 끄덕였다. 하루히로 일행과 거리를 좀 두고 따라와주었다. 일단은 잘됐다, 그렇게는 생각하지 않았다. 아무것도 잘된 것은 없다. 잘된 일 같은 건 하나도 없다.

북문을 통해 오르타나로 들어갔다. 병사들은 매우 의아해하는 듯했지만 하루히로 일행을 통과시켜주었다.

천망루 앞에서 척후병 닐이 기다리고 있었다.

"너희들, 밖에서 뭐 했어?"

묘소 참배라고 하루히로가 대답했다.

"이런 궂은 날씨에 군이 묘소 참배라고?"

"이런 궂은 날씨니까."

입에서 나오는 대로 말하고 있다는 건 알고 있었다. 하루히로는 자포자기한 심정이 될 뻔했다. 물론 자포자기해서는 안 된다. 알고는 있지만 자제하기가 어려운 상황이었다.

"총사님 호출이다."

닐이 그렇게 말했다. 하루히로는 될 대로 되라는 듯이 물었다.

"누구를?"

"너 말이야."

"나 혼자?"

"그래."

"심부름꾼 노릇은 재미있나?"

"어엉?"

닐의 안색이 변했다. 하루히로는 닐의 어깨를 두드렸다.

"어디로 가면 돼?"

"큰 홀이다."

닐은 대답하면서 몸을 틀어 하루히로의 손을 떨쳐냈다.

"…나를 너무 우습게 보지 마."

하루히로는 대답하지 않고 천망루로 들어갔다. 어른스럽지 못한 짓을 했다고는 생각한다. 하지만 짊어지고 있는 어떤 문제도, 어른이 된다고 해봤자 해결할 수 있을 것 같지 않다. 어떻게 해결하면 되는 건가? 솔직히 감도 오지 않는다.

동료들을 방으로 보내고 하루히로는 혼자서 2층 큰 홀로 갔다. 진 모기스는 단상의 의자에 거만하게 앉아 있었다. 큰 홀에는 모기스 말고도 검은 망토가 다섯 명 있다. 그중 한 명은 검은 망토에서 승격한 토머스 마고 장군이다. 별로 뚱뚱하지도 않은데도 살집이 두둑한 볼 살이 흔들리고, 마치 머리를 그렇게 깎은 것처럼 이마가 M자 상태다. 그리고 목소리가 희한하게 높다. 무능하지는 않겠지만 유능하다고 할 수 있을지 어떨지. 모기스에게 충성스럽다는 것만은 틀림없다.

"쿠로가네 산맥의 드워프들이 우리 군에 구원을 요청해왔다."

모기스가 목소리를 높이지 않고 말했다.

"사자는 인간이다. 오르타나 주민이었다고 한다. 그 이츠쿠시마라는 사내를 너희는 잘 아는 모양이더군."

"감옥에서 꺼내주십시오."

한시라도 빨리, 지금 당장이라고 덧붙일 뻔했으나 하루히로는 간신히 참았다. 조금은 자제심이 부활하고 있는 건지도 모르겠다.

모기스는 하루히로의 발언을 무시했다.

"드워프는 신뢰할 수 있는 상대라고 생각하나?"

하루히로는 고개를 갸웃거렸다.

"공교롭게도 아는 사람이 없어서."

"이츠쿠시마와는 이야기했더군."

"뭐, 조금."

"쿠로가네 산맥은 신병기를 배치했다고 한다. 들었겠지?"

"어쩌다가."

"그 정체를 알고 싶다."

모기스는 의자 팔걸이를 두 번, 세 번 왼손의 검지로 두드렸다. 그 검지에는 반지를 꼈다. 작지는 않지만 그리 크지도 않은 반지다. 테두리는 금이나 그런 것이었고 파란 돌이 박혀 있다. 상당히 색이 연하달까, 밝은 청색이다. 돌 표면에 꽃잎 같은 모양이 강조되어 있다. 선명한 연파란 색 보석 안에 두 장의 꽃잎이.

두 장.

하루히로는 아무렇지 않은 척하면서 고개를 옆으로 돌렸다. 천천히 코로 숨을 내쉰다.

틀림없다. 꽃잎은 두 장이었다. 보석 안에서 두 장의 꽃잎이 흔들리는 것처럼 빛나고 있었다. 이상하다.

전에는 세 장이었다.

…그랬던 것 같은 느낌이 드는 것뿐일까? 기억 착오일까?

그 렐릭으로 짐작되는 반지를 제대로 봤을 때에는 하루히로는 기억을 잃었었다. 지금은 다르다. 조금 전에 하루히로는 기억해냈다. 아마도 모든 것을 다. 분명 그 탓이겠지. 머릿속에서 시간순서가 뒤죽박죽되어 있다. 뭐가 현실이고 뭐가 상상인 것인지, 잘 생각하지 않으면 구별할 수 없다. 저 반지는 렐릭이다. 그것은 틀림없다. 렐릭의 힘을 사용해서 진 모기스는 하루히로 일행을 전부 일축했었다. 첫 대면 때 모기스는 저 반지를 끼지 않았었다. 추측이긴 하지만 열리지 않는 탑의 주인에게서 받은 것이겠지.

보석에 떠 있는 꽃잎은 세 장이었다.

…그랬다고… 생각한다.

지금은 두 장이다.

두 장이 되었다.

한 장 줄어들었다.

이것은 어떻게 된 일인가? 무엇을 의미하는 것일까?

"이츠쿠시마는 드워프들의 신병기에 관해서 털어놓으려고 하지 않는다."

그래서 투옥한 것이라고 모기스는 말했다.

"자네들이라면 말하게 할 수 있나? 나는 가급적 원만하게 일을 끝내고 싶은 것이다. 희생은 최소한으로 하고 싶다. 이것은 진심이다."

이츠쿠시마가 말하지 않는다면 고문하거나 상처 입히거나 죽이거나 할지도 모른다. 그러니 자백하게 해라. 모기스가 말하고자 하는 것은 그런 뜻이겠지.

"…이야기해보겠습니다."

그렇게 대답하는 수밖에 없었다. 모기스는 희미한 웃음을 띠며 물러가도 좋다고 하루히로에게 말했다. 조금도 화가 나지 않는다면 거짓말이 될 것이다. 왕이라도 된 줄 알아?

어쩔 수 없다. 하루히로는 동료들에게 사정을 설명하고, 유메를 데리고 지하 감옥으로 갔다. 지하 감옥에는 간수인 검은 망토와 척후병 닐도 있었다. 감시역이라는 건가?

하루히로가 용건을 꺼내자 이츠쿠시마는 아주 약간 거북해하는 것 같았다.

"역시 그 건인가? 드워프가 신병기를 갖고 있다는 말을 하는 게 아니었어. 쓸데없이 주절거리다가 그 말이 튀어나오자마자 진 모기스의 눈빛이 변했으니까, 일이 꼬일 것이라고는 생각했었다."

"이것저것 물어봤을 텐데요. 그런데 아무것도 가르쳐주지 않았군요."

"나는 삐딱한 놈이라서."

"응?"

유메가 고개를 갸웃거린다.

"스승님은 있지, 털은 많지만 비뚤어지지는 않았는데? 요즘 들어 비뚤어진 거야?"

"그, 그런 게 아니야. 그리고 털은 상관없잖아…."

이츠쿠시마는 상당히 창피한 것 같다. 정말로 상관없는 일이다.

"그 신병기에 관해서는 우리에게도 자세히 말해주지 않았지요."

하루히로는 약간 떨어진 곳에서 이쪽을 보며 히죽거리는 닐을 힐끗 보았다.

"가르쳐주시지 않겠습니까?"

이츠쿠시마는 쇠창살에 얼굴을 가까이 댔다. 하루히로도 그렇게 했다. 유메는 거의 쇠창살에 얼굴을 대고 누르는 것 같은 지경이었다.

"그 망할 놈이 노리는 것은 대충 알고 있지?"

이츠쿠시마는 작은 목소리로 말했다.

"놈은 분명 철괴왕과 거래할 셈이다. 도와주길 바란다면 가진 보물을 넘기라는 식으로."

하루히로는 고개를 끄덕였다. 신병기가 어떤 것인지 모르지만 남정군을 막을 수 있을 정도의 무기라면 진 모기스는 손에 넣고 싶어 하겠지.

"상대방은 거래에 응할까요?"

"글쎄. 나는 모르지."

이츠쿠시마의 말투로 보아하니 신병기는 양도가 가능하기는 한 것 같다. 하나밖에 없는 것이라거나, 절대로 움직일 수 없다거나, 그런 물건은 아닌 것 같다.

"어쩌면 말인데요…."

하루히로는 문득 떠오른 것을 말했다.

"모기스는 교섭 상대를 바꾸려고 들지도 모릅니다."

이츠쿠시마는 흠 하고 콧소리를 내고는 생각에 잠겼다.

"…철괴왕과 거래할 수 없다면 적과 교섭한다는 건가? 말이 통하는 상대라고는 생각할 수 없는데. 오크며 언데드며…."

"인간도 있어."

유메가 끼어든다.

"포르간이 있으니까."

이츠쿠시마는 떨떠름한 얼굴을 했다.

"…그런가. 나는 미끼라는 건가?"

"무슨 말이야?"

유메가 입술을 삐죽 내밀며 물었다. 이츠쿠시마가 유메를 본다. 유메를 보는 이츠쿠시마의 눈길은 어디까지나 다정하다.

"나는 철괴왕의 사자니까. 나를 적에게 넘기면 협상 테이블에 앉힐 구실은 되겠지."

"그런 건 유메가 가만히 있지 않을 거야."

유메가 쇠창살 틈새로 손가락을 밀어 넣었다. 이츠쿠시마는 살짝 주저하면서도 그 손가락을 만졌다.

"나는 걱정하지 마."

"걱정하지 말라는 건 무리무링이잖아. 유메의 스승님이니까."

"…그러네."

그때는 그때고, 자기 몸은 어떻게 되어도 어쩔 수 없다고 이츠쿠시마는 각오하고 있는 것일까? 어느 쪽이든 모기스 같은 남자에게 굴복하는 것만은 참을 수 없다, 그런 오기가 생긴 것일까?

"신병기에 관해서는 말하지 말았어야 했어요."

하루히로가 말하자 이츠쿠시마는 얼굴을 찌푸렸다.

"그건 인정한다. 내 실수다. 사람과 교류도 거의 하지 않는 나에게는 애초에 짐이 너무 무거웠던 거겠지."

"철괴왕을… 칭찬했었지요?"

"무슨 말을 하고 싶어?"

이츠쿠시마는 철괴왕의 신뢰를 받아 중요한 임무를 맡게 되었다. 그런데도 경솔하게 신병기에 관해서 말을 흘려버려서 일을 그르칠지도 모르게 되었다. 철괴왕에게 면목이 없다. 고개를 들 수 없다고 생각하는 것은 아닐까? 그래서 더욱 진 모기스를 따를 수는 없다. 도저히 복종하고 싶지 않다고.

"이대로 있다가는, 당신을 구출하기 위해서 이 주변의 놈들을 전부 죽이거나 반죽음으로 만들고 오르타나를 탈출하는 수밖에 없을 것 같네요. 그 후에 의용병단이 받아주길 기대하는 건 상당히 어려워요. 의용병단 쪽도 나름대로 사정이 있어서 변경군과 보조를 맞추고 있는 거니까. 우리도 동료를 인질로 붙잡혀서, 비교적 내키지는 않지만 어쩔 수 없이 여기에 있는 겁니다. 그 동료도 어떻게 하면 구해낼 수 있을지 해결의 실마리가 보이지 않고요."

이츠쿠시마는 고개를 옆으로 홱 돌렸다.

"나는 됐어."

곧바로 유메가 자기 손가락을 이츠쿠시마의 손가락에 꽉 걸었다.

"됐을 리가 없잖아."

"유메…."

이츠쿠시마는 뭔가 말하려고 했다. 하지만 말이 나오지 않는 것 같았다.

"무슨 일이 있든 유메는 당신을 못 본 척하지 않아요."

하루히로는 될 수 있는 대로 태연하게 말했다. 할 필요도 없는 말을 굳이 하는 것은 꽤 쑥스러운 일이다.

"유메의 의사는 우리의 의사입니다. 당신이 고집을 부리는 한, 사태는 방금 말씀드린 것처럼 움직일 걸로 생각합니다."

"내가 고집을 부리는 거라고?"

"아닌가요?"

유메가 응응 하고 고개를 끄덕여 보인다.

"스승님은 고집쟁이니까."

"그, 그런가?"

이츠쿠시마는 유메가 말하면 뭐든 찍소리도 못 하는 것 같다.

"…뭐, 그럴지도. 아니, 고집을 부린다고 할 정도로 그럴듯한 게 아니야. 나는 실패했다. 어떻게든 수습해서 퉁치고 싶었던 거지."

"스승님은 대단하네. 실례를 인정하는 건 어려운 거잖아?"

"실패겠지…."

이츠쿠시마는 유메의 말실수를 정정해주면서, 귀여워서 못 견디겠네, 이 녀석… 이라는 얼굴을 하고 있다. 그러나, 하루히로의 눈치를 본 건지도 모른다.

"일단, 알았다."

이츠쿠시마는 헛기침을 하고 진지한 표정을 지었다.

"신병기에 관해서 말하기로 하겠다. 그렇다고 해도, 내가 직접 사용했던 적이 있는 것도 아니고, 드워프가 보유하고 있는 숫자도 대강밖에 몰라."

"참고로 물어보고 싶은데요, 신병기라는 건 어떤 것입니까?"

"총이다."

이츠쿠시마는 밝혔다.

"총."

하루히로는 똑같이 따라 말했다.

유메는 눈을 깜빡거렸다.

"총?"

"…철포."

하루히로는 중얼거렸다.

자유 도시 베레를 거점으로 하는 K&K 해적 상회의 모모히나가 갖고 있었다. 해적 상회는 그것 말고도 몇 자루 더 보유하고 있다고 했다.

"나는 그건 도저히 좋아하지 않지만."

이츠쿠시마는 눈살을 찌푸리며 말했다.

"철혈왕국의 드워프는 총을 제조할 수 있어. 아마 수백 자루는 있 겠지."

진 모기스는 곧바로 이츠쿠시마를 석방했다. 그리고 당장 식사를 함께 하며 무례함을 사과했다고 한다. 단, 머리는 숙이지 않았다고 한다. 함께 밥을 먹고 나니 그 남자가 더욱 싫어진 이츠쿠시마가 말해줬다. 아무리 미움받아도 모기스는 전혀 신경 쓰지 않겠지. 그 남자의 후안무치는 본격적이다.

모기스는 변경군에 원정 준비를 진행시키면서 쿠로가네 산맥에 사절단을 파견하기로 했다. 총사의 대리로 변경군의 정식 사신으로서 사절단을 이끄는 것은, 측근조인 검은 망토 중에서 발탁한 비키 산즈라는 남자다. 이츠쿠시마도 물론 동행한다. 하루히로 일행도 쿠로가네 산맥으로 가도록 명을 받았다. 그리고 척후병 닐이 일행에 끼었다. 닐의 역할은 정사(正使) 비키 산즈의 보좌역 겸 하루히로 일행의 감시역쯤이겠지.

모기스는 일행에게 인원수만큼 말을 내주었다. 말의 체격은 그리 크지 않지만 다부지고 온순해 보이는 얼굴을 하고 있다. 실제로도 온순하고 견인용으로도, 타는 용도로도 쓸 수 있다고. 본토에서 데려온 말이라고 한다.

"출발은 내일 아침이다. 그때까지는 자유롭게 지내면 된다."

모기스는 큰 홀에 사절단을 불러 모아 그렇게 말했다. 마치 자기가 관대한 군왕이라도 되는 듯한 태도로, 생색을 내는 말투였다.

이츠쿠시마는 쿠로가네 산맥에서 데려온 늑대개를 데리고 사냥꾼 길드의 건물 등을 돌아본 후에 다음 날 합류한다고 한다.

하루히로 파티는 의용병 숙사에서 하룻밤 묵기로 했다. 엄청나게 손상되었지만 지붕은 제대로 달려 있다. 방이 많다. 연료만 있으면 난방을 할 수도 있다. 목욕도 할 수 있다. 천망루에 있는 것보다는 훨씬 마음이 편했다.

메리는… 당연히 걱정된다. 하지만 어떻게 해야 좋을지 솔직히 모르겠다. 하루히로는 동료들을 의용병 숙사에 두고 니시마치의 도적 길드로 가봤다.

멘토 엘라이자는 길드에 있었다. 항상 그렇듯 얼굴은 보여주지 않았지만. 정보를 교환하고, 하루히로는 의도치 않게 기억이 돌아온 사실을 그녀에게 전했다. 잠시 바르바라 이야기를 했다. 바르바라를 잃은 것은 정말로 큰 타격이었다. 지금이야말로 바르바라 선생님이 있어주었으면 했다.

엘라이자 말고도 후다라크와 모자이크라는 형제 멘토가 살아남았다. 그들은 남정군을 뒤쫓고 있었을 터인데, 아직 돌아오지 않았다고 한다. 형제 중 한 명이라도 생존해 있다면 쿠로가네 산맥으로 향하는 하루히로 파티와 접촉할지도 모른다. 엘라이자는 만약을 위해, 상대가 도적 길드의 멘토인지 아닌지 확인하기 위한 암호를 가르쳐주었다.

"하지만 분명 별 도움이 되진 않을 거야."

엘라이자는 후다라크와 모자이크 형제에게 별로 기대하지 않는 것 같다.

"살아 있다면 사태가 진정될 때까지 어딘가에 몸을 숨기고 있을 거다. 그런 자들이니까."

하루히로는 의용병 숙사로 돌아왔다. 옛날처럼 남자 방과 여자 방이 나뉘어 있어도 좋았겠지만 메리 일도 있기 때문에 각자 한 방씩 쓰기로 했다. 하루히로는 건초를 깔아놓은 2층 침대가 두 개 있는 방을 골랐다.

하루히로는 벽걸이 램프에 불을 켰다. 외투를 벗고 아래쪽 침대에 걸터앉았다.

견습 의용병 시절, 이 방을 1박에 10카파로 빌렸었다. 너무나 그립다. 한쪽 침대는 위가 란타였고 아래가 모구조. 나머지 한 침대는 위가 하루히로, 아래는 마나토가 썼다.

"…목욕탕, 엿보러 가기도 했었지. 란타가 말을 꺼내긴 했지만. 저질이었네, 우리."

지금 하루히로가 앉아 있는 이 침대는 마나토가 쓰던 것이다. 옆은 모구조의 침대였다. 두 사람 다 이제는 없다.

바르바라 선생님도 죽어버렸다.

그러고 보니 팀 렌지의 삿사도 붉은 대륙에서 목숨을 잃었다고 했다.

하루히로는 한숨을 내쉬었다.

한숨과 함께 무거운 마음을 뱉어내버리고 싶지만 무리겠지 하고 생각한다. 기분 전환을 잘하는 편이 아니다. 스스로 바란 것은 아니지만 거의 모든 것을 잊어버렸었다. 그런데도 결국 다시 생각해냈다. 모든 것이 자기 자리를 찾아가고 순리대로 된 것이라는 뜻인지도 모르겠다.

누군가가 방문을 똑똑 두드렸다. 그전부터 발소리가 들렸기 때문에 하루히로는 놀라지 않았다.

하루히로가 대답하기 전에 문이 열렸다.

"흥."

가면 사나이였다.

"짜증 나는 면상 하고 자빠져서는. 사기가 떨어지잖아, 망할 얼간이."

"미안하게 됐다. 이 얼굴은 이렇게 태어난 거라서."

"얼굴 생김새는 바꿀 수 없으니까, 적어도 하는 짓이라도 야무지게 하라는 거다. 알아먹어야지, 그런 것쯤은."

가면 사나이는 방으로 들어와서 모구조가 썼던 침대에 걸터앉았다.

"전부 기억이 난 거지?"

"어….."

하루히로는 한숨을 쉬었다. 왠지 한숨만 쉬는 것 같은 느낌이 들지만 어제오늘 시작된 것은 아니다. 옛날부터다.

"아마도."

가면 사나이는 가면을 벗어 침대 위에 던졌다.

"분명치 못한 녀석이야. 기억이 있든 없든, 너라는 녀석은."

하루히로는 쓴웃음 지었다.

"그러게."

"메리는….."

란타는 낮은 목소리로 말했다.

"유메한테 은근히 감시하라고 했다."

원래는 메리 건은 하루히로가 부탁이랄까, 지시해줘야 했는지도 모른다. 란타에게 떠맡겨버린 꼴이 되었다. 할 일을 소홀히 한 셈이지만 그럼 좀 어때? 라고 하루히로는 생각할 수가 있었다.

뭐든지 하루히로가 짊어져야만 하는 건가? 그렇지는 않다. 다소는 란타에게 짐을 덜어달라고 해도 되고, 유메도 몰라볼 정도로 믿음직해졌다. 세토라는 머리 회전이 하루히로와는 다르다. 쿠자크도 몸을 쓰는 일에 있어서는 보통이 넘는다.

"있잖아, 란타."

이 방에서 궁핍한 생활을 했었다.

어느덧 시간이 흘렀다.

필설로 다할 수 없을 정도로 여러 가지 일이 있었다.

하루히로 일행은 변했다. 모두, 변하지 않을 수는 없었다.

"그 무렵…."

"엉?"

"이렇게 될 거라고는 그 무렵엔 생각지도 못했지."

"나 님은 만능이지만."

란타는 웃어넘겼다.

"안타깝게도 전지전능한 건 아니야. 예지 능력 같은 건 없으니까."

"좀 있잖아. 너무 하드해…."

하루히로는 아마도 넋두리할 상대를 잘못 골랐는지도 모른다. 다른 이도 아닌 란타니까, 하루히로를 조롱하고 엉망으로 깎아내리겠지.

"어차피 모든 게 다 엿 같으니까."

란타는 아무렇게나 다리를 꼬더니 두 손으로 건초 침대를 짚고 몸을 뒤로 젖혔다. 란타인데도 하루히로를 경멸하지 않았고 놀리지도 않았다. 란타 주제에.

"애초에 살면서 엿 같지 않은 일이 그렇게 많은가? 생각해봐라.

우리, 자기 이름밖에 기억나지 않는 옛 같은 상황에서 이 생활이 시작된 건데. 설령 그렇지 않았다고 해도 그렇지. 태어났으면, 먹고 자고, 싸고 먹고, 자고 먹고, 싸고 자고, 먹고 자고… 그러다가 언젠가는 뒈져버리지. 생물이라는 건 뭐든 그리 큰 차이가 없어. 요컨대 먹고 싸고 자는 것뿐이잖아."

"그렇게 말하면 더 할 말이 없지."

하루히로는 아주 약간 웃었다. 우스워서 웃은 것이 아니다. 웃는 것 외에 뭘 할 수 있을까? 웃는 것 정도밖에 할 수가 없었다.

"하지만 말이야, 아무러면 그게 다일 리는 없지 않겠냐?"

"그야 뭐."

란타는 태연하게 인정했다.

"생물이라는 건 죽기 전에 반드시 태어나는 거니까. 결국 살기 위해서 태어나고 죽는 거니까, 그렇게 생각하면 자손 번창은 중요하지."

"그건 그렇지."

"너도 여자랑 하고 싶다는 충동은 있지?"

"…없지는 않긴 한데."

"일일이 토 달지 마. 가끔씩이라도 하고 싶어진다면 그건 심플하게 있는 걸로 치면 되잖아."

"그야, 있어, 그건."

"하지만 그 충동도 우리가 생물로서 자손을 남기기 위한 장치일 뿐이야."

"…그렇게 말해버리면 그뿐인지도 모르지만."

"너 같은 맹한 녀석이라도, 자기 새끼가 눈앞에 있다면 눈에 넣어도 아프지 않을 정도로 물고 빨고 할 거다, 분명."

"상상해본 적 없네."

"이 나 님이 단언해주지. 너는 자기 새끼를 물고 빠는 엿 같은 똥 덩어리 중의 똥 덩어리다."

"자기 아이를 귀여워하는 건 별로 똥 덩어리가 아니지 않아?"

"그게 조작된 게 아니라면 말이지."

"…아하, 우리는 생물로서, 자기 피를 이어받은 아이를 귀여워하게끔 만들어졌다는 뜻?"

"물론 아이를 예뻐하지 못하는 멍청한 망할 부모도 있긴 하겠지만. 기본적으로는 소중하게 여기도록 되어 있겠지. 그게 아니면 자손 번창이 불안해지니까. 뭐든지 다 그런 식으로 짜인 거라면, 쎄하지 않아?"

"아니, 별로…."

"나는 차게 식는데. 진짜로 엿 같아. 모든 게 다 엿 같잖아. 진짜로. 진짜…."

깊은 숲속에서 혼자 있었을 때 일을 란타는 이야기했다. 주위에는 아무도 없다. 정말로 아무도 없는 것이다. 세계에 단 한 사람, 나자신밖에는 존재하지 않는 게 아닐까? 무엇을 해도, 어디까지 가도, 언제가 되어도 누군가를 만나는 일은 없다. 이제 아무와도 만날 수 없다.

그럴 때에는 맹수나 그런 것에게 습격을 당해 잡아먹혀 버리고 싶다는 생각까지 하게 된다.

혹은, 아무것도 입에 넣지 않고, 먹지도 마시지도 않고 이대로 시들어버리는 것을 기다릴까? 이런 생각도 했었다.

그래도 언젠가는 이 깊은 숲에서 탈출하려고 한다. 아무리 나가고 싶다 해도 나갈 수 있는 건가? 가능한지 아닌지는 모른다. 안 될지도 모른다. 숲속에서, 그야말로 맹수한테 잡아먹히거나, 혹은 길을 잃고 헤매다가 아무도 모르게 죽을지도 모른다.

끝없이 조용한, 말 없는 공포가 목을 조른다.

질식해버릴 것 같은데 정신을 잃는 일은 없다.

발은 무겁다.

몸 전체가 한없이 무겁다.

한 걸음. 단 한 걸음. 그 최초의 한 걸음을 내딛는 것을 도저히 못하겠다.

그래도, 언젠가는 이 깊은, 지나치게 깊은 숲에서 어떻게든 탈출하려고 하는 것이다.

"…한 번이 아니야. 그런 일이 몇 번이나 있었다."

란타는 희미한 웃음을 띠고 있었다. 눈은 반쯤 내리깔았다. 입술과 턱이 희미하게 떨리는 것처럼 보인다. 그때를 떠올리면 무서워서 견딜 수 없는 것이겠지. 하지만 그 기억으로부터 도망 다닐 생각은 없다. 허세라도 끝까지 관철하면 진짜가 된다. 그것이 란타의 신조였다.

"나는 진짜 혼자구나… 라고. 깨달았다. 말 상대가 필요해도, 눈앞이나 머릿속에 누가 있다고 치고 중얼중얼 혼잣말을 하는 수밖에 없어. 진짜로 엿 같았다. 지금도 잠들면 가끔씩이지만 그때 꿈을 꿔. 아… 또야? 뒈질 때에는 이런 느낌일지도… 라는 생각을 하기도 해. 그렇다면… 서서히 죽어가는 건 나는 싫다. 한 방에 팍 죽어버리는 게 좋아. 진짜 엿 같지. 살아 있다는 건 결국은 그런 거라고 생각해."

"…뭔지 잘 모르겠지만 결국은 그런 거라는 건, 어떤 거?"

"멍청이. 좀 알아먹으라고."

란타는 혀를 찼다.

"잘 들어봐, 파루피로. 아무리 좋은 경험만 한다고 해도 말이다, 예를 들어, 나 님의 너무나 근사한 유전자를 이어받은 새끼를 3천 명 낳는다 해도 말이다. 한순간에 뒈져버려서 아무것도 모르게 되잖아. 괴로움에 몸부림치다가, 우와아… 최악이잖아… 라고 생각하면서 뒈지고, 똥 덩어리나 다름없는, 아니, 똥 덩어리 그 자체인 시체가 된다. 그게 우리 인생, 그것만이 진실이라는 뜻이잖아."

"나는 그런 식으로는 생각하지 않는데."

"맘대로 해라, 그건 네 자유니까. 나는 모든 게 다 엿 같다고 생각한다. 이건 내 자유다."

"안 맞네, 우리."

"그건 진작부터 알았잖아?"

"하긴."

"누구나 다 엿 같다."

"유메도?"

"예외는 없어. 나는 엿 같고, 그 녀석도 엿 같고, 살아 있어도 엿 같고, 죽어도 엿 같다. 그래도 나는, 평생 소중하게 품고 싶다고 생각한다. 말하자면, 나는 나 홀로 깊은 숲속에서 깨달음이라는 걸 얻었다 이거야. 깨달아버렸다고. 중요한 건, 나나 그 녀석이 엿 같냐아니냐가 아니야."

하루히로가 해석하기에 란타가 하고자 하는 말은 결국 이런 것이 아닐까?

모든 가치는 허식일 뿐이다. 모든 것이 무가치하다. 그야말로 있을 법한, 없을 리가 없다고 생각되는 가치라는 것을 전부 뜯어내버린다. 그리고 남은 것만을 소중하게 여기면 된다.

"하루히로, 너, 무슨 특별한 이유나 뭐나 그런 게 있어서, 그래서 이런 엿 같은 이벤트가 이어지는 거라고 생각하는 거냐?"

아니야 하고 란타는 자신만만하게 단언했다.

"처음부터, 너를 포함해서 모든 게 다 엿 같으니까. 벌어지는 이벤트가 엿 같은 것도 당연하잖아. 엿 같은 놈 주제에 건방지게 불평하지 말라고. 엿 같다는 것쯤 그냥 받아들여. 네가 엿 같으니까."

말이 심하다고 하루히로는 생각했다. 하지만 화는 나지 않았다.

그때부터 시간이 흘러, 옛날의 내가 아니라고 느끼고 있다. 그런데도, 변함없이 상황에 휘둘리며 우왕좌왕하는 것은 문제 아닐까? 좀 더 제대로 된 판단을 내려서 이 시답잖은 상황에서 빠져나갈 수는 없는 것인가? 그런 식으로 생각하는 하루히로에게, 우쭐대지 말라고 란타는 못을 박은 것이다. 원래부터 우리는 이랬다. 그렇다면 내내 이런 상태라고 해도 이상할 것 없다.

달갑지는 않지만 어차피 포기할 수는 없다. 이 깊은 숲에서 빠져나갈 방법을 모색하는 수밖에 없다. 언젠가의 란타처럼 혼자는 아니니까, 그나마 훨씬 낫지 않은가.

시각 종이 울리기 전인 아직 어슴푸레한 이른 아침인데도, 시노하라네 오리온 멤버들은 북문에 모여서 변경군 사절단 일행을 배웅해주었다.

안개가 껴서 아직 꿈속에 있는 것 같은 출발이었다. 그것도 그다지 좋은 꿈은 아니다. 어느 쪽인가 하면 악몽이다.

"죄송합니다. 일부러 여기까지 나오게 해서….”

하루히로가 미안해하자 시노하라는 "뭘, 우리 사이에”라며 웃었다.

"나도 동행할 수 있다면 좋았겠지만 안타깝게도 그럴 수도 없네요. 가는 도중 아무쪼록 조심하길. 무사하기를 기원하겠습니다.”

이 남자는 불과 며칠 전에 심복이며 친구이기도 한 키무라를 잃었다. 그때 그답지 않다고 느껴질 정도로 이성을 잃었지만 지금은 이제 아무렇지도 않아 보였다. 열리지 않는 탑의 주인에 관한 의혹도 있고, 아무래도 거동이 의심스럽다.

신세 진 선배 의용병이라고 하면, 먼저 시노하라의 이름이 떠오른다. 하루히로는 꽤 존경하고 있었고 신뢰할 수 있는 인격자라고 생각했었다. 사람을 보는 눈이 없었다는 건가?

"…감사합니다. 그럼 우리는 슬슬.”

하루히로가 고개를 숙이자 시노하라가 한 손을 들었다.

"오리온!"

곧바로 하야시를 포함한 오리온 멤버들이 일제히 각자의 무기를 치켜들었다.

"우옷, 멋지다…."

쿠자크는 순수하달까, 단순하달까. 란타는 가면 속에서 혀를 찼다.

"출발!"

소리 높여 그렇게 선언한 비키 산즈와 척후병 닐, 그리고 이츠쿠시마는 말을 타고 있다. 하루히로 팀은 아직 말에 타지 않았다. 각자의 말에 짐을 싣고 고삐를 잡고 있다.

"포치!"

유메가 부르자, 조금 떨어진 곳에서 앉아서 기다리던 이츠쿠시마의 늑대개가 달려왔다. 포치는 원래 사냥꾼 길드에서 키웠던 모양이다. 이츠쿠시마만이 아니라 유메도 잘 따른다.

아홉 명과 말 아홉 필, 늑대개 한 마리로 구성된 변경군 사절단 일행은 오르타나를 출발해서 북쪽으로 나아갔다. 풍조 황야에 들어서자 안개는 완전히 걷혔다.

이윽고 해가 뜨고 따뜻해졌다. 구름은 적고, 풍조 황야치고는 바람도 그리 세지 않았다. 딱 적당한 정도의 더위가 되었다.

앞으로를 생각해서 하루히로 일행은 승마 연습을 했다. 마룡을 탄 적이 있다고 하는 유메는 실력이 쑥쑥 늘었고 하루히로와 란타, 메리, 세토라도 느린 걸음이라면 갈 수 있을 것 같았다. 쿠자크는 말이 그를 태우기를 거부했다.

"나, 크니까. 무거운 걸까요?"

쿠자크가 목을 어루만져주거나 하면 말도 그리 싫지 않은 내색인 걸 보니 싫어하는 것은 아닌 모양이다.

"말도 못 타다니. 쓸모없는 놈."

매우 털이 많고 양쪽 눈썹이 하나로 붙은 일자 눈썹 비키 산즈 정사는 쿠자크를 꾸짖으면서도 타는 법을 하나하나 가르쳐주었다. 듣기에 그는 말 조련사 집안 출신으로 본토에서는 마부를 했던 적도 있다고. 친절하고 꼼꼼하게 가르쳐준 덕분에 쿠자크는 간신히 말을 탈 수 있게 되었다.

"오오. 걷는다. 걸어주네. 내 말 군. 비키 씨, 감사함다."

"나 말고 말한테 감사해라, 바보 녀석."

비키 산즈는 입으로는 미운 소리를 하면서도 얼굴을 약간 붉혔다. 쑥스러운 모양이다. 검은 망토의 일원치고는 묘하게 사람이 좋은 것 같다.

풍조 황야를 이대로 300킬로미터 북으로 직진하면 그림자 숲이 펼쳐진다. 거기서 동쪽으로 150킬로미터를 가면 눈물 강 이로토에 맞닥뜨리게 된다. 이로토의 원류는 쿠로가네 산맥이다. 강을 백 수십 킬로미터 거슬러 올라가기만 하면 목적지에 다다른다. 이것이 가장 간단하고 알기 쉬운 루트지만 멀리 돌아가게 되었다.

일행은 먼저 풍조 황야 안에 우뚝 솟은 왕관산이라는 산맥을 목표로 북동으로 나아갈 생각이었다. 물론 등산은 하지 않는다. 왕관산의 기슭을 따라서 이로토에 접근할 때까지 더욱 북동으로 간다. 그 뒤는 강을 따라 쿠로가네 산맥을 향하면 된다.

예정은 어디까지나 예정일 뿐이다. 어디에 적이 있을지 정확히 알 수 없다. 단독으로 움직이는 것보다 훨씬 발견되기 쉽고, 풍조 황야는 차폐물이 극단적으로 적기 때문에 상당히 멀리 있는 것도 잘 보인다. 무슨 일이 일어날지 모르지만 임기응변으로 대처하는 수밖에 없다. 이쪽에는 이츠쿠시마, 그리고 유메라는 야외 행동 전문가가 있다. 이츠쿠시마는 풍조 황야에 대해 잘 아는 모양이니 지형적 유리함은 있다고 해도 될 것이다.

왕관산까지는 약 3일 정도 걸리는 모양이다. 이렇게 떨어져 있어도 맑은 날에는 산 그림자가 뚜렷하게 보이기 때문에 표식으로 삼을 수 있다.

첫날은 순조로웠지만 둘째 날 오후에 유메가 그것을 발견했다.

"후오오오. 스승님, 있잖아, 저거 봐봐."

유메는 말 위에서 약간 서쪽으로 치우친 북쪽을 가리켰다. 이츠쿠시마도 말을 멈추고 유메가 가리킨 방향을 유심히 보았다.

"흠, 저것은….."

하루히로는 사냥꾼인 유메나 이츠쿠시마처럼 눈이 좋은 것은 아니다. 그래도 유메가 무엇을 가리킨 건지 금방 알았다. 아니, 모두가 그것을 발견한 모양이다.

"어?"

쿠자크는 고삐를 잡은 말의 목을 어루만지면서 고개를 갸웃거렸다.

"저거, 나무인가요?"

"부아보."

란타가 안장 위에서 가면을 벗었다.

"풍조 황야에 저런 큰 나무는 자라지 않는다고. 희한하게 가늘고 긴데….."

"움직이는 것처럼 보이는군."

세토라는 이제 말을 잘 다루어가고 있다. 멈추는 것도, 걷게 하는 것도 자유자재다.

"…실화냐."

척후병 닐이 얼굴을 찡그리고 혀를 찼다. 닐의 말이 계속 두리번거리고 좌우 귀를 움직이며 콧구멍을 벌렁거렸다. 저것은 분명히 불안할 때의 몸짓이다.

잘 보니 하루히로의 말도 마찬가지로 귀를 움찔움찔 떨고 있었다. 이런 경우에는 워… 나 호… 하고 말해주면서 쓰다듬어주거나 하면 되는 모양이다. 그러고 보니 쿠자크는 이미 말의 목을 쓰다듬어주고 있다. 하루히로도 따라 하기로 했다.

"워, 워…."

"그래서?"

말을 탄 비키 산즈는 당당하게 가슴을 내밀고 있어서 절반 정도, 아니, 두 배 정도는 더 의젓하게 보인다.

"저 길쭉한 것은 도대체 뭐냐?"

"풍조 황야의… 거인…."

메리가 중얼거렸다. 비키 산즈는 눈을 까뒤집었다.

"거인이라고?"

늑대개 포치가 우옹, 크르르릉 짖기 시작했다.

"포치!"

이츠쿠시마가 달래주자 포치는 금방 짖는 것을 멈췄다.

닐은 몇 번이나 눈을 깜빡거렸다.

"…내가 보기에는 한참 멀리 떨어져 있는 것 같은데, 그렇다면 저녀석, 엄청나게 크지 않나?"

헷 하고 란타가 콧방귀를 뀐다.

"그야 거인이니까."

"실제로는 어느 정도 크기인가?"

비키 산즈가 이츠쿠시마에게 물었다. 이츠쿠시마는 고개를 가로 저었다.

"정확히는 나도 모른다. 먼발치에서는 몇 번이고 봤지만 가까이 다가가본 적은 없어서. 10미터는 안 될 거라고 생각하는데."

"가까이 가지 않으면 괜찮다는 뜻이로군."

비키 산즈는 의외로 배짱이 두둑한 모양이다. 이츠쿠시마는 고개를 끄덕였다.

"뭐, 그렇지."

일단 길쭉한 거인에겐 신경 쓰지 말고 나아가기로 했다. 예의 길쭉 거인의 모습은 날이 저물어 어두워질 때까지 보였기 때문에 기분 나쁘기는 했다. 하지만 다가오고 있는 것은 아닌 모양이다. 일행은 번갈아 보초를 서며 대여섯 시간의 수면을 취했다. 하루히로가 잠에서 깼을 무렵에는 하늘이 말갛게 밝아오고 있었다.

"…있네."

북쪽 방향이다. 길쭉 거인이 서 있다. 이동하는 건지 아닌지는 잘 모르겠다. 아무튼 있다. 그것만큼은 틀림없다.

"꽤 이상한 꿈, 꾼 것 같은 느낌이 드는데요, 나. 저것 때문인가 …?"

쿠자크는 일어나자마자 아직 잠이 덜 깬 것 같은 말을 했다.

"냉큼 출발할까?"

이츠쿠시마는 모두를 재촉했다. 이견은 나오지 않았다.

해가 다 떠서 완전히 밝아지자 사절단 일행은 한층 위기감을 느꼈다.

"우냐아⋯."

처음으로 그것을 발견한 것은 역시 유메였다. 유메는 솜씨 좋게 말을 다루면서 북동을 가리켰다.

"뭔가 있지, 새로운 게 있는데."

북동이라면 목표 지점인 왕관산 방향이다. 그 그림자 숲에 뒤섞여 약간 보기 힘들다. 그러나 아주 잘 주의해서 보면 하루히로도 확인할 수 있었다. 그쪽에도 길쭉 거인으로 보이는 그림자가 있다.

이츠쿠시마는 유메를 보고 코끝을 찡긋거렸다.

"유메 너, 나보다 먼 곳을 잘 보게 되었구나."

"감탄하고 있을 때냐고⋯."

란타의 딴지에는 힘이 없었다.

비키 산즈는 일자 눈썹을 V자 형태로 세우며 척후병 닐에게 시선을 향했다.

"어떻게 생각해?"

닐은 고개를 갸웃거렸다.

"글쎄올시다⋯."

"문제는 이쪽으로 오고 있는가 하는 점이다."

세토라는 굳이 말하지 않아도 알 만한 사실을 일부러 말한 것이겠지. 불안이나 공포에 눈이 흐려지면, 잠식되면 뻔히 알던 일들을 알 수 없게 되기도 한다.

"우움⋯."

유메는 길쭉 거인 둘을 번갈아 보았다.

"어려울지도."

"이 정도까지 접근한 적은 몇 번이나 있었다. 한동안 예정대로 전진해보고 거리감을 재는 게 좋겠지."

이츠쿠시마가 말하자 늑대개 포치가 우웅우웅 짖었다. 유메는 웃었다.

"그게 좋다고 포치도 말하는데?"

비키 산즈는 쉽사리 이츠쿠시마의 제안을 받아들였다. 이 남자는 사람 말에 귀를 잘 기울이고 결단력이 있다. 듬직한 태도에 여간해서는 동요하지 않는다. 검은 망토 중에도 정상적인 인재가 있었다는 뜻이리라.

사절단 일행은 길쭉 거인을 주시하면서 왕관산을 향해서 나아갔다.

가차 없이 내리쬐는 햇빛을 윙윙 휘몰아치는 거친 바람이 날려버리려는 듯한, 풍조 황야에서는 흔히 볼 수 있는 아침이었다.

천룡 산맥 기슭에 위치하는 오르타나 일대에는 사계절 비슷한 것이 있는 반면, 풍조 황야에는 계절감이 거의 없다. 맑고 바람이 약한 낮 동안은 더워서 견딜 수가 없고, 바람이 세게 불어주면 다소는 지내기 편해진다. 날이 저물면 기온이 쑥 내려간다. 날씨가 궂으면 여러 종류의 혹독함이 다방면에서 엄습한다.

하루히로는 얼핏 들은 적이 있는 것뿐이지만 만뢰람(万雷嵐)이라 불리는 풍조 황야 특유의 날씨가 있다고 한다. 대낮인데도 순식간에 캄캄해질 정도로 먹구름이 잔뜩 끼고 강풍이 몰아치는 가운데 쏟아붓는 것처럼 벼락이 떨어진다. 만뢰람을 만나게 되면, 땅바닥에 달라붙어 있어도 감전되어버려서 무사히 살아 나오는 건 아주 힘들다고.

날씨는 행운이 따라주었다.

다른 운은, 글쎄, 어떨지.

오후에 유메가 세 번째의 길쭉 거인을 발견했다. 세 번째는 두 번째와 대략 같은 방향으로, 거리는 두 번째보다 멀었다.

즉, 사절단 일행 쪽에서 봤을 때 북북서에 하나, 그리고 왕관산 방향, 북동에서 북북동으로는 길쭉 거인 둘이 있다는 말이다.

"이건 쫓아오는 거라고 생각하는 수밖에 없을 것 같군."

이츠쿠시마는 그렇게 결론 내렸다.

"더 이상 왕관산 방향으로 가는 것은 위험해. 우리 쪽에서 거인에게 다가가는 꼴이 된다."

"되돌아가는 건가…?"

닐이 불안한 듯이 비키 산즈를 본다. 우리의 정사는 결연하게 고개를 가로저었다.

"아니야. 우리는 어떻게 해서든 쿠로가네 산맥까지 도착해서 철괴왕에게 총사님의 친서를 건네야 한다. 되돌아가는 것은 논외다."

"그건 알지만. 그냥 말해본 것뿐이잖아."

닐이 찜찜한 듯이 얼굴을 찡그렸다.

"그래서? 어떻게 해?"

돌아갈 수는 없지만 길쭉 거인에게 돌진하는 것은 아무리 생각해도 어리석다.

"여기서부터 동쪽으로 가도 이로토에 갈 수 있다. 그렇지?"

비키 산즈가 이츠쿠시마에게 물었다. 사절단 일행의 목적지는 쿠로가네 산맥이다. 아무튼 이로토를 거슬러 올라가면, 언젠가 반드시 쿠로가네 산맥에 도달한다.

"맞다."

이츠쿠시마가 고개를 끄덕이자 비키 산즈는 바로 결단을 내렸다.

"그럼 동쪽이다."

이렇게 해서 사절단 일행은 똑바로 동쪽으로 진로를 바꿨다.

쿠자크도 제법 말을 탈 수 있게 되었다고나 할까, 말이 태워주게 되었다. 될 수 있는 대로 서둘러 길쭉 거인을 빨리 떼어놓고 싶은 참이다.

그러나 아무리 가도 길쭉 거인 셋을 따돌릴 수는 없었다. 다가오는 것처럼은 보이지 않지만 멀어지는 느낌도 없다.

"이런 일은 일찍이 없었는데."

풍조 황야를 잘 알고 있을 터인 이츠쿠시마도 이 사태는 예상외였던 모양이다.

"혹시나 풍조 황야의 이변에 거인들이 반응해서 행동 패턴이 바뀐 건지도 몰라. 요즘 한동안 오크며 언데드들 대군이 마치 제집인 양 활보하고 다녔으니까."

인간족은 풍조 황야를 개척하지 않고 천룡 산맥 기슭에 다무로 등의 도시를 건설했다. 엘프들은 풍조 황야 앞에 펼쳐진 그림자 숲을 거처로 삼았다. 풍조 황야의 환경이 그들을 거부했다는 측면도 있지만, 이츠쿠시마가 말하기로는 그것만이 아니라고 한다.

사람이든 엘프든 드워프든 오크든, 다들 구름을 찢는 풍조 황야의 거인들을 매우 두려워했다. 풍조 황야의 거인을 둘러싼 일화는 수도 없이 많다. 단, 인간족의 경우는 왕국 대부분이 멸망해버렸고, 아라바키아 왕국도 한 번은 천룡 산맥 남쪽으로 도망쳤다. 그 때문에 거인에 관한 설화 종류는 잊히고 말았다.

"나는 엘프나 드워프들 사이에 전해 내려오는 거인 전설도 다소는 알고 있다. 인간족은 보아하니 풍조 황야의 거인을 지나치게 경시했다. 오크도 마찬가지겠지. 우리는 풍조 황야의 주인이 누구인지를 분간할 필요가 있다. 그것은 절대로 우리가 아니야. 오크도, 언데드도 아니다."

날이 저물고 밤의 장막이 드리우자 당연하지만 길쭉 거인의 모습은 확인할 수 없게 되었다. 하지만 밝은 동안에는 계속 보였으니까, 멀리 가줬다고 생각하는 것은 섣부른 판단이랄까, 큰 착각이겠지.

사절단 일행은 밤새 이동을 계속하기로 했다.

방향은 이츠쿠시마와 유메가 별을 보고 판단할 수 있다. 달빛 같은 것은 거의 아무런 도움도 안 되는, 바로 옆에 있는 자의 기척조차 차단해버리는 것 같은, 무시무시할 정도로 농밀한 어둠을 헤치고 또 헤치고 동쪽으로, 오로지 동쪽으로. 때때로 말을 쉬게 하고 풀을 먹이는 시간 이외에는 오로지 동쪽으로.

"기다려."

새벽이었다. 이츠쿠시마가 일동에게 그렇게 말하며 말을 세웠다.

말에서 내리더니 땅바닥에 엎드린다. 무엇을 하는 건가? 유메도 같은 행동을 했다.

"느껴지네."

이츠쿠시마가 말하자 유메가 곧바로 동의했다.

"응. 이거 꽤 가까운 거 아닌가?"

비키 산즈도 말에서 내려 이츠쿠시마와 유메에게 물었다.

"무슨 일인가?"

"잠깐만 기다려줘."

이츠쿠시마는 한 손을 들어 비키 산즈를 제지했다. 그저 손을 짚고 엎드려 있는 것이 아니다. 바닥에 머리… 랄까, 귀를 대고 있는 건가? 이츠쿠시마는 몇 번인가 장소를 바꿨다.

"…일 났네."

늑대개 포치가 갑자기 짖었다.

"포치!"

이츠쿠시마가 야단치자 포치는 금방 얌전해졌다.

그때에는 이미 하루히로도 뭔가를 느끼고 있었다. 아니, 뭔가라고 할 만큼 모호한 것은 아니다. 소리다. 상당히 무겁고 낮은 소리가 들린다. 중저음이다.

게다가 분명 동쪽에서다. 그 소리는 진행 방향 쪽에서 들려온다.

"…뭔가 오고 있네."

란타가 중얼거렸다.

말들이 일제히 후… 훗… 이상한 소리를 내기도 하고 몸을 뒤틀기 시작했다.

"우, 왓…!"

어두워서 하루히로에게는 보이지 않지만 쿠자크가 말을 제어하느라 애를 먹고 있는 모양이다. 하루히로도 비슷한 상황이었다.

"워, 워!"

어떻게든 달래려고 머리나 목을 쓰다듬어줘도, 고삐를 당겨도, 다리로 말의 배를 조여도 말은 힝힝거리며 몸부림치려고 했다.

"장난 아니네…!"

척후병 닐의 목소리였다. 말굽 소리가 그 뒤에 이어졌다.

"저 사내, 도망친다…!"

세토라가 외쳤다.

"닐…!"

비키 산즈가 큰 소리로 불렀으나 닐의 대답은 없었다.

포치가 다시금 짖어대기 시작했다. 이츠쿠시마는 포치를 말리지 않았다.

"다들 짐을 내리고 말을 풀어줘! 서둘러! 빨리…!"

"네…!"

제일 먼저 대답한 것은 아마도 메리다. 쿠자크는 스스로 내리기 전에 말에서 떨어진 건가?

"…우왓?!"

"괜찮아? 쿠자크!"

하루히로는 쿠자크에게 물으면서 안장에 고정해뒀던 짐을 풀었다. 말에서 내려 말 엉덩이를 때렸다.

"가! 무사해라…!"

인간 따위가 말하지 않아도 안다는 듯이 말은 달려 나갔다.

"어떻게 하라고…?!"

비키 산즈는 말에 탄 채인 모양이다. 말은 매우 버둥대고 있지만 안장 위의 비키 산즈는 떨궈지지 않았다.

"이렇게 어두우니…."

이츠쿠시마는 목소리를 높였다.

"이판사판이다. 불을 켜!"

"알았다!"

곧이어 세토라가 짐 속에서 각등을 꺼내 점화했다. 비키 산즈 말고는 모두 말을 풀어줬기 때문에 짐이 여기저기에 흩어져 있다. 닐의 모습은 역시 보이지 않는다. 란타는 벌써부터 칼을 뽑아 들었다.

하루히로는 어이가 없어졌다. 싸워야 하는 거야? 유메가 동쪽을 가리킨다.

"저쪽이야!"

세토라가 동쪽으로 각등을 향했다. 반사경이 딸린 투광기는 아니라서 빛이 닿는 범위는 제한된다. 스며드는 것처럼 둥글게 지면을 비추는 각등의 빛 너머에는 밀어도, 당겨도 꿈쩍도 하지 않을 것 같은 무거운 어둠이 북적거렸다. 너무나 어둡다. 지나치게 어둡다. 유메의 눈은 뭔가 그리 보이는 것을 포착한 건지도 모른다. 하지만 하루히로에게는 어둠밖에 보이지 않는다. 아직까지는.

보이지 않아도 느껴진다. 소리가, 진동이 다가오고 있다.

"짐을 챙길 수 있을 만큼 챙겨!"

하루히로는 자기 짐을 주워 모으면서 지시했다. 싸운다는 건 무모하달까, 무리다. 등짐 주머니를 짊어지면서 이츠쿠시마에게 묻는다.

"도망친다면 어느 쪽으로 가야 합니까?!"

이츠쿠시마는 하루히로에게 얼굴을 향하고 뭔가 말하려고 했다. 곧바로 동쪽을 쳐다본다.

란타가 외쳤다.

"온다…!"

"꾸냐아!"

유메가 희한한 소리를 냈다. 비키 산즈는 힘껏 고삐를 당겨 말의 방향을 돌리면서 소리쳤다.

"퇴, 퇴각…!"

"다들 먼저 가…!"

무슨 생각을 한 것인지 쿠자크가 어둠을 향해서 돌진했다.

"여기는 내가…!"

"어이! 바보!"

세토라가 말리려고 했다. 하지만 세토라도 그 자리에서 움직일 수는 없었다. 쿠자크를 불러 세우려고 했던 것뿐이다. 가지 말라고 말하는 것만으로는 쿠자크는 멈추지 않는다. 그런 건 세토라도 알고 있겠지만 이 상황에서 쿠자크를 쫓아가는 것은 너무 위험하다.

어둠이 움직이고 밀려온다.

아니, 어둠만이 아니다.

하루히로는 어둠 이외의 것을 보았다. 그것은 훨씬 높은 장소에 있다. 뭔가 둥근 물체다. 희미하게 빛난다. 두 개다. 수평 방향으로 나란히 있다. 뭐지? 저거.

"아앗…."

쿠자크의 목소리가 들렸다. 앞쪽의 압도적인 어둠 속에서 들렸다. 동시에 딱딱한 물체끼리 맞부딪치는 소리가 울려 퍼졌다.

"웃…!"

유메가 머리 위를 올려다보았다. 그대로 빙글 뒤쪽을 돌아본다. 란타도 뒤를 봤다.

"…뭐얏?!"

그쪽에서 우지끈, 불쾌하고 불길한 소리가 났다. 하루히로는 절규했다.

"쿠자아아아아아아————————크…!"

"…네엣…."

힘없는 목소리였다. 하지만 분명히 들렸다.

살아 있다. 적어도 숨은 붙어 있다는 뜻이다. 쿠자크는 남들보다 건장하고 그리 간단히 죽지는 않는다. 죽게 할쏘냐.

"메릿!"

하루히로가 말하는 것보다도 빨리 메리는 달려 나갔다. 잘 들리지 않았지만 '나한테 맡겨'라는 듯한 말을 한 것 같기도 하다.

"…닿을까…?!"

이츠쿠시마가 몸을 뒤로 젖힌 자세로 활을 겨누고 있다. 무엇을 할 생각인가? 그야 뻔하다.

이츠쿠시마는 쏠 셈이다. 저 훨씬 위쪽, 높은 장소에서 희미하게 빛나는 것처럼 보이는 두 개의 물체는 무엇인가? 하루히로도 대강 추측할 수 있었다.

분명 눈이다. 안구라는 게 길쭉 거인에게 있는 건가? 확실치 않지만 분명 그에 해당하는 기관이겠지.

즉, 저 정도 위치에 길쭉 거인의 머리 부분이 있고, 눈 같은 것이 있다. 이츠쿠시마는 그것을 화살로 공격하려고 한다. 유메도 활에 화살을 메겼다.

"유메도…!"

"…무슨, 그런 건…!"

란타가 트집을 잡기 전에 이츠쿠시마가 화살을 쏘았다. 한 개가 아니다. 몇 자루나 되는 화살을 연속으로 계속 쐈다. 유메도 이츠쿠시마를 따라 했다. 엄청나게 재빠른 동작이었다. 두 명의 사냥꾼이 거의 직각에 가까운 사정 각도에서 잇달아 화살을 연사한다. 화살의 궤적은 하루히로에게는 잘 보이지 않는다. 아무튼 화살이 날아가고 있다. 그것밖에 모르겠다. 하지만 소리나 진동이 멎었다. 아니, 소리는 울려 퍼진다. 다른 소리가.

"음머어어어어어어어어어어어. 으으으음머어어어어어어어어어어어어어어어어어."

무지막지하게 큰 소나 그 비슷한 동물이 우는 것 같은 소리다. 하늘에서 들려온다. 위쪽에서. 혹시나 목소리인가? 어쩌면 이것은 길쭉 거인의 목소리인지도 모른다.

"…효, 효과가 있는 건가…?!"

란타의 질문에 대답하기란 어렵다. 글쎄, 어떤지. 하루히로도 알고 싶다.

"좋아, 이 틈에…!"

비키 산즈는 말을 재촉하려고 했으나, 필사적으로 화살을 계속 쏘고 있는 이츠쿠시마와 유메를 보고 생각을 바꾼 것 같았다.

"…으음…!"

이츠쿠시마와 유메가 길쭉 거인을 막아주지 않으면 이 틈에 도망칠 수는 없다. 즉, 도망치기 위해서는 두 사람을 희생시켜야만 하는 것이다. 그렇게 하라고 명령하지 않은 비키 산즈에게 하루히로는 호감에 가까운 감정을 느꼈다. 꽤 괜찮은 녀석인 건가? 그러나, 그럼 어떻게 하면 좋으냐는 문제를 피해 갈 수는 없다.

"이리 줘봐!"

하루히로는 세토라에게서 각등을 낚아채서는 달렸다. 결국, 상대가 제대로 보이지 않으면 뭘 어떻게 하려 해도 할 수 없는 것이다.

그런데, 각등의 빛이 서서히 그 모습을 드러내는 것처럼 비출 거라는 상황을 은근히 상상하고 있었으나, 실제는 전혀 달랐다.

"음머어어어어어어어어어어어어어어어으으으으음음음머어어어어

어어어어어어어."

　너무나 갑작스러웠다. 하루히로의 눈앞을 벽이 막아섰다. 이 벽은 무엇으로 만들어졌을까? 광택은 없고, 매끄럽지는 않다. 바위일까? 나무 같기도 하다. 그러나 식물의 질감은 아니다. 그럼 무엇인가? 그렇게 묻는다면 난처해진다. 그야 하루히로가 지금까지 본 적도 없는 것이니까. 색깔도 잘 모르겠다. 잘… 이랄까, 전혀 모르겠다. 도대체 무슨 색이라고 표현하면 되는 걸까? 희지는 않다. 검지도 않다. 빨강이나 파랑, 노랑도, 녹색도 아니고 갈색도 아니다. 이름이 없을 것 같은 색이다.

　하루히로가 각등을 들었다. 그 벽은 좀 더, 훨씬 위까지 이어져 있다. 높다. 상당히 높은 벽이다.

　"…웃?!"

　뭔가가 낙하한다. 하루히로는 반사적으로 피했다. 그것은 바닥에 떨어졌다.

　화살이다.

　이츠쿠시마나 유메가 쏜 것이겠지. 그것 이외에는 있을 리가 없다.

　화살은 수직으로 떨어졌다. 두 사람 중 누군가가 화살을 쏘았고, 그것이 뭔가에 튕겨 나왔다. 그리고 때마침 하루히로를 향해서 떨어졌다. 그렇게 된 것이겠지. 그래서? 어떻게 하면 돼? 생각해라. 아니, 안 된다. 찬찬히 생각할 여유는 없다. 빨리 결정해야 해. 그렇게 생각한 직후거나 그 바로 직전에 그것이 일어났다.

　벽이 상승한다. 엄청나게 빠르지는 않지만 느리지도 않다. 소리는 별로 나지 않았다. 하루히로는 입을 떡 벌렸다. 자기도 모르게 방관자가 되어버렸다. 경솔하다고 하면 경솔하긴 하지만 이것은 보게 되어버린다. 정신없이 쳐다보게 된달까, 그저 오로지 압도당한다고나 할까.

"아, 위험…."

벽은 어디까지 상승한 건가? 아무튼, 일단 보이지 않게 되었다. 그 직후였다. 하강한다… 고나 할까, 이상하다. 상승하기 전에 벽은 하루히로의 눈앞에 우뚝 솟아 있었을 터였다. 그런데도, 떨어진다. 위에서. 바로 위다. 이렇게 되면 이제 벽이라고는 부를 수 없다. 어떠한 거대한 덩어리가, 분명 길쭉 거인의 일부, 아마도 발이, 하루히로의 머리 위에 들이닥치고 있다.

"웃…!"

하루히로는 몸을 돌려 뛰었다. 역시 이건 밟힐지도. 그럼 박살 날 것 같은. 완전 아웃이네. 죽었네. 그런 생각들이 뇌리를 오갔다.

몸이 밀려 올라가는 것처럼 떠오르고 나서, 충격을 느꼈다. 사실은 순서가 반대였겠지. 하지만 어째서인지 하루히로는 그렇게 느꼈다.

"…우웃…!"

떠오른 것은 하루히로만이 아니었다. 토사다. 대량의 흙과 돌멩이 등도 뒤섞여 있다. 떠오른다고 할까, 솟아오르고 있다.

밟히지 않은 건가? 찌부러지지 않은 걸 보니 아무래도 직격은 피한 모양이다. 폭풍 같은 토사 속에서 하루히로는 동요해서 팔다리를 다소 파닥거렸으나, 간신히 착지할 수 있었다. 돌아보니 벽, 아니, 길쭉 거인의 발이 보이지 않는다.

"엇, 진짜야…?"

"도망쳐엇…!"

목구멍이 찢어져라 누군가가 외쳤다. 란타일까?

그 순간 하루히로가 한 생각은, 길쭉 거인이 같은 행동을 반복하려고 하는 건가? 라는 것이었다. 란타가, 도망쳐 하고 말했다. 그렇다. 도망쳐야지. 도망가는 거다. 그러지 않으면 이번에야말로 뭉개진다. 흙먼지를 뚫을 기세로 도망쳐라. 달려라. 하루히로는 각등을 꽉 쥐고 있었다. 불빛이 손에 있지만 뒤나 머리 위를 쳐다볼 여유는 없다. 일시적인 위안을 주는 역할뿐이라고 해도, 빛을 내뿜는 것이 가까이에 있다는 것만으로도 정신적으로는 상당히 다르다. 꽤 든든하다.

"앗… 웃…."

충격과 동시에 몸이 붕 뜨는 것처럼 느껴졌다. 체감상으로는 첫 번째보다도 아슬아슬했다. 돌인지 뭔지에 부딪쳐 각등이 깨진 건가? 불꽃의 빛이 흔들리며 흐트러졌다. 하루히로의 몸에도 여러 가지 것들이 부딪쳤다. 아프지는 않았지만 땅에 발이 붙어 있지 않고, 너무나 지독한 꼴을 당하고 있다는 느낌이 장난 아니다. 이거 진짜로 본격적으로 위험한 거 아니야?

낙법 자세를 취하지 못했다. 바닥과의 거리감은 고사하고, 자기 자세조차 파악할 수가 없었기 때문에, 어떤 식으로 땅바닥에 처박힌 건지도 솔직히 잘 모르겠다. 각등은 사라졌다. 하루히로는 어둠 속에 있었다.

죽지는 않았다. 살아 있다. 그것만큼은 틀림없다.

하루히로는 일어나서 걸으려고 했다. 이쪽이 맞는 건가? 라고는 생각하지 않았다. 무엇을 기준으로 판단한 건지. 아무튼, 이쪽이다

… 라는 직감을 따랐다. 하루히로는 기어간 건지, 걸어간 건지, 뛰어간 건지, 점프한 건지, 그것조차도 모르지만, 얼마간 진행했을 때 또다시 충격이 엄습하고 토사 범벅이 되었다. 그래도 하루히로는 죽지 않았다, 밟히지 않은 모양이다.

혹시나 허공에 있는 걸까? 적어도 지표면에는 없다.

하루히로는 뭔가 예감 같은 것에 휩싸였다. 촉이라고 해도 좋다. 오른손으로 대거를 뽑는다. 아니, 그렇게 하려고 생각할 필요도 없이, 오른손이 멋대로 대거를 뽑았다.

부딪친다. 그게 아니다. 매달려라. 하루히로는 그렇게 마음속으로 염원했다. 좀 더 말하자면, 뭔가 너무나 크고 딱딱한 물체에 충돌하려는 자신이, 그 직전에 매달리고, 거기에 대거를 꽂아서, 떨어지지 않도록 한다. 그런 이미지를 머릿속에 그렸다. 손을 이렇게, 발은 이렇게 하고, 허리는 이렇게 하자… 는 식으로 생각하고 몸을 움직이는 것보다는 이쪽이 대개 잘 풀린다. 하루히로는 경험상 그 사실을 알고 있다.

"…크윽… 우웃…!"

아무것도 보이지 않는다. 귀가 먹어버린 것인지 소리도 거의 들을 수가 없다. 그래서 확실한 건 말할 수 없지만 아무래도 하루히로가 마음속에 그렸던 대로 된 게 아닐까?

엄청난 상하 운동이다. 상승하고 하강한다. 충격. 그리고 상승하고 하강한다. 충격. 용케 떨궈지지 않고 버텼구나. 대거가 박혀서 정말로 다행이다. 손가락이나 발가락을 걸칠 만한, 튀어나온 곳을 용케도 순간적으로 찾아냈구나. 떨어져도 또 붙잡는다. 또 떨어져버려도 죽기 살기로 붙잡는다. 내가 생각해도 엄청나게 애쓰고 있다. 엄청나게 애쓰지 않으면 순식간에 떨궈질 것이 틀림없다.

동료들이 걱정되었다. 무사한 건가? 어떻게 하고 있는 건가? 하지만 이럴 때에는 자기 자신한테만 집중하는 수밖에 없다. 란타가 있잖아. 유메가 있다. 세토라도 있고 이츠쿠시마도 있다. 괜찮다는 생각은 아주 잠깐만 얼핏 했다. 동료들은 반드시 극복해줄 거다. 지금은 아무튼 살아서 합류하는 것만을 생각하자.

…그보다, 이동하는 것 아닌가…?

하루히로가 필사적으로 매달려 있는 길쭉 거인은, 조금 전까지는 아마도 발을 딛는달까, 발을 구르고 있었다. 그때와는 아무래도 상태가 다르다. 상하 운동이 느려졌다. 충격도 훨씬 작다.

혹시나 길쭉 거인은 보행하는 것이 아닌가?

걸어서 이 장소에서 멀어지려고 한다?

아니면 도망치는 동료들을 쫓아가려는 거라거나?

어떤 거지? 하루히로가 머리를 굴릴 수 있을 정도인 걸 보니, 역시 길쭉 거인은 천천히 걸어가는 모양이다.

그래도 하루히로는 긴장을 풀지 않았다. 세상에 금언은 무수히 많지만 '방심 금물'을 능가하는 명언은 좀처럼 없다. 알고 있어도 자기도 모르게 방심해버리고, 그것 때문에 실패하는 것이 인간이라는 생물이다.

그래서 절대 방심하지 않고 신중하게, 가능한 범위 안에서 주변을 둘러봤다. 아무것도 보이지 않는다. 어둠이다. 오로지 어둠. 별이나 달조차 확인할 수 없다. 어두운 세계가 끝없이 펼쳐진다.

생각하건대, 하루히로는 길쭉 거인의 다리에 매달려 있다. 그것은 거의 틀림없다. 다리. 구체적으로는 어디쯤인가? 길쭉 거인의 다리 부분은 어느 정도 길이일까? 하루히로는 다리 부분 중 어디에 매달려 있는 건가? 길쭉 거인은 발을 굴렀었다. 아마도 길쭉 거인의 다리도 인간처럼 사타구니나 무릎 부분을 굽힐 수 있을 것이다. 하루히로가 매달려 있는 것은 아래쪽이라고 생각한다. 종아리라거나. 혹은 발목, 복사뼈 주변이나. 위치상으로 그리 높지는 않다. 기껏해야 2~3미터쯤 아닐까? 캄캄해서 전혀 모르겠지만.

정말로 알 수 없어서 난처하다. 될 대로 되라며 길쭉 거인에게 매달리는 것을 멈춘다는 결단도 내리기 힘들다. 그러자마자 발에 차이거나 밟힐지도 모르고, 의외로 높아서 크게 다칠지도 모른다. 추락사할지도 모른다.

아무래도 동료들이 머릿속에 떠오른다. 무엇보다도, 길쭉 거인은 왜 걷기 시작한 건가? 어쩌면, 동료들을 모두 다 짓밟아서, 더는 그 자리에 머물러 있을 이유가 없어진 것은 아닐까? 만약 그렇다면, 하루히로는 혼자다. 나 혼자만 살아남아 버렸다는 뜻이 된다. 아아, 하지만 메리는 어떨까? 한 번 죽었다가 되살아난 메리는.

제시가 말하지 않았던가?

…되살아난 후에 죽기 힘들어지기는 했지만.

분명히 그런 말을 했던 것 같은 기억이 있다. 메리도 마찬가지 아닐까?

길쭉 거인은 계속 걸었다. 그 발의 움직임에 맞춰서 하루히로는 흔들렸다. 하루히로의 마음은 그보다 더 계속해서 흔들렸다.

몇 번이고, 몇 번이고 생각했다.

이제 그만하자. 떨어져 버리면 돼. 살지, 죽을지, 어느 쪽이든 상관없잖아. 동료들은 죽어버렸는지도 모른다. 누군가 살아남았는지도 모른다. 메리라거나. 하지만 전원이 무사하다고는 좀 생각하기 힘들다. 이제 지쳤다. 이제 됐지 않나? 이제 애쓰지 않아도 돼. 이제 그만하자.

하루히로는 약하다. 평범하다. 금방 모든 것을 다 내던져버리고 싶어진다. 그것은 어쩔 수 없다. 약함을 인정하고, 그리고 어떻게 할 것인가.

참고 견뎌내는 수밖에 없다.

아아, 싫다, 싫어, 견딜 수 없어, 농담이 아니라고, 무리다, 무리야, 진짜로 무리, 한계다, 한계는 진작 넘었어, 뭘 하는 거야? 이제 피곤해, 이제 됐어, 애쓰고 싶지 않아, 이제 그만하자.

푸념을 내뱉고 또 내뱉고, 질릴 때까지 계속 내뱉으면서, 어떻게든 지낸다. 자포자기하고 싶다. 알아, 하루히로는 생각한다. 자기 자신에게 공감하는 것도 이상한 이야기지만 될 대로 되라고 하는 게 편하다. 이판사판으로 행동을 하면 적어도 어떠한 결과는 나온다. 나쁜 결과라도, 그걸로 끝내버릴 수 있다.

아니, 하지만 말이지?

내 눈으로 동료가 죽는 장면을 본 게 아니잖아?

어쩌면 아무도 죽지 않았는지도 모르는 거고.

이미 누군가를 잃었다고 해도, 그것은 무척 괴로운 일이기는 하지만 동료가 한 명이라도 살아남았다면, 역시 버티는 수밖에 없다 … 고나 할까. 그런 심정이 얼마간이라도 남아 있는 동안은 이렇게 매달려 있는 게 정답이 아닐까? 아직 그렇게 생각할 수 있는 동안은, 포기하려고 해도 포기할 수가 없다고나 할까.

"…우와아."

목소리가 흘러나왔다.

아주 약간이지만 밝아졌다. 하늘이 하얘지고 있는 모양이다. 일단 밝아지기 시작하니 칠흑의 밤은 꽤나 빠르게 도망쳤다.

낮다. 하루히로는 길쭉 거인의 다리 꽤 아래쪽에 매달려 있었다. 대충 생각했던 대로이긴 하다. 길쭉 거인이 발을 땅에 댔을 때 지상 2미터쯤일까?

당연하다고 하면 당연한지도 모르지만 길쭉 거인에게는 다리가 두 개 있는 모양이다. 하루히로는 길쭉 거인의 왼쪽 다리 바깥쪽에 달라붙어 있다.

이거라면 괜찮지 않을까? 다리 안쪽이나 앞쪽이라면 위험하지만 바깥쪽이라면 비교적 안전하게 내릴 수 있을 것 같다.

그렇다 해도, 길쭉 거인은 크다. 큰 것도 정도가 있다. 구체적으로 어느 정도로 큰 것인지 추정하기조차 힘들 정도의 크기다.

하루히로가 매달려 있는… 표피… 인가? 이 또한 기이하다. 바위처럼 딱딱한데도 그게 다가 아니다. 독특한 탄력이 있어서, 습기라고 할 정도는 아니지만 아주 약간 촉촉한 것 같은 느낌도 든다. 풍조 황야의 밤공기에 식었을 텐데도 축축하다고 할 정도는 아니다. 움직이니까 길쭉 거인도 생물이다. 체온이 있는 건가?

"…위험하네. 이런 게 있으니까…."

하루히로는 길쭉 거인이 지면에 발을 디딘 순간, 그 표피에서 대거를 뽑아냈다. 찔러서 미안합니다, 마음속으로 사과했다. 길쭉 거인에겐 통각이 있는 걸까? 어느 쪽이든 하루히로의 대거 정도로는 아프지도, 가렵지도 않겠지. 하지만 길쭉 거인은 경외해야 할 존재라는 감각은 하루히로의 마음속에 분명히 싹텄다. 인간이든, 엘프든, 오크든 분수라는 것을 알아야 한다. 풍조 황야에 들어와, 길쭉 거인들이 아무 짓도 하지 않고 그들을 내버려둬주면 대단히 감사하게 생각해야 한다. 길쭉 거인들을 화나게 할 만한 짓은 엄격하게 금지해야 한다.

하루히로는 착지와 동시에 굴렀다. 몇 번이나 굴러서 그 자리를 벗어났다. 그렇게 해서 일어났을 때에는, 이미 길쭉 거인은 수십 미터 앞에 있었다.

"…크… 다…."

새삼 넋이 나가버린다.

동쪽 하늘이 꽤 하얗게 물들었고, 동틀 녘이 다가오는 풍조 황야는 관목이나 초원의 윤곽을 알 수 있을 정도로는 밝아졌다. 하루히로에게 등을 보이고 걸어가는 길쭉 거인은 아직 100미터 정도밖에 떨어지지 않았겠지. 이 거리에서 봐도 그것이 무엇인지 하루히로는 알 수가 없었다. 아니, 거인이기는 하다. 팔이 두 개, 다리가 두 개 있고 머리 같은 것도 확인할 수 있다. 하지만 인간형 거대 생물이라는 식으로는 도저히 생각할 수 없다. 분명히 눈으로 볼 수 있는데도, 어떻게 된 영문인지 세부를 알 수가 없는 것이다.

한없이 큰 발소리는 온몸을 찌릿찌릿 떨게 만들 정도다. 어쩔 수 없는 존재감인데도 왠지 환영처럼 느껴지기도 한다.

저 길쭉 거인은 실체가 아니라 꿈속에서 그의 그림자를 본 것뿐 아닐까? 하루히로는 그런 신비한 감상에 사로잡혔다.

"…살아 있는 건가? 나."

하루히로는 주저앉았다. 땅바닥에 앉아버리니 이젠 눕고 싶은 욕구를 거부할 수가 없었다.

"아아, 춥닷….."

아침이슬에 젖은 풀밭은 최고의 침대라고는 말하기 힘들지만 그래도 몸을 일으키는 것보다는 누워 있고 싶다. 하루히로는 누운 채로 방향을 확인했다. 동쪽은 알겠다. 이제 곧 지평선 저편에서 해가 떠오르겠지. 그렇다면, 서쪽은 그 정반대이고, 북쪽이 저쪽, 남쪽은 그 반대.

"…그렇다는 건….."

왕관산으로 짐작되는 산 그림자는 남동 방향에 보인다. 길쭉 거인은 북서로 걸어간다.

"우와, 나… 이거, 엄청 북으로 이동했다는 거잖아….."

저 정도 거구다. 길쭉 거인의 보행 속도는 하찮은 인간 따위와는 비교도 되지 않는다. 몇 시간 만에 100킬로미터나 그 가까이를 유유히 이동할 수 있다거나 하는 게 아닐까?

"…미아가 되었네. 완벽하게….."

하루히로는 보라색 하늘을 올려다보며 웃었다. 우습지는 않았다. 웃긴 일 같은 것은 아무것도 없다. 하지만 그만 웃어버리고 말았다.

"어쩌지…?"

하루히로는 눈을 감았다. 아무것도 생각할 수 없다. 몸도, 마음도 피폐해질 대로 피폐해졌다. 이럴 때에는 무리해서 머리를 쓰려고 해봤자 어차피 제대로 생각할 수가 없다. 됐다. 하루히로는 자기 자신에게 이른다. 생각하지 않아도 돼. 쉬자. 긴 시간이 아니야. 어차피 곧, 가만히 있을 수 없게 된다.

예상대로였다. 하루히로는 해가 완전히 떴을 무렵에는 일어났다. 정신이 들고 보니, 오늘도 날씨가 맑네, 바람은 그렇게 안 부네,

다행이다, 주위에 위험한 짐승은 없는 것 같네 등등, 여러 가지 생각을 하고 있었다. 기분은 가라앉아 있지만 아주 밑바닥까지 떨어진 것은 아니었다.

"남이다."

하루히로는 일부러 힘주어 말했다.

"…남쪽으로 가자."

그리고 중얼거리듯이 그렇게 되풀이해서 말해버린다. 자신만만할 수는 없다. 나는 란타가 아니니까. 내가 아닌 다른 것이 될 수도 없고, 되지 않아도 괜찮다고도 생각한다. 특히 이런 상황에서는 오히려 평소처럼 행동할 수 있을지를 물어야 한다.

"아마 그렇겠지…."

등짐 주머니 속에 물통이 있었다. 경단 상태의 휴대 식량도 있다. 하루히로는 물을 홀짝홀짝 마시면서 휴대 식량으로 배를 채웠다. 그리고 남쪽을 향해서 걷기 시작했다.

낙관은 하지 않는다. 비관도 하지 않는다. 주위를 눈으로 살피고, 귀를 바짝 세우고, 때때로 아득히 멀리 있는 길쭉 거인을 힐끔힐끔 보기도 하면서 담담하게, 거의 일정한 페이스로 걸어간다.

걷기 시작하고 나서 세 시간 정도 지났다.

"…어…."

하루히로는 처음에는 움직이는 콩알 같은 그림자로 그것을 인식했다.

동물일까? 마침 진행 방향에서, 그것은 이쪽을 향해서 오고 있는 것 같다.

상당히 햇빛이 강하다. 손을 이마에 대고 눈에 힘을 준다. 틀림없다. 어떤 생물이 하루히로가 있는 쪽으로 이동하고 있다.

도망가는 게 좋을까? 하루히로는 대충 주위를 둘러보았다. 하지만 보이는 바로는 어디까지고 평지다. 몸을 숨길 수 있을 만한 나무도 근처에는 없다. 난감하네 하고 생각하면서 하루히로는 짧게 숨을 내쉬었다. 도망가지도, 숨지도 않고 혼자 힘으로 어떻게든 하는 수밖에 없는 건가? 뭐, 달리 방법이 없다면 어쩔 수 없지.

일단 대거 정도는 뽑아두기로 했는데, 그것이 짖었다.

우웅, 우웅, 우웅.

으르르르우우우우루우우우우우우우우.

"저것… 은…."

개나 늑대 소리 아닌가? 그렇게 들렸다.

"설마…?"

반신반의랄까, 자기가 도대체 무엇을 믿고 있으며 무엇을 의심하는 건지 솔직히 하루히로는 분명치가 않았다. 그것이 다가옴에 따라 점점 분명해졌다.

회색과 갈색과 노르스름한 부분이 섞인, 그야말로 날쌔고 용감해 보이는 털이다.

저것은 늑대겠지.

아무리 봐도 늑대 이외의 그 무엇도 아니다.

"…아니, 늑대로밖에 보이지 않지만 늑대가 아니라 늑대개였던가?"

늑대개는 하루히로로부터 5미터 정도 떨어진 곳에서 딱 멈추더니 왈왈 짖었다. 그 이상 접근할 생각은 없는 모양이다. 친하지도 않은 인간에게 달라붙거나 하지는 않는 것이다.

"포치."

하루히로는 자기도 모르게 하핫 웃어버렸다. 눈물샘이 약해지긴 했지만 다행히 울음을 터뜨릴 정도로 약해진 것은 아니었다.

늑대개 포치는 몸을 돌려 하루히로에게 꼬리를 향했다. 두세 걸음 걸어가다가 고개를 돌리며 또 짖는다.

"…따라오라고?"

하루히로가 묻자 포치는 짧게 짖어서 제대로 대답했다.

"이제 나 포치에게 꼼짝 못 하게 됐네. 왠지 생명의 은인 대접을 해야 할 것 같고. 사람은 아니지만…."

하루히로의 중얼거림을 들었는지 아닌지, 포치는 발걸음을 빨리했다.

모처럼 포치가 발견해준 것이다. 혼자 남지 않도록 하루히로도 빠른 걸음이 되었다. 그런데 놀랍게도 그 속도는 하루히로에게 부담이 그리 크지 않은, 한계선이랄까, 그야말로 딱 알맞게 안배한 속도였다.

"포치 최고다…."

하루 만에 합류할 수 있었던 것은 행운이었다고 말할 수밖에 없다.

변경군 사절단 일행은 네 마리의 말을 잃었다. 그러나 비키 산즈는 말에 탄 채로 근사하게 사태를 극복했고 이츠쿠시마와 유메, 세토라의 말은 좀 떨어진 곳에 있었기 때문에 붙잡을 수가 있었던 모양이다. 혼자 도망쳤던 척후병 닐도 돌아왔다. 무엇보다도 한 명의 결원도 없었다. 하루히로 일행은 정말로 운이 좋았던 것이다.

"내가 이런 실수를 하다니. 풍조 황야에 대한 경의가 부족했던 건지도 모르지."

이츠쿠시마는 그런 식으로 반성의 말을 늘어놓았다.

"나는 평소에 혼자서 황야에 들어간다. 설령 개들을 데리고 있더라도, 나 혼자일 때에는 경계심을 늦추는 일은 우선 없다. 최대한 배려를 소홀히 하지 않는 것이 철칙이다. 그런데…."

인간이 무리를 짓게 되면 그만 대담해지고 만다. 세 명이면 열 명의 집단이 된 것처럼 행동하고, 열 명이면 백 명이 있는 것처럼 방약무인해지는 것이 인간의 습성이다. 그런 이츠쿠시마의 생각은 다소 극단적인지도 모르지만 비키 산즈는 끊임없이 고개를 끄덕이고 있었다.

"돌의 거리에서 태어나고 자란 인간은 돌 벽이나 건물을 쌓으면 쌓을수록 자기들이 커졌다고 착각한다. 거리 바깥으로 한 걸음만 나가면 몸을 지키는 것조차 위태로운 연약한 생물이라는 사실을 잊어버리기 십상이다. 좀 더 겸허해져야만 해."

닐은 창백해진 얼굴로 흘려들었지만 비키 산즈 같은 남자가 정사로 선택된 것도 행운 중 하나로 생각해야 할지도 모르겠다. 정사는 명색이 사절단의 리더다. 리더가 무능하거나 인격 파탄자이거나 하면, 십중팔구 일이 꼬인다. 닐은 틀림없는 쓰레기지만 비키 산즈는 정상이다. 그렇게 생각할 수 있는 것만으로도 꽤 다행스럽다.

사절단 일행은 지금까지보다 더 세심한 주의를 기울이며 풍조 황야를 북진했다. 길쭉 거인은 아무래도 왕관산 주변에 많이 있는 것 같다. 혹은 왕관산이 그들의 근거지 중 하나인 걸까? 이것에 관해서는 이츠쿠시마도 모른다고 하니 확신할 수는 없지만, 왕관산을 우회해서 북동으로 향해 이로토를 목표로 하는 게 우선은 무난하겠지.

이 '우선은'이라는 것이 의외로 중요하다. 문제가 발생하고 나서는 늦다. 누군가가 위화감을 느끼거나 불길한 예감이 들거나 하면 즉시 다 함께 공유하고 대화를 나눈다. 계획을 변경할 필요가 있을 것 같으면 주저해서는 안 된다.

이츠쿠시마는 단독으로 갔을 때에는 풍조 황야에서 위험한 꼴을 당하는 경우는 거의 없었다고 한다. 그것은 위기 회피를 최우선시하고 갈 곳도, 루트도 바꾸는 것을 꺼리지 않기 때문이다.

그런데, 목적이 명확한 집단의 이동이 되면 좀처럼 그렇게는 되지 않는다. 이번 경우는 될 수 있는 대로 빨리, 최단 코스로 쿠로가네 산맥에 도달하려고 하는 것이다. 그 때문에 그 목표에 최적화된 여정은 아무래도 유연성이 결여되기 마련으로, 임기응변으로 대처하기가 어렵다.

비키 산즈는 이츠쿠시마를 단순한 안내역이라기보다 선도자로

임명하기로 했다. 이 결정으로, 이츠쿠시마가 노련한 늑대개 포치와 일심동체가 되어 나아갈 길을 정하고 다른 일동은 오로지 그에 따른다는 여행 형태가 명확해졌다.

왕관산 북측으로 나가는 데 3일이 걸렸다. 멀리에 길쭉 거인의 모습이 보이지 않는 날은 없었지만 가까이 가지 않도록 이츠쿠시마가 진행 방향을 조정했다. 덕분에 길쭉 거인을 자극하지 않을 수 있었던 것 같다.

사절단 일행은 거기서 북동으로 전진했다. 하루 반 정도 만에, 소소한 나무숲이나 작은 나무가 우거진 관목 언덕이 늘어났다. 지면이 평지가 아닌 만큼 시야는 좁아졌지만 동에서 북동에 걸쳐서는 숲이 펼쳐져 있는 것 같다. 이츠쿠시마에 따르면, 이로토까지 앞으로 한달음이라고 한다.

보이는 범위에 길쭉 거인은 없다. 이제 곧 날이 저물 것 같다.

"어떤가?"

비키 산즈가 이츠쿠시마에게 물었다. 길쭉 거인의 습격을 당한 이후로 비키 산즈는 가끔씩밖에 말을 타지 않게 되었다. 말들은 완전히 짐을 운반하는 역할을 하고 있다. 항상 말 위에서 하루히로 일행을 내려다보는 것은 닐뿐이었다.

"괜찮지 않을까."

이츠쿠시마는 고개를 끄덕여 보였다.

"불을 피우고 오늘은 이 근처에서 야영하자. 내일은 드디어 이로토다."

"…앗싸!"

란타는 펄쩍 뛰며 기뻐했다.

"장작불이다! 진짜로! 진짜, 진짜로! 불이 그리워서 못 견딜 정도였다고! 불꽃은 정의! 아니, 악이다! 스컬헬 만세⋯!"

하루히로 팀은 주변에서 장작을 모아 이츠쿠시마가 가리킨 나무 밑에서 불을 피웠다. 유메와 포치가 토실토실하게 살찐 코우야 쥐 몇 마리와 메가네오나가 여우 한 마리를 거의 한 시간 만에 잡아 왔다. 이츠쿠시마와 유메는 화려한 손놀림으로 사냥감을 손질하더니 백신 엘리히에게 그 일부를 바치고 나머지를 조리했다. 조미료는 미량의 소금과 향초뿐이었지만 쓴맛이 있는 내장까지 공평하게 나눠서 맛있게 먹었다.

식사를 마치자 비키 산즈는 다섯 마리의 말을 돌보기 시작했다. 그는 이 여행에 말 전용 브러시를 지참했다. 아무튼 틈만 나면 말을 빗질해주고, 말을 걸어주고, 몸 여기저기를 만져 이상이 없는지 확인한다. 말을 너무나 좋아하는 것이리라. 말들도 비키 산즈는 무척 따른다.

"말, 귀엽네요."

쿠자크가 다가가 말을 걸자, 비키 산즈는 마치 자기가 칭찬받은 것처럼 파안대소했다. 일자 눈썹이 지나치게 특징적이라서 그의 웃는 얼굴은 그런대로 개성적이다. 약간 우스꽝스러울 정도였으나 사람 좋은 느낌이 배어 나온다.

"뭘 좀 아는군. 말이라는 건 인간과 달리 쏟아부은 만큼 애정으로 보답해주지. 정말로 귀여운 생물이다."

"그렇군요. 그렇구나. 얼굴부터 벌써 귀엽잖아요. 눈이라거나."

"절대로 거짓말을 하지 않는 눈이지?"

"아하, 알겠어요. 그런 느낌 드네요. 이 동그랗고 귀여운 눈으로 거짓말은 못 하겠지."

"나는 셀 수 없을 만큼 많은 말을 돌봤고, 그중에는 성격이 거친 놈이나 까다로운 놈, 심술궂은 놈도 있었다. 하지만 거짓말쟁이 말만큼은 단 한 마리도 본 적이 없어."

"흐음. 그렇군요. 말은 거짓말을 하지 않는구나. 좋은 걸 알았다."

"…뭔가 있지."

란타는 쪼그리고 앉아 장작불을 쬐고 있다. 반쯤 웃는다.

"저 아재, 여자한테 배신당한 적이 있었다거나, 누군가에게 엄청 험한 꼴이라도 당해서 사람을 못 믿게 된 거 아닌가?"

"놈은 괴짜야."

장작불에서 약간 떨어진 곳에 서 있는 닐이 히죽 웃어 보였다.

"말이랑 한다는 소문도 있을 정도니까."

란타는 힐끔 닐을 봤을 뿐 아무 말도 하지 않았다. 닐은 회심의 농담을 날렸다고 생각했을지도 모르지만 너무나 저질이다.

"…뭐야, 젠장."

닐은 혀를 찼다. 어딘가로 가려고 했던 건지도 모른다. 하지만 결국 마음을 바꾼 듯, 근처 나무에 등을 기대고 바닥에 앉았다.

"아 참, 그렇지. 있잖아, 메리, 세토라…."

유메가 메리와 세토라의 팔을 잡고, 괜찮다니까, 얼른… 그런 말을 하면서 끌어당겼다. 장작불 앞에 여성 세 명이 함께 팔짱을 끼고 앉아 있다. 세토라는, 좀 성가시지만 거부할 정도는 아니니 참아줄까, 이런 느낌이랄까. 메리는 그리 싫지 않은 것 같다.

"나는 순찰을 돌고 오겠다. 알아서 대충 잠을 자둬."

이츠쿠시마는 포치를 데리고 장작불에서 멀어져갔다.

꼼꼼하게 말 손질을 하던 비키 산즈와 그것을 거들어주던 쿠자크가 장작불 주위로 돌아왔다.

"이야, 말 엄청 귀여워. 나, 말에 흠뻑 빠질 것 같아."

"제법 센스가 좋아."

비키 산즈가 등을 두드리며 칭찬해주자 쿠자크는 솔직하게 기뻐하는 것 같았다.

"우와, 진짭니까?"

"성실하게 수행하면 좋은 마부가 될 수 있을 거다."

"아니, 수행까지는 하고 싶지 않고, 마부를 목표로 하는 건 아니지만요."

"실력 있는 마부는 좋은 기수도 될 수 있다."

"앗, 그건 매력적일지도."

"너 말이야…."

란타는 뭔가 말하고 싶은 것 같았으나, 어깻짓을 한 번 하더니 그냥 벌렁 드러누웠다.

"난 한숨 잘 테니까. 무슨 일 있으면 깨워줘."

"보초는…."

비키 산즈가 지명하기 전에 하루히로가 손을 들었다.

"첫 번째는 제가 하겠습니다. 그 뒤는 교대로. 이츠쿠시마 씨가 순찰해주고 있으니 그럼 되지 않나 싶은데요."

"그렇군."

비키 산즈는 납득하고는 짐 속에서 담요를 두 장 꺼냈다. 한 장을 바닥에 깔고 그 위에 또 한 장을 겹쳐놓는다. 담요와 담요 사이에 들어가 짐 보따리를 베개 삼아 눕더니, 일자 눈썹의 얼굴을 하루히로 팀에게로 향했다.

"잘 자라."

하루히로네가 각각 쉬세요 하고 대답하자, 비키 산즈는 한 번 고개를 끄덕이고 나서 눈을 감았다. 매너를 갖추고 있다. 고지식한 남자다.

"그럼 있지, 유메네도 잘까? 하루 군, 부탁할게."

유메와 메리, 세토라도 한데 뭉쳐서 누웠다.

메리는 약간 기운이 돌아온 것 같다. 하루히로는 안도했다. 문제를 나중으로 미룬 것뿐이 아닐까? 라는 느낌도 들고, 안도하고 있을 때가 아닌지도 모른다. 하지만 그럼 어떻게 하면 되는 건가? 메리를. 그리고 시호루를 탈환해야 한다. 하루히로도 생각은 하고 있지만 솔직히, 정말로 타개책 같은 것이 전혀, 아주 조금도 떠오르지 않는다.

쿠자크가 하루히로 옆에서 입을 한껏 벌려 하품을 했다. 꽤 눈꺼풀이 무거운 것 같다.

"자라."

하루히로가 그렇게 말해주자 쿠자크는 네 하고 반쯤 잠결인 듯한 대답을 했다.

닐은 나무에 기대어 앉아 있지만 줄곧 자세가 변함없는 걸 보니 의외로 잠든 건지도 모르겠다. 척후병이니까 눕지 않고 수면을 취하는 정도는 식은 죽 먹기겠지.

"있잖아, 하루히로."

쿠자크가 그렇게 말하더니 또 하품을 했다.

하루히로는 장작불을 바라보면서 물었다.

"왜?"

"전부 기억난 거지?"

"응. …그럴걸."

"좋다."

"뭐야? 그게."

"다행이다… 인가? 그냥, 생각하는데….”

"응."

"예를 들어, 하루히로가 아니라 내가 기억해내는 것보다는, 내가 아니라 하루히로가 기억해내서 다행이야."

"…그럴지도. 그건… 그런지도."

"분명히, 그래. 그러니까, 다행이다 하고 생각이 들어서."

"이제 자."

"그러네. 잘게."

쿠자크는 일어서서 두세 걸음 장작불에서 떨어졌으나 거기에서 힘이 다한 것처럼 쓰러졌다. 벌써 숨소리를 새근새근 내기 시작한다.

"진짜야…?"

어이가 없었지만 쿠자크의 이런 단순하고 어린아이 같은, 좋게 말하면 모나지 않고 솔직한 면이 상당히 하루히로에겐 의지가 되었다. 구원받은 느낌도 있었다.

생각해보면 하루히로는 소심한 편으로, 앞에 나서고 싶지 않고 남의 위에 서고 싶지도 않다. 그런데도 명색이나마 리더로서의 자각을 갖고 지금까지 견뎌올 수 있었던 것은, 소중한 동료들을 지키고 싶다는 마음 다음으로, 의외로 쿠자크 덕분이 아닐까?

어떻게 된 영문인지, 쿠자크는 하루히로를 절대적으로 신뢰하고 있고 추켜세워준다. 하루히로보다 머리 하나 정도 키가 큰 쿠자크가 하루히로를 언제나 우러러보고 있다. 어떤 때든 쿠자크만은 하루히로 아래에 위치를 잡는다. 쿠자크에게는 선배로서, 리더로서, 형 같은 존재로서, 윗사람으로서 행동할 수밖에 없다.

"이상한 녀석…."

중얼거리고 하루히로는 장작불로 눈길을 향했다. 상당히 불길이 약해졌다. 하루히로는 마른 나뭇가지를 몇 개 지폈다.

쿠자크는 메리에게 호의를 품고 있었다. 두 사람은 친밀한 사이 아닐까? 그런 식으로 의심하기도 했다. 하루히로는 질투했고 낙담했다. 그런 적도 있었다.

이츠쿠시마와 포치는 한 번 돌아왔지만 아무 일도 없는 것 같다고 하루히로에게 전해주고는 다시 나갔다.

아무튼 풍조 황야의 한복판과는 전혀 양상이 다른 밤이었다. 우선 바람이 거의 없다. 기온이 내려가는 폭도 심하지는 않다. 사나운 육식 동물이 어둠 저 너머에서 꿈틀대는 것 같은 기척도 없다. 벌레 같은 것은 요란하게 울어대지만 감각적으로는 조용하다. 물론 긴장을 풀어서는 안 된다. 그것은 알고 있지만 툭하면 졸음이 엄습했다.

메리가 일어나서 장작불 옆으로 왔다. 하루히로 옆에 가만히 앉는다.

"좀 잤어?"

하루히로가 묻자 메리는 고개를 끄덕였다.

"응."

"그렇구나."

"보초, 교대할까?"

"아…."

하루히로는 손으로 턱을 문질렀다.

"…아니, 아직 괜찮아."

"그래."

"응."

"…미안해."

"어, 뭐가?"

메리는 고개를 가로저을 뿐, 아무 말도 하지 않는다.

누군가가 한숨을 쉬었다. 하루히로도, 메리도 아니다.

닐이었다.

"…참 내. 뭐라는 거야? 젠장…."

닐은 구시렁구시렁 말하면서 걸어와 장작불 근처에 앉았다.

하루히로는 메리와 얼굴을 마주 봤다. 뭐라는 거야, 젠장은 우리가 할 말이다.

닐은 다시금 한숨을 내쉬었다. 혀를 차더니 또 한숨을 쉰다. 급기야는 침까지 뱉었다.

"너희들, 거슬린다."

"…엉?"

하루히로는 쉽게 화내는 편은 아니라고 생각하지만 이것에는 과연 열을 받았다. 성격이 어떻게 돼먹은 거야?

"그러니까…."

닐은 들풀을 잡아 뜯어 대충 내던졌다.

"…방해되니까, 산책이라도 갔다 와. 보초는 내가 해준다고. 어차피 제대로 잘 수도 없으니까."

눈치를 챙겨준 모양이다. 그렇게 이해할 때까지 약간의 시간이 필요했다. 왜 닐에게서 배려를 받아야 하는 건가? 어떤 배려인 건가? 알 듯 말 듯 하다. 그러면서도 완전히 이해 못 할 것도 아니었다.

하루히로는 그저 주변을 둘러봤다. 란타가 반쯤 몸을 일으키고 있어서 약간 놀랐다.

란타는 말없이 턱짓을 해 보였다.

다녀오라는 듯이.

란타 주제에 하고 생각하고 싶었지만 그렇게 생각할 수 없었다.

"그럼, 잠깐만…."

하루히로가 일어나자 덩달아 메리도 일어섰다.

어디로 가겠다는 목적지가 있는 것도 아니었기 때문에 말들의 상태를 보러 갔다. 비키 산즈 덕분인지 말들은 얌전히 있었다.

자기도 모르게 힐끔힐끔 메리의 안색을 살피게 되고 만다.

"괜찮아."

메리는 말의 목을 어루만져주면서 웃었다.

"지금은… 나니까."

하루히로는 지금의 메리가 메리가 아니라고는 털끝만큼도 생각하지 않았다. 그렇다고 해서 의심 같은 건 하지 않는다고 굳이 말하는 것도 좀 아닌 것 같았다.

"알아."

하루히로도 말의 등을 문질러주었다.

"뭐랄까, 왠지… 느껴져."

메리는 그래 하고 조용히 중얼거렸다. 무슨 의미의 '그래'인 것인지? 하루히로는 잘 알 수 없었다. 안다고 말한 직후인데도 조금도 알고 있지 않았다.

하루히로는 밤하늘을 올려다보았다.

"오늘은 유난히 달이 밝네….'

메리도 올려다본다. 그 옆얼굴이 달빛을 받아 뚜렷하게 보였다. 메리는 약간 눈을 가늘게 떴다.

"정말."

깨닫고 보니 하루히로는 오랫동안 메리를 응시하고 있었다.

메리가 이쪽으로 고개를 돌려서 하루히로는 당황했다.

"…산책, 할까?"

말꼬리가 이상하게 올라가버렸다. 그것이 우스웠던 건 아니겠지만 메리는 살짝 웃었다.

"그래."

"어두우니까 발밑, 조심해."

그냥 나온 말이었다.

메리는 고개를 끄덕였다. 그리고 잠깐 눈을 내리깔았다.

보이는지, 잘 안 보이는지를 바닥으로 시선을 떨구고 확인한 건지도 모른다. 아무리 큰 붉은 달이 선명하게 떠 있어도, 무수한 별가루가 깜빡이지도 않고 빛나고 있어도 풍조 황야의 밤의 어둠은 깊다. 메리는 한 걸음 발을 앞으로 내밀었지만 돌이나 그런 것을 밟은 듯, 아주 살짝이지만 자세가 흐트러졌다.

하루히로는 반사적으로 메리의 팔을 잡아주었다.

"…고마워."

속삭인 메리의 목소리가 무척 가까웠다.

"손을."

스스로도 놀랐다. 자기가 그런 말을 꺼내다니 예상외였다. 메리의 대답을 기다리지 않고, 그녀의 팔을 잡고 있던 손을 옮겼다. 자기가 이런 일을 할 수 있을 거라고는 생각지도 못했다. 하루히로는 메리의 손을 잡았다.

메리는 고개를 숙이고 고개를 끄덕였다. 그리고 하루히로의 손을 맞잡아주었다.

둘이서, 손을 잡고, 어둠 속을 걸었다. 하루히로는 이츠쿠시마나 유메처럼 별을 보고 방향을 알 수는 없지만 멀리에 장작불이 보이기 때문에 길을 잃을 걱정은 없었다.

발 디딜 곳이 안정적이라 쉽게 올라갈 수 있을 것 같은 언덕이 있었다. 위에 나무가 약간 있다. 하루히로는 메리의 손을 잡아끌고 언덕을 올라갔다. 생각했던 대로 어렵지 않게 올라갈 수 있었다. 언덕 위는 바람이 그런대로 잘 통했다.

"춥지 않아?"

하루히로가 묻자 메리는 고개를 가로저었다.

"그렇구나."

이럴 때에는 말주변이 없는 자신이 원망스러워진다. 란타처럼, 마음만 먹으면 몇 시간이든 계속 지껄일 수 있는 인간이, 한 번이라도 좋으니 되어보고 싶다.

"내 속에…."

결국 메리가 먼저 말을 꺼낼 때까지 하루히로는 아무 말도 없이 있었다.

"메리… 속에?"

"내가 아닌… 누군가가… 뭔가가 있어. 이제… 알고 있겠지만."

하루히로는 메리의 손을 잡은 손에 천천히 힘을 주었다.

"응."

"그것은…."

메리는 뭔가를 그렇게 표현했다.

"언제나 억지로 나를 밀어내고 나오려고 하는 건 아니고. …어떻게 말하면 좋을까? 내가… 아니야. 하지만 완전히 다른 것도 아니야. 느껴. 항상… 그 존재를. 감시하거나, 보고도 못 본 척하거나, 도와주려는 건지도 모른다고… 생각한 적도 있어. 하지만 그게 아닌지도. …몇 명인가… 있어."

"한 명이… 아니야?"

"아니야."

메리는 고개를 가로로, 그리고 세로로 움직였다.

"그것은… 몇 명이나 있어. 아마도… 원래는 모두… 제각각이었어."

"제시도… 그중 한 사람…?"

"응."

"『그는… 없다』고."

메리가 아닌, 메리 속의 누군가가 그렇게 말했다.

"그래."

메리는 고개를 끄덕였다.

"제시는… 기억이 망가졌어."

"…그림갈로 돌아온 우리한테, 열리지 않는 탑의 주인이 약인지 뭔지를 먹였지. 그때의 메리는… 제시였어?"

"나는 도망쳤어. 내 속으로… 도망쳐 들어갔어. 나오고 싶지 않았어."

"……그래서 메리는 파라노에서 있었던 일을 별로 기억하지 못하나?"

"꽤 모호해서, 정말로 흐릿하게밖에 몰라."

"제시는… 없어졌다….”

메리 속에 메리가 아닌 누군가가 여럿 있다. 하루히로는 제시의 내용물 같은 뭔가가 메리의 속으로 흘러 들어가는 장면을 목격했다. 제시도 한 명은 아니었다. 애초에 제시 안에 몇 명인가 있었던 것이다. 그것들이 메리에게 이어졌다.

즉, 기점이 되는 누군가, 혹은 무엇. 이것을 임시로 A라고 치면, 그것이 B 속으로 들어갔다. 이 시점에서 B 속에 A도 있다는 상태가 된다.

다음으로, B가 C한테 들어간다. 그러면, C 속에 A도, B도 있게 된다.

물어봐도 되는 건가? 꽤 망설였지만 하루히로는 메리에게 물었다.

"몇 명 있는지… 알아?"

메리는 금방은 대답하지 않았다. 대신에 이렇게 말했다.

"앉아도 돼?"

"물론."

하루히로는 마침 적당해 보이는 마른 바위를 발견해서 그 위에 메리와 둘이서 앉았다. 손을 놓으려고는 전혀 생각하지 않았다. 바위에 앉아 손을 잡고 있노라니 자연히 어깨가 서로 맞닿은 상태가 되었다.

"…분명히… 아는 건… 여자. 의용병. 연인이 있었어. 동료도. … 다들… 죽어버렸어. 그녀가 최후의 한 사람이었어. 죽을 뻔했어. … 그 뒤에… 숨이 멎었어. 이름은… 아게하."

"그것은… 뭐랄까, 제시보다… 전?"

"그렇다고 생각해. 그전은… 마법사. 그도 의용병이었어. 야스마. …마법사 길드에 사라이라는 위저드(마도사)가 있는데, 그의 가르침을 받았어. 분명히, 시호루의 위저드도 사라이였지?"

"…그럼… 그렇게 옛날 사람은 아니네."

"사라이는 젊어서 길드에 취임해 마법사들의 지도자가 되었어. 야스마가 그에게서 가르침을 받았던 것은 20년이나 30년 전, 그쯤이라고 생각해."

그보다 전은, 놀랍게도 숨겨진 촌락 출신 남자인 모양이다. 이름은 이츠나. 일족이 규율을 위반해서 어릴 때 어머니와 둘이서 촌락에서 추방당했다. 그 후 어머니는 죽고 그는 혼자가 되었다. 촌락 사람들을 깊이 원망하고 복수의 맹세를 가슴속에 숨긴 채로 오랫동안 각지를 방랑했다고 한다.

그는 노상강도로 변장하거나 자객 같은 일을 하기도 하며 살아갔는데, 칼을 휘두르는 자는 언젠가 칼로 망하는 것이 운명이었다. 그는 어떤 도둑 떼의 두목을 죽여서 목숨을 위협받게 되었고, 계속해서 도망쳐 다니던 끝에 하찮은 싸움에 휘말려 빈사 상태의 중상을 입었다. 죽어가는 그의 앞에 한 오크가 나타났다.

디하 거트.

이츠나가를 소생시킨 것은 그 오크였다.

"…디하 거트에 관해서는 나도 잘 몰라. 잘 나오지 않으니까. 꽤 이곳저곳을 여행하며 돌아다녔던 모양인데."

하루히로는 손가락을 꼽아 세어봤다.

메리.

제시.

아게하.

야스마.

이츠나가.

디하 거트.

여섯 명.

"그게… 전원?"

하루히로의 뇌리에 떠오른 것은 그것은 누구였을까?라는 의문이었다. 열리지 않는 탑 앞에서, 그녀를 아껴줘야 한다고 일행한테 말했다. 그녀에게 책임은 없다. 그녀가 선택한 것이 아니다. 그러니까. 그랬지. 그것은 이렇게도 말했다.

내가 그녀를 선택한 것도 아니다 하고.

평범하게 생각하면, 그 나는 제시일 것이다. 메리를 되살린 것은 제시니까. 하지만 제시는 없다. 그렇다면 나는 누구인가?

그저 막연히 그런 생각이 드는 것뿐이지만 그때의 말투를 보아 여성은 아닌 것 같은 느낌이 든다. 분명 아게하는 아니다. 그렇다는 것은 마법사 야스마인가? 숨겨진 촌락 출신인 이츠나가인가? 아니면 오크인 디아 거트인가?

"전원…."

메리는 어물거렸다.

"…전원이… 아니야."

"또 더 있어? 그 밖에도."

"…있다… 고 생각해."

메리는 고개를 숙이고, 몸을 굳히는 것 같았다. 괴로운 것 같다. 이를 악물고 코로만 숨을 쉰다. 뭔가 해주고 싶다고 하루히로는 강하게 느꼈다. 하지만 뭘 할 수 있을까? 하루히로는 오른손으로 메리의 왼손을 잡고 있다. 그에 보태서 왼손도 그녀의 손 위에 얹었다. 그리고, 오른손을 그녀의 손에서 뗐다. 긴장했지만 하루히로는 빈 오른손을 그녀의 등이랄까, 허리에 둘렀다. 메리를 위해서라기보다, 내가 이렇게 하고 싶었던 것뿐 아닐까? 하루히로는 스스로를 의심했다. 그렇지는 않다고 단언은 할 수 없다. 단, 메리는 입을 벌리고 후웃 숨을 내쉬었다. 그녀의 몸에서 약간 힘이 빠진 것처럼 느껴졌다.

"…쥐."

메리는 그렇게 말했다.

"쥐?"

"응… 그에 관해서는… 정말로 잘 몰라. 하지만… 아마도… 쥐였던 적도 있어. 쥐 안에… 있었어."

"쥐 안에… 누가 있었는데?"

"그건…."

메리의 호흡이 거칠어진다. 하루히로는 메리의 등을 문질러주었다.

"무리하지 않아도 돼."

"…거기서… 더… 앞으로 나가선… 안 돼."

"응?"

"…봐서는… 안 돼. …들어서는… 안 돼. …모르는 편이… 좋아.
…알아야 할 게… 아니야. …나를… 뭔가가… 막으려고… ."

메리는 되풀이해서 말한다.


거기서 더 앞으로 나가선 안 된다


…라고.

헛소리를 중얼거리는 것처럼 몇 번이나.

"거기서 더 앞으로 나가선 안 된다. …거기서 더 앞으로 나가선
안 된다. …거기서 더 앞으로 나가선 안 된다. 거기서 더 앞으로 나
가선 안 된다. 거기서 더 앞으로 나가선 안 된다. 거기서 더 앞으로
나가선 안 된다 거기서 더 앞으로 나가선 안 된다 거기서 더 앞으로
나가선 안 된다 거기서 더 앞으로 나가선 안 된다 거기서 더 앞으로
나가선 안 된다 거기서 더 앞으로 나가선 안 된다 거기서 더 앞으로
나가선 안 된다 거기서 더 앞으로 나가선 안 된다… ."

메리가 그 문장을 중얼거리는 속도는 점점 빨라진다. 어떻게 혀
가 꼬이지 않는지 신기할 정도다. 물론 신기해하고 있을 때가 아니
다.

"그만하자, 메리. 이제 됐어. 아니, 생각하지 않아도 돼. 분명 생
각하면 안 되는 걸 거야. 메리, 메리."

"…아니야. 아니야. 아니야. 아니야. 아니야. 아니야아니야아니
야아니야아니야아니야아니야…!"

메리는 머리를 헝클어뜨리며 고개를 흔든다. 하루히로는 공포를 느꼈다. 비단 정체 모를 것에 대한 공포만은 아니었다. 메리가 말한, 거기서 더 가면 뭐가 있다는 건가? 누가 있는 건지는 짐작도 가지 않는다. 그런 의미로는, 정체를 모른다. 하지만 하루히로가 품고 있는 두려움은 명확했다. 이대로 두면 메리가 그때처럼 되는 게 아닐까? 하루히로는 그렇게 우려했다. 즉, 아마 틀림없이, 메리가 자기 자신을 유지할 수 없게 되고 만다. 그 결과, 메리는 뒤로 물러나거나 혹은 가라앉아버리고, 대신에 그 내가 표면으로 나온다.

"메리."

하루히로는 메리의 어깨를 꽉 움켜잡고 그녀의 몸을 자기 쪽으로 향하게 했다. 반사적인 동작인지도 모르지만 메리는 거부하는 기색을 보였다. 그래도 하루히로는 메리를 놔주지 않았다.

"메리, 나를 봐. 메리. 메리. 메리!"

"…하루."

"그래, 하루히로야. 메리, 알지? 나를 봐."

메리는 턱을 떠는 것처럼 몇 번이나 고개를 끄덕였다.

"숨을 들이쉬어. …내쉬고. 천천히. 그래. 들이쉬고. …내쉬고."

메리는 하루히로가 말하는 대로 호흡을 했다. 그러는 동안에 다소 진정된 모양이다.

"…내가 제대로만 하면 그것이 나올 일은 없어. 아마도, 나 하기 나름이야."

"그렇지 않아." 하루히로는 곧바로 부정했다.

메리는 두 번, 세 번 눈을 깜빡였다.

"…뭐…?"

"그게 아니야, 메리. 우리가 있잖아. 내가… 있잖아."

"…하루가… 있다."

"응. 메리 하기 나름이라는 건 없어. 메리 혼자 짊어지게 하지 않아. 나, 메리를 동료로 끌어들였을 때와는 다르잖아. 내 입으로 말하는 것도 좀 그렇지만 꽤 변했다고 생각해. 그렇게 미덥지 못하지는 않잖아."

"하루를, 미덥지 못하다고, 나는, 생각한 적 없어."

"더 의지해도 돼. 의지해줬으면 해. 응? 메리….

"응."

"나는 사죄해야만 해. 메리를 죽게 만든 것도 그렇지만 그 후에 되살렸어. 멋대로, 내 판단으로."

"그건, 그래도….

"들어봐."

"응."

"하지만 나, 역시 후회는 하지 않아. 어떤 방식이든, 메리가 살아 있어줬으면 해. 다시 만날 수 없다는 건 견딜 수 없어. 같이 있고 싶어. 알아. 이별은 언젠가는 찾아와. 아무리 소중한 존재라도 마지막에는 잃는 거야."

"그래. 우리는… 그 사실을… 잘 알고 있어."

"응. 하지만 말이야, 비록 1분이라도, 1초라도 오래, 같이 있고 싶어. 다음 한순간을 얻을 수 있다면 나는 뭐든지 할 거야. 그 정도로 소중하니까."

과연 하루히로는 이런 말을 얼굴을 맞대고 할 생각이 있었던 것일까?

"메리를… 좋아하니까."

그 말을 한 뒤에 하루히로는 기겁했다. 하지만 경악한 것치고는 그리 낭패감을 느끼지 않는 자기가 있었다. 뭐, 그도 그렇겠지 하는 생각도 했다. 메리를 향한 하루히로의 마음이야 한참 전부터 지나치게 분명할 정도로 확실했다. 메리가 어지간히 둔감하지 않다면 굳이 말하지 않아도 틀림없이 전해졌을 것이다.

오래전부터 하루히로는 메리에게 호감을 품고 있었다. 지금에 와서는, 메리의 미모에 반한 것인지, 아니면 가시 돋친 언동에 숨겨진 상냥함이 마음에 와 닿았던 건지, 한결같은 곧은 마음이나 성실함에 감동했던 건지, 계기는 모른다. 아무튼, 행동을 함께하면 할수록 하루히로의 마음속에서 메리는 커다란 존재가 되어갔다.

미모리나 세토라는 그들 쪽에서 분명한 연모의 감정을 드러냈어도 하루히로의 마음이 흔들리는 일은 없었다. 정말로, 전혀 조금도, 털끝만큼도 없었다. 미모리든 세토라든 인간으로서는 호감을 느꼈다. 하지만 그것과 이것과는 다르다고 하루히로는 생각했다. 하루히로는 메리를 좋아했다. 진심으로 좋아했던 것이다. 이토록 좋아하는 사람이 있는데, 다른 사람을 좋아하게 된다거나 할 리가 없다.

"너무나 좋아해. 전부, 모든 게 다 좋아. 이 마음은 변하지 않을 거라고 생각해. 아니, 변하지 않아."

"하루."

메리는 눈을 감았다. 그녀의 두 눈에서 눈물이 흘러나왔다. 어쩌면 그녀는 울지 않으려고 애썼는지도 모른다. 하지만 눈물은 멈추지 않았다.

"나도… 좋아해. 하루를… 좋아해."

"이제…."

하루히로는 메리를 껴안았다.

"놓아주지 않을 거니까."

메리는 키가 작지는 않다. 그래도 이렇게 안으니 꽤 가냘팠다. 정신이 아득해질 정도로 메리는 부드러웠다. 그러면서도 확실한 무게감이 있고, 형태가 무너져버릴 것 같지는 않다. 하루히로가 두 팔에 힘을 주어 꼭 껴안자 귓가에 메리의 숨결이 느껴졌다. 메리도 하루히로를 안았다. 그리고 고양이처럼 머리를 하루히로의 뺨에서 턱 근처에 비볐다. 하루히로는 충만한 기분이었다. 이제 충분한 것 같은 느낌도 들었다. 안타까움 같은 것도 느꼈다. 껴안은 채로 가만히 있을 수가 없었다. 하루히로는, 그리고 메리도 계속 몸을 옴쭉거렸다. 그러다가 뺨과 뺨이 맞닿았다.

메리의 뺨은 눈물로 젖어 있었다.

살짝 얼굴을 돌리면 뭔가가 일어날 것 같다.

하지만 그럴 수는 없다. 그럴 수 없어야 하는데, 하루히로는 그것을 했다.

얼굴을 약간 비키자 하루히로의 입술이, 살짝이긴 했지만 뭔가 무척, 유난히 기이할 정도로 부드러운 감촉을 느꼈다.

멈춰야 해 하고도 생각했다.

솔직히 망설임은 있었다.

도대체 어떻게 해서 망설임을 떨쳐버렸는지 하루히로 본인도 모른다.

하루히로는 자기 입술을 메리의 그것에 포갰다.

말로 해버리면, 그저 입과 입이 맞닿은 것뿐인데, 어째서 이런 감각을 얻을 수 있는 걸까? 이 감각은 도대체 무엇일까?

메리를 좋아한다.

가슴이 터질 만큼, 몸이 산산이 부서질 만큼, 좋아한다.

터진 가슴을 꿰매주고, 부서진 이 몸을 이어 붙여주는 것은 분명 메리뿐이다.

그것은 메리가 이토록 사랑스럽기 때문이다.

메리가 얼굴을 당겨, 입술과 입술이 떨어졌다. 단 한순간이었다. 메리는 곧바로 자기 쪽에서 입술을 밀어붙였다.

어떻게 해서, 누가 먼저 입맞춤을 멈춘 것인지, 하루히로는 모른다. 기억하지 못했다.

어느 쪽이건, 두 사람은 껴안은 채로 있었다. 줄곧 껴안고 있어서 꽤 익숙해졌다. 두 사람 다, 서로의 몸 사이에 될 수 있는 대로 틈새가 생기지 않도록, 꼭 안고 있을 수 있게끔 되었다.

"좋아해."

메리가 말했다. 꿈같았다. 하지만 결코 꿈이 아니라는 것을 하루히로는 알고 있었다.

"하루, 당신이 좋아. 나를 놓지 마."

날이 밝자 변경군 사절단 일행은 이로토를 향해서 전진하기 시작했다.

"…그래서?"

가면 사나이가 하루히로의 옆구리를 찌르며 속삭였다.

"어젯밤은 결국, 했냐?"

"…엉?"

하루히로는 반사적으로 손등으로 입 주변을 문질렀다.

가면의 눈 구멍이 번쩍 빛난… 것 같은.

물론, 아무리 그래도 빛나거나 할 리가 없다. 기분 탓이겠지.

"설… 마, 파루핏, 너…."

"…뭐냐? 파루핏이."

"젠장, 이 자식, 풋내기니까 어차피 아무것도 못 했겠지… 라고 우습게 봤었는데, 그렇게 나왔다 이거지. 그렇게… 나왔다 이거지? 이 코딱지 같은 놈이. 진짜냐? 진짜야? 실화냐? 진짜? 아니겠지. 허세 부리는 거 아니야? 너. 파루피이로 주제에 허풍떠는 거 아니냐고? 있을 수 있는 일이네. 있을 수 있어. 있을 수 있는 일이라고. 아니, 그게 맞네. 진짜, 그것밖에는 생각할 수 없어."

가면 사나이는 작은 목소리에 빠른 말투로 떠들어댔다. 그리고 하루히로의 어깨에 팔을 두르더니 꽉 끌어안았다.

"…넣었냐? 혀는? 집어넣었냐고? 넣었지? 그럴 때에는 당연히, 날름날름… 정도는 했겠지? 한 거지? 그야, 해야지? 젠장, 했네, 했어. 어디까지 갔냐? 어디까지 갔냐고 묻고 있잖아, 이 자식!"

하루히로는 침묵했다. 철저히 묵비권을 관철할 각오였다. 포기를 모르는 가면 사나이와의 끈기 경쟁이다. 유리한 싸움은 아니다. 하지만 하루히로에게는 싸울 이유가 있었다. 반드시 이겨야만 한다. 뭔가 조금이라도 말하면 끝장. 가면 사나이는 더욱 파고들어 시시콜콜 다 물어볼 것이 틀림없다.

결국 하루히로는 승리했다. 가면 사나이가 쏟아낸 이런 수법, 저런 수법을 전부 무시하고, 마침내 물러서게 만드는 데 성공한 것이다.

그렇기는 해도 안심은 할 수 없다. 다른 사람도 아닌 녀석이다. 틈만 있으면 또 공격해오겠지. 싸움은 앞으로도 이어진다. 어쩌면 끝나는 일은 없을지도 모른다. 언젠가는 그 집요함에 항복해서 어느 정도까지는 말해버릴지도 모른다.

말해버리면 편해지긴 하겠지. 왠지 털어놓고 싶은 심정도, 이것은 하루히로 본인도 이유를 알 수 없는 일이지만 어떻게 된 영문인지 전혀 없지는 않았다.

털어놓는다?

하필이면 란타에게?

없다. 있을 수 없다. 말하면 끝이다. 그렇게 생각한다. 하지만 란타와 둘이서 이야기할 기회가 앞으로 있다면, 어쩌다 말이 튀어나와버리거나 할지도 모른다. 어쩌면, 하루히로는 말하고 싶은 것일까? 아니, 그렇지는 않다. 않을… 텐데.

작은 언덕을 몇 개 넘자 앞쪽에 빛나는 강 수면이 보였다. 아직 한낮이 되기 전인 수면이 오전 중의 햇빛을 강하게 반사하고 있다. 이로토의 강물은 빛을 두른 거대한 뱀 같다.

사절단 일행은 거기에서 일단 걸음을 멈췄다.

"여기에서 이로토를 거슬러 올라가면 쿠로가네 산맥에 도달한다. 길을 잃을 일은 없다."

이츠쿠시마가 옆에서 얌전히 앉아 있는 늑대개 포치의 머리를 쓰다듬어주면서 말했다.

"단, 우리가 저 강에 이보다 더 가까이 다가가는 것은, 물을 보급할 때뿐이다."

이로토는 변경 최대이자 최장의 대하다. 그 유역에는 비옥한 토지가 펼쳐진다. 그럼에도 불구하고, 인간족만이 아니라 엘프나 오크 등도 이로토 유역에는 정주하지 않았다. 하고 싶어도 할 수가 없는 것이다.

이츠쿠시마가 말하기를, 이로토에는 소형이지만 그야말로 흉포한 강 상어나 매우 강력한 신경독을 가진 흑백 얼룩 물뱀 등이 서식한다고 한다.

강 상어는 피 냄새를 맡으면 우르르 몰려와서 일제히 먹잇감을 뜯어 먹는다. 흑백 얼룩 물뱀한테 물리면 눈 깜짝할 사이에 온몸이 마비되고 호흡이 멎어버려 죽음에 이른다. 흑백 얼룩 물뱀은 강가로 올라오는 경우도 있다고 한다. 얕은 곳에서도, 돌이나 그런 것에 손가락을 베이거나 하면 강 상어가 순식간에 몰려든다고 한다. 비록 물을 긷는 것뿐이어도 상당한 주의를 하지 않으면 위험하다.

또한 강기슭 일대에는, 커다란 개체일 경우에는 몸길이 3미터가 넘는 큰 엄니 수달, 수컷은 때로 5미터 이상의 거구를 자랑하는 이로토 악어, 수십 마리씩 무리 지어 다니는 큰 뿔 하마 등을 자주 볼 수 있다고 한다. 이러한 생물은 전부 육식성이나 잡식성으로 서로

잡아먹는다. 각각 서로를 잡아먹으며 진화해온 사나운 짐승들인 것이다.

물론… 이랄까 뭐랄까, 큰 엄니 수달이 이로토 악어만 먹는 것도, 이로토 악어가 큰 뿔 하마만 즐겨 먹는 것도 아니다. 배 속에 집어넣을 만한 것이라면 기본적으로 뭐든지 습격해서 잡아먹는다. 그들 입장에서 보면 인간 따위는 딱 봐도 빈약해 보이고 만만한 먹잇감일 것이다.

"물을 마시러 이로토에 접근하는 생물은 전부 그들의 식량이다. 물가에서 그들에게 대항할 방법은 거의 없다고 생각하는 게 좋아."

"보는 것만은 해보고 싶은데."

유메는 볼이 불룩 튀어나오더니 그런 말을 했다.

"어차피 언젠가는 물을 길으러 가야 해."

이츠쿠시마는 어깨짓을 했다.

"그때에는 반드시 나와 유메가 같이 간다. 어떤 생물과도 마주치지 않기를 빌지만 그렇게 순탄히 잘 풀릴 리는 없어. 큰 뿔 하마는 체격이 크고 무리 지어 행동하니까 분명 눈에 띄겠지만."

이로토 연안을 북상하기 시작한 지 이틀째, 일찌감치 그 기회가 찾아왔다.

사절단 일행은 정사 비키 산즈, 척후병 닐, 쿠자크, 세토라, 메리, 말들을 남기고 이츠쿠시마와 늑대개 포치, 유메, 하루히로, 란타, 네 명과 한 마리가 물 길어 오기 작전을 결행하게 되었다. 각자 마실 물은 아직 약간 여유가 있지만 간당간당한 상황이 되기 전에 보급해두고 싶었다.

"모쪼록 조심해서 다녀와라."

비키 산즈는 진심으로 걱정하는 것 같았다. 말투와 일자 눈썹이 말해준다.

"나도 따라가고 싶은데…."

불만인 듯한 쿠자크의 엉덩이를 가면 사나이가 뻥 찼다.

"시끄러웟. 네놈은 쓸데없이 크니까 거치적거린다고."

"아니. 전혀 아프지 않은데. 전혀 타격 없네…."

"뭐라고? 이게!"

"그만 좀 해."

유메가 쿠자크와 란타 사이에 끼어들었다.

"진짜 쫌. 맨날 투닥투닥 뿡뿡."

어째서인지 닐이 풋 뿜었다. 그쪽을 보니, 닐은 때가 낀 벌건 얼굴을 다른 쪽으로 돌리고 있다.

쿠자크의 표정은 흐물거리고 상당히 긴장감이 없어 보인다.

"…유메 씨, 그거, 귀엽네요, 방금 한 거."

유메는 고개를 갸웃거리며 눈을 깜빡거렸다.

"웅냐?"

"알 것도 같다."

세토라가 고개를 끄덕였다.

"자각이 없이 하는 거니까. 키우고 싶어져."

"잘 모르겠지만 세토랑이라면 나 키워져도 괜찮을 것 같은데? 엄청 제대로 돌봐줄 것 같으니까. 그치?"

메리가 미소 지은 것은 이해한다. 비키 산즈가 유메에게 따뜻한 눈길을 보내는 것도, 뭐, 그런 사람일 것이라고 생각했다. 하지만 닐이 곁눈으로 유메를 보면서 가슴께를 누르고 있는 것은, 좀 의외랄까, 어떤 심정인지 궁금했다.

"무사히 다녀와."

메리가 하루히로의 왼쪽 손목을 살며시 잡고 그렇게 말해주었다. 만약 둘만 있었다면 그냥 떨어질 수 없었겠지. 껴안아버렸을지도 모른다. 그런 생각을 해버리는 자기 자신이 기분 나빴지만 어쩔 수 없다고도 생각한다.

그야 하루히로는 메리를 좋아하는 것이다. 그저께보다 어제가 더 좋았다. 어제보다 오늘 더 좋으니까, 이건 이제 어쩔 수가 없다.

이렇게 해서 물 긷는 부대는 출발했다.

"…그래서?"

출발하자마자 가면 사나이가 또 재빠른 속삭임 공격을 감행해왔다.

"어제 또 뭔가 했냐? 어디까지 간 거야?"

"진… 짜 시끄러워, 너…."

"아까도 자연스러운 느낌으로 처붙어 있었으면서. 너희가 부부냐? 이미 부부 행세하는 거냐고? 할 거 다 한 거냐? 마구마구 다 한 겁니까? 어떻게 된 거냐고? 그 점. 엉?"

하루히로는, 포치와 함께 선두에 선 이츠쿠시마와 그 뒤를 따라가는 유메를 봤다. 저기, 이 녀석, 시끄러운데요. 계속 속삭이는데요. 주의를 좀 줬으면 하는데. 두 사람 다 거기에 신경 쓸 짬은 없는 건가? 이 부근은 이미 위험 지대다.

"나, 네 그런 면이 제일 거시기하다고. 좀 시원시원하게 굴 수 없냐고. 했으면 했다, 이건 했다, 저것도 했다, 여기까지는 했다, 그렇게 말하면 되잖아. 가르쳐달라니까, 멍청아. 그 점은 정보를 공유

해둬. 동료잖아? 응? 이래저래 오랜 사이잖아. 안 그래?"

란타는 엄청나게 속삭여대는데 그 성량이 절묘했다. 아주 작다. 그러면서도 하루히로에게는 똑똑히 들린다. 직업병이랄까, 이래 봬도 하루히로는 도적이기 때문에 귀는 밝은 편이다. 란타는 그 점도 문명히 고려해서 목소리 크기를 조절하고 있다. 그런 면에서는 빈틈이 없다.

"…너는 어떤데?"

어쩔 수 없다. 하루히로는 란타식 속삭임에 반격으로 전환하기로 했다.

"엉? 나? 내가 뭘?"

"유메랑 어떻게 돼가냐고? 진전은?"

"진전? 뭐야? 그게. 아아… 그거구나. 진전. 진전이라고 하면, 진짜 전설의 준말이지. 흠…."

"뭘 얼버무리는 거야? 유메한테 말했어? 말 안 해?"

"…뭐, 뭐, 뭘 말한다는 거야…?"

"좋아한다고."

"너, 넛, 너엇, 너, 너는 말했냐? 어차피 거시기지? 말한 것도 같고, 안 한 것도 같은, 미묘한 거시기겠지. 너니까…."

"말했어."

"…뭐…."

"제대로… 말했어."

"말… 했어? 즉, 고백했다는 뜻…?"

"뭐, 그래."

"거짓말이지? 거짓말이야. 거짓말이다. 당연히 거짓말이야. 나는 안 믿어. 왜냐하면 너는 파루피루룽이니깟."

"솔직하게 마음을 전했을 뿐이야. 나도 그 정도는 할 수 있어."

"…파루포로롱인데도?"

"나도 할 수 있던데?"

"…그래서 뽀뽀했다 이건가…?"

"그 부분은 노코멘트. 별로 굳이 말할 만한 일도 아니잖아."

"어른인 척하고 자빠졌네…."

"너처럼 애 같지는 않을지도."

"크으윽…."

받아쳐줬다. 쌤통이다. 그런 식으로 생각하지는 않았다. 연민 같은 것은 조금 느꼈다. 란타는 대부분의 사람들한테는 지나칠 정도로 땍땍거리는데 유메한테만은 지나치게 약하다고 할 정도로 약하다. 그야말로, 먼저 반한 쪽이 지는 거라는 뜻일까?

"야."

"…왜? 이 돌돌 말린 똥 덩어리 놈아."

"제대로 말로 전하는 게 좋지 않을까?"

"닥쳐, 백년 묵은 코딱지 놈아."

"언제 어떻게 될지 모르잖아. 내가 말하지 않아도, 너도 그런 느낌이랄까, 각오는 있겠지."

"…당연히 있지."

"지금밖에 없을… 지도 모르는 거니까."

"잘난 척하고 자빠졌네…."

란타는 하루히로의 옆구리에 주먹을 날렸다. 하루히로는 꽤 강한 펀치가 날아올 거라고 예측했으나 일부러 피하지 않았다.

예상대로, 그런대로 아팠다. 꾹 참고서 평정을 가장하고 태연한 얼굴을 하고 있노라니 란타가 툭 던지듯이 중얼거렸다.

"…뭐, 하지만… 그럴지도 모르지…."

그 순간이었다. 선두에서 가던 이츠쿠시마가 멈춰 섰다.

"뭉뇨?"

유메가 이츠쿠시마를 보며 고개를 갸웃거렸다.

"참고로…."

이츠쿠시마는 고개를 돌려 늑대개 포치의 머리를 쓰다듬었다.

"이 녀석한테는 과연 못 당하겠지만 나는 인간치고는 귀가 밝은 편이거든."

하루히로는 조심스럽게 물었다.

"…그 뜻은?"

이츠쿠시마는 껄끄러운 듯이 헛기침을 했다.

"대부분 들린다고. 비밀 이야기를 할 생각이었는지도 모르지만…."

"뭐가아?"

유메는 자기 스승과 하루히로, 가면 사나이를 번갈아 보았다.

"하루 군과 란타, 무슨 이야기 했어? 속다콩 속다콩 하는구나 하고 유메는 생각했지만. 분명히는 들리지 않았는데?"

"아, 아무것도 아니얏."

란타가 대답하자 유메는 입을 삐죽 내밀었다. 아무것도 아니라고 하면 오히려 궁금해지는 것이 사람 심리일 것이다. 유메는 란타를 다그치려고 했다. 그런 기색을 보이자마자 란타가 기선을 제압했다.

"나중에. …나, 나중에 가르쳐줄게. 지, 지금은 됐잖아. 지금은 이것저것, 거시기하니까. 나중에 천천히 거시기, 말, 말할 테니까 ⋯."

"꾸우우."

유메는 마지못해서 하는 것처럼 고개를 끄덕였다.

"자, 자. 됐잖아."

그런 유메에게 이츠쿠시마가 향한 눈길은 자애로 가득했다. 그러나, 금방 눈을 내리깔고 자기 자신에게 뭔가 타이르는 것처럼 고개를 끄덕이더니 그는 앞을 향했다.

복잡한 심경일 것이라고, 주제넘지만 하루히로는 생각한다. 이츠쿠시마는 친아버지처럼 유메를 소중히 여긴다. 어린 새는 언젠가 둥지를 뜰 때가 되면 부모 곁을 떠나 짝을 찾겠지. 하지만 그 상대가 하필이면 가면 사나이라는 것은, 어떤 기분일지.

하루히로가 이츠쿠시마 입장이었다면, 너무나 어려웠을 것이다. 인간이니까 란타에게도 좋은 점은 있다. 우여곡절은 있었으나 동료로서 지금은 신용하고 있다. 그러나 나쁘달까, 지독한 면도 역시 있는 것이다.

아무튼, 물 긷는 부대는 전진했다. 이로토까지 슬슬 10미터 정도 남았다. 나무들은 큰 것은 높긴 하지만 드문드문 나 있고, 이끼가 낀 바위가 여기저기 있고, 양치식물이라고 하나? 삐죽삐죽한 잎을 가진 식물이 우거졌다. 공기가 축축하고, 서늘하다기보다는 좀 추울 정도다.

이츠쿠시마가 오른손을 들어 모두에게 멈추라고 명령했다. 그대로 남쪽을 가리킨다. 하루히로는 그쪽으로 눈길을 향했다.

뭔가가 있다.

"우옷…."

란타가 가면 안쪽에서 아주아주 작은 목소리를 흘렸다.

상당히 떨어져 있지만 그래도 왠지 형태를 알 수 있으니 꽤 커다란 생물이겠지. 한 마리가 아니다. 몇 마리나 있다. 네발로 걷고 뿔이 있다. 아니, 머리만이 아니다. 등에도 돌기가 나 있다.

큰 뿔 하마 떼다. 이로토를 향해서 이동하고 있는 건가?

"우와, 저게 바로…."

유메는 기쁜 것 같다. 한번 보고 싶다고 말했었다. 잘됐네 하고 하루히로도 기뻐해주고 싶지만 솔직히… 무섭다.

"…어떤 상황이야?"

란타가 작은 목소리로 물었다.

"이 거리라면 아마 괜찮겠지."

이츠쿠시마는 그렇게 대답하자마자 다시금 걷기 시작했다.

"아마… 라고…."

란타는 불만스러운 듯했다. 하루히로도 공포심이 해소되었다고는 말할 수 없지만 지금은 이츠쿠시마의 판단을 믿는 수밖에 없다.

물 긷는 부대는 더욱 진전해서 마침내 이로토 강기슭에 도달했다. 강변은 좁았다. 축축한 돌과 모래 위를 몇 걸음 걸어가면 맑은 물이 흐른다.

"강 가운데에 모래톱이 있구나."

하루히로가 지적하자 이츠쿠시마는 고개를 가로저었다.

"아니, 저건 모래톱이 아니야."

"어? 하지만…."

하루히로가 보기에 맞은편 기슭까지는 수백 미터, 1킬로미터가 될까 말까. 그 중간 부근에 작은 섬 같은 육지가 있었다.

"하루 군, 자… 알 봐봐."

유메가 재촉해서, 하루히로는 모래톱으로밖에 보이지 않는 육지를 응시했다. 처음에는 전혀 감이 오지 않았다. 서서히 뭔가 이상한 점을 느끼기 시작했다.

"…으응?"

"어이, 저거…."

란타가 가면을 이마까지 올렸다.

"…움직이는 거 아닌가? 떠내려가는 거야? 반대인가…?"

분명히 란타 말대로였다. 육지는 강을 거스르는 방향으로, 아주 조금씩이기는 하지만 이동하고 있다.

"얼굴을 내민다."

이츠쿠시마가 말했다. 그 직후였다. 정말로 육지가 얼굴을 내밀었다. 육지의 상류 방향에, 강 수면에서 뭔가가 솟아오른 것이다. 거기에 맞춰서 육지 전체가 약간 부상한 것처럼 하루히로에게는 보였다.

적어도 200~300미터는 떨어져 있다. 그래서 세부까지는 확인할 수 없다. 하지만 솟아오른 것은 머리 부분이 아닐까? 하루히로가 모래톱이라고 생각했던 것은 몸통이었던 건지도 모른다.

"…생물… 이라는 거야?"

그렇다면, 전체 길이 100미터가 넘을 것이 분명하다.

"이로토 큰 강 거북이다."

이츠쿠시마가 담담히 가르쳐주었다. 코앞에, 아니, 코앞은 아니지만 눈이 닿는 위치에 저런 것이 있는데도 용케 초연할 수 있구나 하고 감탄했다.

"일설에 따르면 몇 백 년이나 살며 계속 성장한다고 한다. 저 덩치니까. 천적이 될 만한 생물이 없고 지극히 온화한 동물이다. 등에 올라타도 괜찮았다는 말도 들은 적이 있어."

"후오오오오오…."

유메는 눈을 동그랗게 떴다.

"굉장해. 유메도 타보고 싶어."

이츠쿠시마는 쓴웃음 지었다.

"헤엄쳐서 도착하기 전에 강 상어나 흑백 얼룩 물뱀, 이로토 악어 같은 것한테 잡아먹히는 게 결말이겠지."

"그런가? 글쿠나. 유메 오늘은 포기할게. 다음에 할래."

쉽사리 단념해줘서 다행이다. 이로토 큰 강 거북을 타겠다는 유메의 장대한 꿈은, 란타의 도움이라도 받아 언젠가 실현시키기를 바란다.

일행은 본 진로로 돌아와 물을 긷기 시작했다. 강가까지 가서, 들고 온 물통을 차례로 가득 채운다. 단지 그것뿐이므로 작업 면에서는 지극히 간단하다. 이로토 악어나 큰 엄니 수달은 덩치가 커서, 다가오면 이츠쿠시마든 유메든 포치든 곧바로 알아차리고 경고해줄 것이다. 흑백 얼룩 물뱀도 인간에게는 식별하기 쉬운 몸 색깔이기 때문에 비교적 발견하기 쉽다. 문제는 강 상어다. 그 몸길이는 15센티미터 정도부터 큰 개체라도 30~40센티미터. 진흙 같은 색이라 어지간히 눈이 밝지 않으면 얼핏 봐도 모른다. 게다가 잽싸기 때문에 눈 깜짝할 사이에 접근해버린다.

이츠쿠시마와 유메는 강가에 쪼그리고 앉아 유유히 물을 긷는 것으로밖에는 보이지 않지만 실은 쉬지 않고서 물속을 관찰하고 있었다. 주변 경계는 포치에게 맡겨둔 모양이다.

하루히로는 흠칫거렸고, 너무 긴장한 것인지 한숨이 계속 나왔다.

"헷, 겁쟁이 놈…."

란타는 하루히로를 비웃어놓고서는 본인도 엉거주춤한 자세가 되었다. 그 때문에 팔을 한계까지 뻗지 않으면 물통이 강물 속에 잠기지 않게 된 지경이다.

그러다가 유메가 란타에게 쓱 다가가더니 물속에 오른손을 첨벙 처박았다. 무슨 일인가 했더니, 강물 속에 넣다 뺀 유메의 손은 20센티미터 정도의 강 상어를 움켜잡고 있었다. 강 상어는 날카로운 이빨이 쭉 나 있는 입을 꿈틀거리고 눈을 희번덕거리며 팔딱팔딱 몸부림치고 있다.

"힉…."

란타는 엉덩방아를 찧었다.

"알아차리지 못하면 안 돼."

유메는 강 상어를 휙 내던졌다. 유메의 팔은 채찍처럼 뻗는다. 엄청난 어깨. 강 상어는 허공에서 몸부림치면서 한참 먼 곳까지 날아가 퐁당 강물에 떨어졌다.

"한 마리한테 물리면 우루루 몰려와. 그럼 있지, 유메도 구해줄 수 없을지도 몰라."

하루히로는 란타의 등을 밀었다.

"…고맙다는 말 정도는 해. 구해줬으니까."

"더, 덕분에 살았… 다."

란타는 고개를 숙이고 헛기침을 했다.

"…고맙다."

유메는 만면에 미소를 띤다.

"별말씀을!"

그것을 힐끔 보더니, 란타는 아주아주 작은 목소리로 뭔가를 중얼거렸다.

너는 내 태양이냐? 라나 뭐라나.

하루히로는 놓치지 않았지만 못 들은 걸로 했다. 그러는 너는 시인이냐? 라고 생각하기도 했지만 그 감상도 가슴속에 묻어두기로 했다.

사람은 누군가를 사랑하면 때로는 시인이 되어버리는 것… 같기도 하다. 멋진 시가 떠오르는지는 별도로. 그 부분은 센스 나름이겠지. 하루히로는 물론 센스가 없다.

"슬슬 끝낼 시간이군."

이츠쿠시마가 물통을 등짐 주머니에 넣으면서 말했다.

"이쯤에서 그만하자."

이츠쿠시마가 끝낼 시간이라고 한다면 분명 그게 맞겠지. 유메가 구해주지 않았다면 란타는 강 상어한테 물렸을지도 모른다. 위기는 미연에 방지했지만 다음번에 또 무슨 일이 생기면 그때에는 어찌 될지 모른다.

물 긷는 부대는 이로토를 벗어났다. 돌아갈 때에는 왔던 길로 되돌아가는 것뿐이다. 하루히로는 그렇게 생각하고 있었다. 그런데 이츠쿠시마는 다른 루트를 선택했다.

하루히로는 가볍게 물어봤다.

"길이… 다르지 않아요?"

이츠쿠시마는 어깻짓을 해 보일 뿐이고 이유를 가르쳐주지는 않았다. 그냥 기분에 따라서… 라는 거 아닐 테니, 뭔가 있는 건가?

"누룽…. 왠지 있잖아…."

유메가 계속해서 주변을 둘러보고 있고, 누룽… 이 무슨 말이냐는 의문이 안 드는 것도 아니었지만 역시 뭔가가 있는 것이다.

나무가 듬성듬성한 숲을 한동안 걸어가다가, 포치가 멈춰 서더니 으르렁거렸다. 북쪽을 보고 있다. 그쪽에 뭔가 있는 걸까? 하루히로는 눈을 부릅떠서 봤지만 딱히 아무것도 보이지 않는다.

"스승님?"

유메가 물었다.

"흠….."

이츠쿠시마는 한동안 생각에 잠겼으나, 포치를 쓰다듬어주고는 계속 가라고 했다.

아무래도 수상하다. 하루히로도 한층 더 주의를 기울여 포치, 이츠쿠시마, 유메를 따라간다. 가면 사나이도 얌전하다. 분위기를 파악하지 못한다기보다, 가끔씩 일부러 분위기 파악을 하지 않으려고 전력을 다 쥐어짜 쏟아낸다. 란타는 그런 종류의 바보다.

하지만 괜한 걱정이었던 걸까? 이윽고 잔류조가 보였다. 말이 네 마리가 있으니 잘못 본 것은 아니겠지. 쿠자크와 멤버들의 모습은 확인할 수 없지만 비키 산즈가 말을 돌보고 있는 모양이다.

하루히로는 안도해서 자기도 모르게 긴장을 풀어버릴 뻔했다. 곧 반사적으로, 바로 이런 때거든, 이렇게 생각한다. 안 돼. 아직이다.

긴장을 늦추지 마.

또 포치가 발을 멈췄다. 귀를 쫑긋 세우고 두리번거린다.

란타가 고개를 갸웃거렸다.

"...엥?"

하루히로는 쉿, 입술에 검지를 댔다. 란타는 고개를 끄덕였다.

이츠쿠시마가 고개를 돌려 하루히로에게 손짓을 했다. 하루히로는 발소리를 죽이고 이츠쿠시마에게 다가갔다. 이츠쿠시마가 속삭였다.

"같이 좀 가줘."

하루히로가 대답하기 전에 이츠쿠시마는 유메에게 손짓으로 뭔가 지시했다. 보아하니 유메는 포치와 란타를 데리고 잔류조와 합류할 모양이다.

이츠쿠시마가 걸어가기 시작했다. 하루히로는 따라갔다. 유능한 도적이라도 혀를 내두를 정도의 미행이다. 이 남자는 상당하다. 은근히 전방위로 능력이 돌출되어 있어서 도적이 되어도, 전사가 되어도, 아마 마법사나 신관이 되어도 일류겠지. 하지만 분명 그런 것에는 관심이 없다. 이 남자는, 자연을, 짐승들을, 그리고 사랑해야 할 자를 사랑하고, 있는 그대로 받아들이고, 어떤 환경에서도 혼자서 살아갈 수 있다.

이츠쿠시마는 나무 그늘에서 멈췄다. 북서를 가리켜 보인다.

그쪽에 낮은 관목 덤불이 있다. 거리는 15미터쯤 될까? 이츠쿠시마는 보아하니 그 덤불을 가리키는 것 같다.

하루히로는 숨을 죽이고 덤불을 계속 주시했다.

문득 덤불이 흔들렸다.

뭔가가 얼굴을 내민다. 녹색 비늘로 뒤덮인… 저건… 악어… 는 아니겠지. 악어치고는 머리 위치가 너무 높다. 도마뱀인가?

이츠쿠시마가 손짓으로 자기 입술 움직임을 읽으라고 하루히로에게 지시했다.

'리저드맨.'

이츠쿠시마는 목소리를 내지 않고 그렇게 말했다.

하루히로도 들은 적은 있다. 리저드맨. 요컨대, 도마뱀 인간이다. 인간이나 엘프, 드워프, 오크들만큼 지능은 높지 않다. 그러나 간단한 도구를 제작해서 이용하기도 하고, 단순히 무리 짓는 것 이상으로 복잡한 사회를 구성할 정도로는 머리가 좋다고 한다.

'저건 정찰이다. 들키지 않고 해치울 수 있나?'

이츠쿠시마가 물어서 하루히로는 고개를 끄덕였다. 그다지 자랑할 만한 일은 아니지만 자신 있는 분야다.

자기 자신을 땅 밑으로 가라앉히는 것처럼 해서 스텔스(은폐)한다. 순조롭게… 잘 들어갔다. 이렇게 되어버리면 이것저것 머리를 굴릴 필요는 없다.

비스듬히 위에서 자기 자신과 주위를 내려다보고 있다. 물론 정말로 내려다보는 것은 아니다. 어디까지나 그렇게 느껴지는 것뿐이다.

이츠쿠시마가 있다. 정찰 리저드맨이 숨어 있는 덤불이 있다. 그리고 하루히로가 거기로 몰래 다가간다. 수목. 다른 덤불. 저 정찰 이외에 리저드맨은? 없다. 이 근처에는 놈뿐이다.

리저드맨은 덤불에서 머리를 반쯤 내밀고서 남쪽으로 얼굴을 향하고 있다. 좌우로 멀리 떨어진 안구 위치를 봐도 놈은 인간보다 시야가 넓을 것이다. 지금의 하루히로라면 어지간해서는 들키지 않지만 만전을 기하기 위해서 바로 뒤로 돌아간다. 오른손으로 대거를 뽑고 거꾸로 쥐었다. 떠도는 것처럼 접근해서 리저드맨의 턱밑에 왼팔을 둘러 조인다. 동시에 대거를 목에 쑤셔 박았다. 기관이나 혈관을 단숨에 베어버리고 뽑아낸 대거로 곧바로 오른쪽 안구에서 뇌까지 관통한다. 어디까지 대거를 찔러 넣고 어떻게 뇌를 손상시키면 최단 시간에 이 생물의 숨통을 끊을 수 있을까? 생각하고 실행해서는 늦는다. 몸이 움직이는 대로 맡겼다.

꿈쩍도 하지 않게 된 리저드맨을 덤불 속에 눕혀놓고 하루히로는 이츠쿠시마 곁으로 돌아갔다.

"…제법이네."

이츠쿠시마는 기가 막힌다는 듯한 목소리로 낮게 말했다. 하루히로는 고개를 가로저었다.

"더 있다는 뜻이지요?"

"그래."

이츠쿠시마는 얼굴을 찌푸리고 있다.

"리저드맨의 서식지는 원래 좀 더 북쪽인데. 묘하네. …그렇구나. 내가 이런 멍청한 짓을…."

"뭔데요?"

"남정군인지 뭔지다. 놈들은 쿠로가네 산맥 남쪽에 넓게 진을 치고 있어."

"리저드맨이 살던 곳 주변에?"

"그래. 밀려나는 꼴이 되어 남하한 것이겠지."

이츠쿠시마는 한숨을 쉬고 목을 좌우로 꺾었다. 그리고 다시 한 번 숨을 내쉰다.

"어쩔 수 없네. 루트를 변경한다. 일단 이로토에서 벗어나서 북상하자. 별로 내키지는 않지만 회색 습원을 통과하는 수밖에 없을 것 같다."

"…위험한 건가요?"

"안전한 장소 같은 건 없어."

이츠쿠시마는 한쪽 뺨을 일그러뜨렸다.

"단, 이 계절의 회색 습원은 춥다. 그리고 거머리가 득시글득시글해. 특히 말한테는 힘들지도 몰라. 늪에서 튀어나오는 날거머리라는 것도 있으니까. 우리 인간들도 방심은 할 수 없지만."

"그건…."

너무나 싫은데요 하고 말하려 했지만 하루히로는 말을 도로 삼켰다. 이츠쿠시마가 어깨를 두드렸기 때문이다.

이츠쿠시마는 이미 뛰어나갔다. 하루히로도 뛰었다. 갑자기 뭐야? 라거나 어떻게 된 거냐고 굳이 물을 필요도 없다. 긴급 사태인 것이다. 그것 이외에는 있을 수 없다.

먼저 합류한 유메가 지시한 것이겠지. 잔류조는 벌써 말에 짐을 싣고서 출발 준비를 갖추고 있었다.

"좋아, 나갈 수 있지? 서둘러 이곳을 벗어난다!"

이츠쿠시마는 소리치자마자 포치를 데리고 서쪽으로 달렸다.

"…따라와! 꾸물대지 마. 놈들에게 포위된다!"

란타가 외쳤다.

"놈들이라니?!"

"리저드맨이다!"

하루히로는 방금 왔던 방향을 돌아봤다. 나뭇잎이 스치는 것 같은 소리와 뭔가의 목소리가 들린다. 모습은 보이지 않는다. 하지만 가까이 오고 있다. 확실하게. 적지 않은 숫자다.

비키 산즈가 말에 뛰어올랐다.

"닐, 유메 군, 세토라 군! 말에 타라! 자, 나간다!"

말할 필요도 없이 닐은 말에 올라타려고 했다. 유메는 니엥이라는 느낌의 대답을 했고, 세토라는 말없이 각자의 말을 탔다.

"서둘러!"

하루히로는 쿠자크와 메리를 먼저 가게 했다. 비키 산즈 이하 기승조가 말을 몰았다.

"이 나 님과 파루피롱이 후미인가! 쳇…!"

란타는 칼을 쓱 뽑았다.

"파트너가 다소 미덥지 못하지만 뭐, 어쩔 수 없나!"

"누가 할 말을!"

하루히로는 되받아치면서 옆으로 점프했다. 맞은편에 있는 나무에서 뭔가 가느다란 물체가 두 개, 세 개 둥근 궤적을 그리며 날아온 것이다. 화살인가? 피하고서 지면에 박힌 물체를 보니 살깃이 달리지 않았다. 화살촉은 쇠 같은 금속이 아니라 석제인 것 같다. 원시적인 것이기는 하지만 틀림없는 화살이다.

또 몇 개의 화살이 날아왔다. 란타는 피하지 않고 칼로 가볍게 베어버렸다.

"…핫! 원거리 무기도 쓰다니, 제법이잖아!"

하루히로는 오른손으로 대거, 왼손으로는 불꽃의 단검을 뽑아 후우우우… 조용히, 그러면서도 깊게 숨을 내쉬었다. 어딘가 한 점에 눈의 초점을 맞추는 것이 아니다. 시야 전체를 넓게 본다. 청각과 그 외의 감각도 총동원한다.

불과 1초 정도 만에 하루히로는 열하나의 리저드맨을 눈으로 확인했다. 물론이라고 해야 할지, 그게 전부는 아니고, 동에서 북동에 걸쳐 리저드맨은 더 많이 있다. 우르르 밀려온다.

란타는 당장이라도 적에게 덤벼들 것 같다.

"여기에서 한판 할까앗…?!"

"아니, 우선 물러서!"

하루히로는 말하자마자 몸을 돌렸다. 란타도 펄쩍 뛰는 벌레 같은 몸놀림으로 따라온다.

화살이 우수수 날아왔지만 맞지는 않는다. 돌창을 든 리저드맨들이 그들을 쫓아온다. 그중에는 나무 방패를 든 리저드맨도 있다. 옷은 입지 않았으나, 일부 리저드맨들은 동물의 뼈나 이빨, 갈고닦은 돌 등으로 만든 것으로 보이는 장신구를 달고 있다.

"하핫!"

란타가 뛰면서 웃었다.

"조금은 재미있게 해줄 모양인데…!"

바보가 바보라서 바보 같은 소리를 지껄인다고 생각하면서, 하루히로는 리저드맨들의 선봉과의 거리를 재고 있었다. 리저드맨의 발은 결코 느리지 않다. 이쪽이 전력으로 질주하면 떨궈낼 수는 있을 것 같지만 그저 술래잡기가 아니니 안이한 생각은 금물이다. 역시 많은 인원수에는 못 당하고, 리저드맨 같은 종족을 얕봐서는 안 된다. 분명 그들은 타고난 사냥꾼일 것이다. 그렇다면, 몰이 사냥이나 한꺼번에 몰아넣어 잡는 방식을 계획하는 건지도 모른다.

앞길이, 깎아지른 언덕 사이의 좁은 길이 되었다. 이대로 도망친다고 해도 일단 리저드맨들을 한 번 쳐서 기를 죽여놓는 게 좋다.

"란타, 저기에서 공격한다!"

"핫! 이제야…!"

란타가 가속했다. 유리한 위치를 선점해서 리저드맨들을 격퇴할 셈이겠지.

하루히로는 뒤를 봤다. 화살이 날아왔으나 속도나 궤도를 봐서는 닿지 않을 것이다. 개의치 않고 달린다. 란타가 언덕을 뛰어 올라간다. 바보와 연기는 높은 곳으로 올라간다고 한다. 딱 그거네 하고 생각하면서 하루히로도 마음의 준비를 했다. 잽싸게, 효율적으로 살상하고, 이탈한다. 자, 한바탕 해보자.

리저드맨들은 그야말로 풍조 황야라는 느낌의 평평한 초원까지
는 쫓아오지 않았다. 리저드맨의 위협은 한나절 정도 만에 거의 완
전히 사라졌다.

그 대신이랄까 뭐랄까, 서와 남서 방향에 길쭉 거인의 모습이 언
뜻언뜻 보이게 되었다. 개인지 고양이인지 구별이 되지 않는, 자카
일이라 불린다는 짐승 떼가 따라붙기도 했다.

자카일은 늑대개 포치보다 훨씬 작게 보이지만 실제로는 그렇지
도 않다. 그들은 다리가 짧고 몸통이 길었다. 체고는 낮지만 꼬리를
포함하지 않은 몸의 길이가 1.5미터를 넘는 개체도 있다고 한다. 피
모는 갈색으로 온몸에 검은 반점이 흩어져 있다. 얼굴 부분은 새카
만 색에 가깝다. 이목구비를 판별하기 힘들어서 기분 나쁜 인상이
다.

이츠쿠시마가 말하기를, 자카일의 생태는 잘 알려지지 않은 것
같지만 육식이라는 것만은 틀림없다고 한다. 십여 마리에서 30마리
정도가 무리 지어 행동하며, 그야말로 현재 변경군 사절단 일행이
그 피해를 당하고 있는 것인데, 사냥감을 줄기차게 쫓아다닌다.

"나는 공교롭게도 그들이 사냥하는 장면을 본 적은 없다. 단…."

이츠쿠시마가 말하는 바로는, 초식 동물 무리가 다른 육식 동물
에게 습격당했고 거기에 자카일들이 끼어들었다고나 할까, 편승해
서 공격에 참여하는 모습을 관찰한 적은 있다고 한다.

그 이야기를 듣고 쿠자크는 질색을 했다. 란타는 엄청 비겁하다
느니, 쓰레기라느니, 최악이라느니 한참 헐뜯었지만 자카일에게는

자카일 나름대로 할 말이 있겠지. 그들에게 사냥은 명예가 걸린 싸움이 아니다. 먹고 살아가고 자손을 남기기 위한 행위다. 될 수 있는 대로 희생을 치르지 않고 성공률을 높여야만 한다. 그 때문에 그들은 다른 이들을 잘 이용해서 교묘하게 식량을 얻는다. 오히려 대단하다고 감탄해야 할 것이다.

사실 사절단 일행이 자카일 떼의 표적이라면 태평하게 감탄하고 있을 수도 없다.

다른 사나운 짐승이 나타날 때까지는 괜찮을 거라고 여유 부리는 것은 위험하다. 자카일 떼가 자기들만으로 사냥을 하지 않는다는 보장은 없다.

날이 저물어 캄캄해져도 그들은 가까이에 있었다. 때때로 돌아다니는 기척이 나기도 하고 '보캇'이라는 특징적인 짖는 소리가 들리기도 하니까 기분 탓이 아니다.

하루히로 일행은 최대한 경계 태세를 취한 후에 교대로 잠을 자기로 했다. 숙면하는 것은 어렵지만 누워서 쉴 수 있는 것만으로도 상당히 다르다.

그렇게 해서 날이 밝자 하루히로는 경악했다. 사절단 일행에서 20미터 정도밖에 떨어지지 않은 장소에서 자카일들이 쉬고 있었던 것이다.

"차라리 해치워버리는 편이 좋지 않을까?"

란타의 제안에 마음이 동하지 않았다고 한다면 거짓말이 된다.

"이제 해치워버릴까요?"

쿠자크는 상당히 의욕적이다.

"전력을 다 쏟으면 할 수 있겠지? 질 것 같은 기분은 안 들고. 몇 마리 해치우면 다 도망가지 않을까요?"

"무리야."

유메가 찌푸린 얼굴로 고개를 도리도리 저었다.

"저어어얼대로 무리. 저런 아이들은 있지, 엄청 체력이 강해. 이쪽이 확 공격하잖아? 그럼 있지, 저 아이들은 싸삭… 도망치니까. 쫓아가면 더 도망치고."

"어린 개체를 노리는 방법은 있지만…."

이츠쿠시마는 자카일 무리를 보며 낮게 웅얼거렸다.

"이제 막 젖을 뗀 새끼가 아닌 한, 해치우는 건 어려워. 우리가 그들과 싸운다면 그건 다른 방법이 없어지고 나서다."

어쨌든 풍조 황야를 빠져나가 회색 습원에 들어서면 자카일들은 포기하겠지. 그것이 이츠쿠시마와 유메의 견해였다. 앞으로 이틀, 서두르면 하루 반 정도면 회색 습원에 도착할 것 같다.

"그럼 서두르도록 하지."

비키 산즈가 결단을 내려 이 이야기는 끝났다. 암운이 드리우기 시작한 것은 그날 오후였다. 비유가 아니라 실제로, 맑았던 하늘에 순식간에 구름이 끼더니 바람이 강해졌던 것이다.

하루히로는 유메에게 물어봤다.

"이거, 만뢰람인지 뭔지라던 그거 아니지…?"

말에 탄 유메는 뭐라 말할 수 없다는 듯한 복잡한 표정을 지었다.

"우흠…."

"그건 아닐걸."

이츠쿠시마는 발길을 멈추고 있었다. 그 옆에서 포치가 후방의 자카일 무리를 빤히 응시하고 있다.

뭔가 이상하다.

하지만 뭐가 이상한 건가? 하루히로는 알 수가 없다. 단지 가슴이 술렁거렸다.

"왜 그래?"

비키 산즈가 말 위에서 이츠쿠시마에게 물었다. 그때였다.

자카일 떼가 보호오오옹… 이라는 느낌의 긴 울음소리를 내기 시작했다. 정확히 말하자면 무리 중 한 마리가 처음으로 짖었고, 몇 마리가 비슷한 소리를 냈다.

"뭐야?!"

척후병 닐이 고삐를 끌어 말머리를 돌렸다. 아니, 아니다. 말이 히힝 울더니 점프하는 것처럼 날뛴다. 비키 산즈, 유메, 세토라의 말도 마찬가지였다.

"음?! 진정해, 헨드릭스 Ⅲ세…! 괜찮아, 괜찮다!"

비키 산즈는 웃는 얼굴로 말에게 말을 걸어 진정시키려고 했다. 모르던 사실인데, 말이 동요하거나 흥분할 때에는 웃어주는 게 좋다고 한다. 하지만 말이 날뛰면 말을 탄 사람도 역시 동요하게 되니, 저렇게 억지웃음을 짓는 것도 간단하지는 않겠지.

"이게! 이 망할! 똥 말 새끼!"

닐은 말을 혼내어 오히려 더 당황하게 하는 작태를 보였고, 유메와 세토라도 자기들 말을 제어하느라 상당히 고심하고 있다.

참고로, 헨드릭스 Ⅲ세라는 것은 비키 산즈가 어느 틈엔가 자신의 말에게 붙인 이름이다. 너무 길어서 부르기 힘들 것 같다. 그런 생각이 안 드는 것도 아니지만 하루히로가 끼어들 입장은 아니다.

"뭐, 뭡니까? 뭔데요? 도대체 뭐예요?!"

쿠자크는 당황해서 어찌할 바를 모르고 두리번거리고 있다. 란타가 쿠자크의 엉덩이를 발로 찼다.

"…시끄럽넷!"

"아얏! 아니, 하지만!"

"하루!"

메리가 북북서 방향을 가리켰다. 그때까지 하루히로는 눈치채지 못했지만 이츠쿠시마도 그쪽을 보고 있었다. 하루히로도 북북서로 시선을 향했다. 지평선. 초원. 약간의 관목. 그것뿐이다. 딱히 이상한 것은 보이지 않는다. …아니.

하루히로는 시선을 올렸다.

하늘인가?

흐린 하늘에… 뭔가가 있다.

뭐지?

당연하지만 그것은 날고 있다. 새인가? 그렇다면 상당히 크다. 혹시나 와이번인가? 하지만 와이번은 여기서부터 아득히 북쪽 쿠아론 산맥에 서식할 텐데.

"운이 없네."

이츠쿠시마가 한숨을 쉬었다.

"만고라프 등장이다."

란타는 칼자루에 손을 댔다.

"…어엉?! 망드래곤?! 뭐야? 그게?!"

"만고라프."

메리가 정정했다. 표정이 이상하다. 어디가 어떻게라고는 말할 수 없지만 한순간 하루히로는 그렇게 느꼈다. 기분 탓인지도 모른다.

"말에서 내려!"

이츠쿠시마가 외쳤다.

"짐을 전부 내려! 지금 당장!"

"무슨 일이야?!"

비키 산즈가 외쳤다.

"말은 말이지!"

유메가 안장에서 재빨리 짐을 내리면서 대답했다.

"만고라프가 제일 좋아하는 먹잇감이니까!"

"뭐… 라고…?!"

비키 산즈는 경악했다.

"노, 농담이 아니야…!"

척후병 닐은 말에서 뛰어내렸다… 고나 할까, 거의 굴러떨어졌다.

세토라는 말을 채 통제하지 못하고 있다.

"큭…!"

"세토라 씨…!"

쿠자크가 달려가서 세토라가 탄 말 동체에서 엉덩이 사이를 꽉 끌어안았다.

"…우오, 엄청난 힘! 말, 장난 아닌데! 지, 지금 이 틈에!"

유메는 말에서 뛰어내렸다. 말 엉덩이를 때려 달려가게 한다.

"웅냐! 도망쳐…!"

만고라프인지 뭔지는 꽤 가까이 와 있다. 거리는, 글쎄. 모르겠다. 200미터인가? 300미터인가? 별로 빠르지는 않은 것 같다. 나는 방식이 다소 볼품없다고나 할까. 무리해서 날고 있다고나 할까. 날개는 있다. 하지만 사지도 다 달린 모양이다. 맹수의 등에 날개를 붙여놓은 것 같은 모양을 하고 있다.

세토라가 쿠자크의 도움을 받아 짐을 다 내리고 말에서 내려왔다.

"좋아, 이제 놔!"

"넵…!"

비키 산즈는 아직 말에 탄 채로 있다. 잔뜩 겁에 질린 헨드릭스 Ⅲ세를 어떻게든 달래려고 한다.

"괜찮아! 헨드릭스 Ⅲ세. 내가 같이 있다! 괜찮으니까. 나는 너를 혼자 두거나 하지 않아! 괜찮아! 괜찮아…!"

닐, 유메, 세토라가 탔던 세 마리의 말은 제각각 흩어져 도망가고 있다.

"어이, 비키!"

닐이 일어서서 외쳤다.

"위험해! 말 같은 건…!"

만고라프가 한 마리의 말을 향해 급강하했다. 저것은 닐이 탔던 말이다.

쿵, 착지하는 소리가 울려 퍼졌다.

다음 순간, 말이 허공에서 춤추고 있었다.

도대체 뭐가 어떻게 된 것인가? 만고라프가 말에게 덤벼들어 그 목을 물어뜯고 단숨에 내던졌다. 아마도, 그렇게 된 것이다. 높이 높이 내던져 올라간 것은 말의 동체뿐이었다. 목부터 위쪽은 없어졌다.

"캬아아아아아아악…!"

비키 산즈는 마치 자기가 만고라프에게 물린 것 같은 비명을 질렀다.

"아르센누스! 아르센누스으으…!"

참고로, 아르센누스라는 것은 비키 산즈가 닐의 말에게 붙여준 이름이다. 닐조차도 '야'나 '말'이라고밖에 부르지 않았지만 비키 산즈는 모든 말에게 고유의 이름을 부여해줬었다. 보아하니 똑같은 이름은 다시 붙이지 않는다는 신조가 비키 산즈에게는 있는 모양이다. 그래서 묘하게 긴 이름이 많거나 II세, III세라고 덧붙이거나 한 것이겠지. 그런 걸 상관할 때가 아니다.

아르센누스의 목을 물어뜯은 만고라프는 방류처럼 질주해서 다른 말에게 덤벼들었다. 이번에는 세토라가 탔던 말이었다. 만고라프는 앞다리로 말을 쓰러뜨려 찍어 누르더니 머리 부분부터 경부까지를 통째로 덥석 깨물었다.

본토산 말들은 그리 크지 않다. 그렇기는 해도 어깨까지의 높이가 1.3~1.4미터 정도는 된다. 애초에 말은 결코 작은 생물은 아니다. 그러나 만고라프에 비하면 어른과 어린아이, 아니, 만고라프가 어른이라면 말은 갓난아기 같다.

"아아, 테리스탈코스까지…!"

비키 산즈가 비분에 찬 고함 소리를 냈다. 테리스탈코스. 그러고 보니 세토라가 탔던 말은 그런 이름이었다.

하루히로는 자카일들이 죽은 아르센누스에게 몰려드는 것을 힐끗 봤다. 너무나 빈틈이 없다고나 할까, 억척스럽다고나 할까.

만고라프는 저렇게 큰데도 근사할 정도로 재빠르다. 테리스탈코스 다음은 유메가 탔던 말이 만고라프의 표적이 되었다. 날개가 달린 거대한 맹수가… 달린다. 아니, 점프했다. 날개를 딱 한 번 펄럭이고, 높이는 뛰어오르지 않고, 활공한다.

오로지 도망치는 유메의 말을 만고라프가 치어 박살 낸 것 같았다. 그대로 수십 미터를 끌고 가서 급정지하며 돌아본 만고라프의 얼굴을, 하루히로는 그제야 제대로… 빤히 봤다. 그것은 피범벅이 된… 얼굴이었다.

인간… 이라고 해도, 어떤 종류의 인간인가? 남성인가? 여성인가? 노인인가? 아니면 젊은이인가? 뭐라 말할 수가 없다. 하지만 왠지… 라는 차원이 아니라, 만고라프의 용모는 인간을 닮았다. 상대방의 피를 몸에 끼얹은 인간이 히죽 웃고 있다. 그런 식으로밖에는 보이지 않았다.

"비키 산즈, 말을 버려…!"

이츠쿠시마가 날카로운 목소리로 소리쳤다.

"헨드릭스 Ⅲ세…!"

비키 산즈는, 그러나, 끝까지 말에서 내리려고 하지 않는다. 날뛰는 헨드릭스 Ⅲ세의 배를 두 다리로 꽉 조이고 몸을 뒤튼다. 명백하게 비키 산즈는 그의 말을 달리게 하려고 했다. 지금 말에서 내린다는 것이 무엇을 의미하는 건가? 이츠쿠시마는 당연히 알면서 그렇게 하라고 말했을 것이다. 이츠쿠시마도 말을 희생시키고 싶지는 않겠지. 하지만 이 지경에 이르러서는 다른 방법이 없다. 어느 쪽이든 말은 무사할 수 없을 것 같으니까.

하지만 비키 산즈는 헨드릭스 Ⅲ세에게, 달리라고 명령하고 있다. 아니야, 명령 같은 게 아니다. 비키 산즈는 헨드릭스 Ⅲ세에게 이렇게 말하고 있었다. 내가 같이 있다고. 괜찮아. 너를 혼자 두지 않아 하고. 그러니까 같이 도망치자. 비키 산즈는 몸과 마음을 다해 애마에게 그렇게 전하고 있었다.

헨드릭스 Ⅲ세는 그 마음에 응답한 것일까? 하루히로는 말에 관해서는 잘 모른다. 하지만 헨드릭스 Ⅲ세는 달리기 시작했다. 그것은 틀림없다. 물론 비키 산즈를 등에 태우고. 인마일체. 아름다운 스타트였다. 달리기 시작했을 때부터 헨드릭스 Ⅲ세는 고개를 푹 떨구고 있었다. 안장 위의 비키 산즈는 안장에서 엉덩이를 들고, 그러면서도 자세를 낮게 낮추고 있었다. 엄청난 속도였다.

가라 하고 하루히로는 빌었다.

제발… 가줘. 그렇게 빌지 않을 수가 없었다.

비키 산즈, 헨드릭스 Ⅲ세. 무사히 도망쳐줘.

기적이여, 일어나라.

"…아아아."

하루히로만이 아니라 란타와 쿠자크, 유메도 거의 동시에 비슷한 목소리를 냈다.

알고는 있었다. 기적 같은 건 그리 쉽사리 일어나는 것이 아니다. 그러니까 기적인 것이다.

그렇다고 해도, 만고라프는 가차가 없다. 놈은 헨드릭스 Ⅲ세에게 바로 덤벼들지 않고, 쫓아가고 또 쫓아가더니, 불과 한순간이지만 나란히 달렸다. 그리고 덥석 헨드릭스 Ⅲ세의 머리를 먹어버렸다.

"헨…!"

비키 산즈 입장에서 보면 그야말로 눈앞에서 애마의 머리를 먹힌

것이다. 그 충격, 그 슬픔은 얼마나 클지, 말 애호가가 아닌 하루히로는 도저히 가늠할 수조차 없다.

머리를 먹힌 헨드릭스 Ⅲ세가 비키 산즈와 함께 바닥으로 쓰러졌다.

"바보 녀석…!"

닐의 목소리는 완전히 음 이탈을 일으켰다.

만고라프가 해치운 말은 네 마리로, 헨드릭스 Ⅲ세가 마지막이었다. 어쩌면, 그 때문에, 준비는 다 되었다는 뜻일까? 지금까지 만고라프는 말의 동체에는 눈길도 주지 않았었다. 그런데 헨드릭스 Ⅲ세는 우적우적 먹었다. 그 처절한 씹는 소리로 봐서는 살도, 뼈도 같이 씹어 먹고 있는 것 같다.

"…캬아악…! 악! 그만…! 우와악…!"

"자, 자, 잡아먹힌다, 아재도…."

란타의 말을 들을 필요조차 없다. 하루히로도 그런 일은 알고 있다. 솔직히, 아직도 살아 있었나? 라는 생각도 들었지만 숨이 붙어 있다 해서 신기할 것은 없다. 헨드릭스 Ⅲ세는 머리를 먹혔으니 즉사한 것이 틀림없지만 비키 산즈는 말과 함께 넘어진 것뿐이었으니까.

"구, 구해주…."

쿠자크는 하루히로를 봤다.

"…지 않으면?"

"이미 무리겠지. 저래서는…."

닐이 넋 나간 목소리로 말했다. 바닥에 주저앉아버린다.

'응'이라고도, '글쎄'라고도 대답하기 힘들다. 시선이 허공을 흔들거리며 떠도는 사이에, 하루히로는 자카일 떼가 이동하고 있다는 사실을 깨달았다. 좀 전까지는 아르센누스의 사체에 몰려서 뜯어먹고 있었으나 지금은 테리스탈코스를 먹어치우려고 한다. 현실 도피 중인가? 하루히로는 그런 생각이 안 드는 것도 아니었다. 지금 자카일 같은 건 상관없지 않아?

아니?

그렇지도 않은… 가?

"이츠쿠시마 씨, 유메…!"

이름을 불러보자, 놀랍게도 두 사람 다 순식간에 하루히로의 의도를 알아차려준 모양이다. 눈치가 너무 빨라서 왠지 감동해버렸다. 물론 감동하고 있을 때가 아니다.

부녀지간 같은 사제지간이 활을 들고 화살을 겨눈다.

쐈다.

두 사람은 테리스탈코스의 시체를 노린 것 같다. 테리스탈코스를 뜯어먹고 있던 자카일들 중 한 마리가 화살에 맞았다. 그러자마자 자카일들이 파리 떼처럼 휙 흩어져 도망쳤다. 하지만 화살이 날아왔다는 사실에 놀라 일단 떨어진 것뿐인 모양이다. 자카일들은 아직 테리스탈코스 주위를 빙빙 맴돌고 있다. 이츠쿠시마와 유메를 힐끔힐끔 엿보는 자카일도 있고, 벌써 다시금 테리스탈코스를 뜯어먹으려고 하는 자카일도 몇 마리인가 있었다.

그들의 그런 움직임이 만고라프의 주의를 끌었다. 만고라프 쪽에서 보면, 먹잇감을 가로채인 것이다.

"오바고가아아아아우고오오오…!"

만고라프의 투박한 고함 소리는 인간의 그것과 어딘지 비슷했다.

엄청나게 덩치 큰 아저씨가 뭔지 맹렬하게 화가 나서 무슨 말인지도 모를 소리를 외쳐댄다, 그런 느낌이었다.

자카일들은 움찔했다. 그들이 겁을 먹은 순간에, 만고라프는 테리스탈코스의 사체를 향해서 뛰었다.

"지금이다…!"

하루히로는 말하면서 뛰어나갔다. 닐과 메리가 따라왔다. 쿠자크도 쫓아오려고 했지만 세토라가 말렸다.

"너는 이쪽이다!"

란타는 이츠쿠시마, 유메와 함께 짐을 주워 모아 피난할 준비를 시작하고 있다. 란타가 내 의도대로 움직여줄 때면, 아무래도 제기랄… 이라는 심정이 되어버린다. 약간이긴 하지만.

하루히로는 닐, 메리와 함께 헨드릭스 Ⅲ세 곁으로 서둘렀다. 헨드릭스 Ⅲ세는 처참하게 뜯어먹혀 원형을 유지하지 못했다. 안타깝지만 비키 산즈도 마찬가지였다. 상반신은 그것이 그리고 간신히 판별할 수 있는 상태였으나 하반신은 애마의 시체랄까, 피며 살이며 뼈와 범벅으로 뒤섞여 뭐가 뭔지.

그래도 메리는 비키 산즈에게 달려갔다. 자기가 피투성이가 되는 것도 개의치 않고 그의 목덜미에 손을 댄다. 메리는 하루히로 쪽을 보며 고개를 가로저었다.

"친서!"

닐은 메리를 밀쳤다. 비키 산즈의 품을 뒤진다. 네모난 가죽 봉투에 들어 있는 서장을 꺼냈다. 피에 물들었지만 찢어지거나 구멍이 뚫리지는 않은 것 같다.

"…좋았어!"

만고라프는 테리스탈코스의 사체를 높이 내던졌다가 그것이 떨어질 때 입으로 캐치했다. 만고라프에게 내쫓긴 자카일 떼는 우르르 도망 다녔으나, 아직 말들의 사체에 미련이 남은 건가? 멀리 도망가려고는 하지 않는다.

이츠쿠시마는 늑대개 포치에게 길을 인도하게 해서 북동으로 향하고 있다.

"얼간이 자식!"

닐은 침을 뱉더니 뛰기 시작했다. 그래도 비키 산즈의 시체에 직접 대고 뱉지는 못했다.

"…원대로 저세상에서 말들이랑 실컷 시시덕거려라…!"

"우리도 가!"

하루히로는 메리를 재촉했다. 메리는 고개를 끄덕여 보였다.

"응!"

길흉화복은 맞물려 돌아간다고 한다. 재난과 행복은 표리일체라고나 할까, 실패가 성공으로 연결된다거나, 생각지도 못한 행운을 만났더니 결과적으로 불운을 겪게 되어버린다거나, 일이 잘 풀릴 때도 있고 아닐 때도 있고, 어떤 일이든 대개 그런 것이라는 의미일까?

의용군 사절단 일행은, 어쩌면 자카일 떼가 따라붙은 탓에 만고라프의 눈길을 끌게 된 건지도 모른다. 만고라프에게 습격당하지 않았다면 비키 산즈와 말들은 무사했을지도 모른다. 그러나 과연 말을 데리고 회색 습원을 빠져나갈 수 있었을지? 게다가 자카일 떼가 있었기 때문에 만고라프의 주의를 끌 수가 있었던 것이고, 그 틈에 하루히로 일행은 도망칠 수 있었다. 비키 산즈와 네 마리 말이 희생이 되어주지 않았다면, 다른 누군가가 만고라프나 자카일 떼에게 당했을지도 모른다.

뼛속까지 스미는 듯한 회색 습원의 추위는 혹독했고, 종류도 다양한 거머리는 이루 말할 수 없이 성가셨다. 그러나 풍조 황야에서 여러 종류의 고생을 겪어보았기 때문에 간신히 견뎌낼 수 있었다. 사절단 일행은 사흘 만에 회색 습원을 종단해서 드디어 쿠로가네 산맥의 산자락에 펼쳐진 수해에 발을 들여놓았다.

이츠쿠시마의 말에 따르면, 리저드맨의 서식지는 이 삼림의 이로토 연안이라고 한다. 그들을 압박해서 남하시킨 것은 십중팔구 남정군이리라. 수해는 남정군의 구역이라 간주하고 한층 더 조심스럽게 행동해야 한다.

그런 까닭에, 일행은 경계를 강화하고, 돌다리도 두드려보고 건너듯이 수해를 헤쳐 나갔다.

　안 그래도 서둘러 빨리 나감으로써 거리를 많이 벌려놓는 방식을 취하는 것은 어려운 일이었다. 이 수해에서는, 마치 거짓말처럼 하늘을 향해서 똑바로 뻗은 큰 나무나, 굽이굽이 휘고 서로 얽힌 수목이 지상을 침략하려는 것은 아닐까? 라는 생각이 들 정도의 기세로 뿌리를 내려, 식물들끼리 치열한 생존 경쟁을 펼치고 있다. 나뭇가지나 지상으로 튀어나온 뿌리가 언덕과 골짜기를 이루어 평평한 지면 같은 것은 거의 보이지 않아, 단순히 걷기 힘들었다.

　"인간용이 아니네, 이 토지는⋯."

　그런 투덜거림을 척후병 닐이 연발했다.

　참고로, 비키 산즈가 죽은 후에 닐이 의용군 정사 역할을 대행하게 되었다. 따라서 형식상 닐은 사절단 일행의 리더인데, 아무도 그런 취급은 하지 않는다. 란타가 비아냥을 담아 닐을 '대행'이라고 부르기 시작하자 다들 따라서 하게 되었다. 본인은 싫어하는 것 같지만 그건 알 바 아니다. 대행 닐의 투덜거림에 반응하는 사람은 기본적으로 없다.

　아무튼, 아침에 수해에 들어가서 어두워질 때까지 추정 10킬로미터 정도밖에 가지 못했다. 이 상태라면 회색 습원에서의 진도보다도 더디다는 계산이 된다.

　야영이라고 해도 불을 지필 수는 없기 때문에 어둠 속에서 한 군데에 모였다. 수해에는 달빛도, 별빛도 들어오지 않는다. 거의랄까, 아무것도, 전혀 보이지 않기 때문에 야간에는 서로의 기척을 느낄 수 있는 범위 내에 모이는 수밖에 없다.

"…이크, 미안."

대행 닐이 웃으면서 사과했다.

"웅냐?"

유메 목소리다. 란타가 길길이 뛰었다.

"이이, 인마. 시방 유메를 처만졌지?"

"엉? 일부러 그런 게 아니야. 그래서 분명히 사과했잖아. 나도 어두워서 안 보인다고."

"네놈이 지껄이는 말은 하나도 신용할 수 없단 말이다."

"꽤 날 미워하네. 내가 도대체 뭘 했다고 그래?"

"구체적으로 잘못을 조목조목 늘어놓길 바라나?"

세토라가 물었다.

"…아니. 그건 하지 말아줘."

어깨를 움츠리는 닐의 모습이 눈에 보이는 것 같다. 세토라가 그때 이건 이랬고 저건 왜 저랬는지 등등 상세히 추궁한다면, 하루히로라도 한동안은 재기 불능일지도 모른다.

"아무튼 말이에요…."

쿠자크는 흐아앙… 이라는 듯한, 하품이라도 한 건가?

"회색 습원과 달리 밤에 그렇게 많이 춥지는 않고 공기가 적당하게 촉촉하달까, 비교적 기분이 좋네요. 잠이 잘 오겠네."

"태평하네."

란타가 딴지를 건다. 하루히로는 쓴웃음 지었다.

"잠이 올 것 같으면 자면 돼. 무슨 일이 있으면 깨울 거지만 쿠자크는 금방 잘 일어나니까."

"그럼, 잘 자요…."

쿠자크는 하품을 했다. 벌써 누운 모양이다. 아니, 잠이 든 건지도 모른다.

"…이것도 나름대로 하나의 재능이로군."

세토라가 작은 목소리로 중얼거렸다. 하루히로도 그렇게 생각한다.

바로 옆에 앉아 있는 메리의 오른팔이 자기 왼팔에 닿은 것을 의식하면서, 쿠자크처럼 쉽게는 잠들 수 없을 것 같다고 생각하기도 했다.

손을 잡고 싶다고 생각하기도 했다. 이렇게 어두우니 아무도 못볼 테고. 이상한 이야기지만 하루히로와 메리가 뭘 하든, 딱히 소리를 내지 않는 한은 모두에게 들킬 리는 없을 것이다. 그러니까 무슨 짓을 해도 된다는 말은 결코 아니다. 어차피 그리 대단한 일은 할수 없다. 그럴 만한 배짱은 없다고나 할까. 그래도 손을 잡는 정도는 괜찮지 않을까? 그런 생각을 하는 나는 꽤 음흉한 인간일지도모르지만 메리도 이따금 팔을 아주 살짝 움직이는 것치고는 떨어지려 하지는 않는다. 이건 혹시나… 그거 아닌가? 그거… 라는 건 뭐야? 즉… 그거다.

메리 쪽에서도 하루히로와 손을 잡고 싶다고 생각하고 있다거나 그런 게 아닐까?

그 점에 관해서는 어느 쪽일까? 뭔가 확인할 방법은 없는 걸까? 설마 물어볼 수도 없는 노릇이고. 손… 잡아도 돼? 라고. 아니. 그럴 수는 없다.

"어이, 유메."

란타는 헛기침을 했다.

"저기… 같이 한숨 잘까?"

"백 년은 어림없다."

이츠쿠시마가 란타를 때렸거나 어떻게 한 모양이다.

"…아얏! 뭐야? 아재. 마치 보이는 것처럼 내 뒤통수를…?!"

"보이지는 않지만 대충 안다. 사냥꾼을 얕보지 마, 암흑기사."

"…호. 그럼, 유메도 안 보여도 아나?"

"왠지 느낌이 오는 정도지만."

"으힉."

"이거 란타 옆구리잖여?"

"마, 만지지 맛. 그런 섬세한 부분….."

"옆구리는 간지럼 타는 데니까. 간쫠, 간쫠, 간쫠, 간쫠."

"하하, 하짓, 하지 맛. 그보다, 간쫠간쫠이 뭐냣?"

"간쫠간쫠은 간쫠간쫠이지. 간쫠간쫠, 간쫠간쫠….."

"아힉… 하지 말래도… 날 죽일 셈이냣!"

"…이거야 백 년이 지나도 애매하겠군."

이츠쿠시마가 그렇게 중얼거렸다.

정말 그렇다. 하루히로는 은근히 우쭐해졌다.

실은 란타와 유메가 투닥거리는 사이에 메리와 손을 잡는 데 성공했다. 게다가 팔과 팔이 확실히 맞닿고, 손가락과 손가락은 깍지를 껴서 꼬옥 잡고 있다.

위험해. 이렇게 잡는 방식은 일체감이 장난 아니다. 손만이 아니다. 육체만이 아니라 정신까지 이어져 있는 것 같은 느낌이 든다. 물론 착각이겠지만.

글쎄? 착각일까?

메리가 하루히로의 왼쪽 어깨에 뺨을 기댔다. 그야말로 하루히로가 그렇게 해주길 바란, 그렇게 해주지 않을까 기대했던, 바로 그대로였다.

하루히로의 뺨에 메리의 머리가 닿았다. 머리카락이. 메리 냄새가 난다.

당연하다고 하면 당연한 일이지만 그들은 이런 여행을 할 때에는 목욕을 할 수가 없다. 비를 맞기도 하고, 늪이나 저습지에서 젖기도 하는 경우가 드물지 않지만 물을 끼얹어 씻는 것은 의외로 힘들다. 고작해야 가끔씩 얼굴이나 몸을 닦는 정도다. 솔직히, 나 냄새 나네 하고 생각한 적은 있다. 사실 늘 그렇다. 익숙해지긴 했지만 냉정하게 생각해보면 상당히 더럽겠지.

하지만 왠지 신기하게도, 체취 등이 합쳐져 어떤 영역을 넘으면 달콤한 것 같은, 부드러운 느낌의 그리 나쁘지 않은 냄새가 된다.

이 냄새는 사람마다 제각각이다. 상당한 개인차가 있다. 하루히로가 그렇게 느끼는 것뿐인지도 모르지만 남녀 차이도 있는 것 같은 느낌이 든다.

요컨대, 메리는 무척 좋은 냄새가 난다.

이 경우의 좋은 냄새는 매우 위험하기도 하다.

하루히로는, 생물의 아직 젊은 수컷으로서는 좀 문제가 아닐까? 라고, 자기 일인데도 그렇게 생각하는 부분이 없지는 않을 정도로, 그런 욕구가 강하지 않다. 그러나, 물론 아주 없는 것은 아니니, 0에는 뭘 곱해도 0이지만 아무리 적은 숫자라도 곱하면 커진다고나 할까.

메리의 좋은 냄새는, 승수로서는 지나치게 크다고나 할까.

게다가 손 같은 곳의 감촉도 더욱 승수로 가산되는 거고.

자기가 이런 것에 강하게 욕망을 품는 날이 올 거라고는, 하루히로는 생각해본 적도 없었다. 워낙 익숙하지 않은 일이니까 언어화하는 것은 어렵지만, 요컨대 메리에게 욕정을 느낀다는 말이겠지.

덧붙여 말하자면, 이것은 과연 하루히로의 착각인지도 모르지만 어쩌면 메리 쪽도 같지 않을까?

물론, 만약 그렇다고 해도, 여기서 어떻게 된다고나 할까, 그런 행위에 도달할 수는 없다.

당연하다.

그 때문에 괴로운 면도 있고, 어떤 의미에서는, 하루히로로서는 마음이 편해지는 면도 있다거나 했다.

욕망이 점점 커져 자기 육체에 변화가 생기고, 이렇게 하고 싶다, 저렇게 하고 싶다, 아아, 그런 일까지… 이런 식의 파렴치한 이미지가 끓어올랐다고 해도, 어떻게든 억제하고 참으면 된다. 그야 참는 수밖에 없으니까.

이것이 반대로 참지 않아도 되는 상황이었다면 어땠을까? 굳이 저속한 말투를 쓰자면, 꼴리면 할 수 있는 환경에 있었다면, 그건 뭐, 하는 수밖에 없지 않은가?

할 수 있는 거냐고? 그런 의심을 하루히로는 자기 자신에게 강하게 품고 있다. 그런 캐릭터가 아닌… 것 같은. 캐릭터 문제가 아닌지도 모른다. 그렇기는 해도, 역시 나한테는 맞지 않는다고나 할까.

아무튼, 아무리 하고 싶어도 할 수는 없는 거니까, 안심이다. 손을 꼭 잡고, 메리의 온기를, 부드러움을 느끼고, 그녀의 냄새를 맡고, 불끈불끈 애태우고 있다. 이것이 골이다. 이 이상은 없다. 절대로 더 내디딜 수 없다.

설령 메리가 하루히로에게 머리를 꾹 누르는 것처럼 기댔다고 해도. 그 결과, 하루히로의 입술이 메리의 이마에 닿았다고 해도. 메리의 숨결이 분명히 느껴졌다고 해도. 우와아아아아아아아아, 좋아해애애애애애애애 하고 표현할 수밖에 없는 감정이 치밀어 온몸의 모공으로 분출할 것 같아도, 참는 수밖에 없다.

"나는 잠시 여기를 벗어난다."

이츠쿠시마가 일어서는 기척이 들렸다. 그 옆에 엎드려 있었던 건지, 앉아 있는 줄 알았던 늑대개 포치도 일어선 모양이다.

"그렇게까지 위험한 일은 없을 거라고 생각하지만 경계는 해줘. 그리고 너무 풀어지지는 마."

무슨 의미? 풀어진다니?

물어보고 싶었지만 긁어 부스럼이 될 것 같다.

"…네."

하루히로는 짧게 그렇게 대답해두었다.

보이지는 않는다고 이츠쿠시마는 말했었다. 대충 안다고도. 역시 약간 정도는 보이는 것 아닐까?

하루히로와 메리는 누가 먼저랄 것도 없이 떨어졌다. 그렇기는 해도, 밀착 상태를 해소했을 뿐이다. 손은 아직 잡고 있다. 딱히 이렇게 하자고 둘이서 의논한 것은 아니다. 그런데도 마음이 척척 맞았다.

좋다.

진심으로 하루히로는 그런 식으로 생각한다. 좋다 하고 생각할 때는 아니지만. 긴장감이 부족해. 그렇다. 좋지 않아. 안 된다.

"안 돼, 안 돼…."

하루히로는 자기도 모르게 작은 목소리로 중얼거려버렸다.

"뭐가?"

메리가 묻는다.

"아이, 아니… 응… 안 되는 선 아니지만 안 된다고…."

나는 종잡을 수 없는 말을 하고 있다. 그런 자각은 하루히로에게
도 있었다.

"그러네."

메리는 아주 약간 웃었다.

"마음을 다잡아야지."

그리고 하루히로와 잡고 있는 손에 힘을 꼭 준다. 물론 하루히로
는 꽉 맞잡아주었다.

"응…."

쿠자크가 코를 골고 있다. 란타와 유메는 어떻게 하고 있을까?
두 사람 다 말이 없다. 그것만큼은 틀림없지만 모르겠다. 세토라도
침묵한다. 지금 한숨을 쉰 것은 대행 닐이겠지.

밤은 깊어졌다. 교대로 쪽잠을 자는 동안에 주위가 아련히 밝아
질 때까지, 이 어둠이 희미해지는 일은 두 번 다시 없지 않을까 생
각될 정도였다.

이츠쿠시마와 포치는 아침에 돌아왔다.

"아무래도 내가 쿠로가네 산맥을 출발했을 때와는 정세가 많이
변한 것 같다."

"후오. 뭔가 있었어?"

유메가 체조 같은 동작을 하면서 물었다. 팔팔하네.

"그야 뭐."

이츠쿠시마는 어깻짓을 해 보이더니 사절단 일행을 쓱 둘러봤다.

"그래, 하루히로와 란타. 나랑 같이 좀 가줘."

"어?"

쿠자크는 고개를 갸웃거린다.

"아직 출발하는 게 아니라는 뜻인가요?"

"나도 간다."

닐이 말했다. 이츠쿠시마는 거절하지 않았다.

"그편이 좋을까? 포치는 두고 간다. 유메, 우리가 돌아올 때까지 부탁한다."

"옹."

유메가 윙크해 보이자 이츠쿠시마도 같은 행동을 했다. 얼굴 반쪽이 굳어지는 서툰 윙크였지만 유메는 활짝 웃으며 매우 기쁜 것 같았다.

하루히로와 란타, 대행 닐은 이츠쿠시마를 따라 수해를 걸어갔다. 이츠쿠시마의 발걸음은 빨랐다.

"아, 좀 봐달라고…."

닐은 금방 구시렁거렸으나 이츠쿠시마는 속도를 늦추지 않았다.

"따라오고 싶어 한 것은 그쪽이다."

"도대체 뭐가 있다는 거야?"

"보면 알아."

"그전에 말로 설명해줘."

"공교롭게도 나는 말이 서툴다."

"귀여운 제자를 상대할 때에는 그렇지도 않잖아."

"앞으로 또 유메를 언급하면 두고 가겠다."

"농담도 안 통하네….."

닐은 그 후로 입을 다물었다.

하루히로와 란타는 애초에 쓸데없는 말 같은 것은 하지 않고 이츠쿠시마를 따라가는 데만 집중했다. 이츠쿠시마는 어제의 걸음걸이에 비하면 두 배 이상의 페이스로 가고 있다. 하루히로도, 란타도 힘겨울 정도는 아니지만 여유는 없다.

결국 두 시간 정도 걸었을까?

확실히 이건, 보면 알겠다.

앞길이 트여 있다. 한순간 수해의 끝에 온 것이 아닐까 잘못 볼 정도였다. 길이 만들어져 있는 게 아니다. 거기에는 한 그루의 거목이 묵직하게, 아니, 빽빽하게라고 말해야 할까? 뿌리를 내리고 있었다. 주변 일대에 뿌리를 뻗음으로써 저토록 근사하게 생장할 수 있었겠지. 높이보다도 줄기의 두께, 가지가 펼쳐진 방식이 굉장하다. 크다기보다도, 뭐랄까, 광대한 거목이다. 그것도 그저 크기만 한 나무가 벌거벗은 임금님처럼 나 있는 것이 아니다.

"실화냐…?"

란타가 중얼거렸다.

이츠쿠시마는 거목이 뿌리를 내린 영토에는 발을 들여놓지 않았다. 하루히로 일행은 그 바깥 가장자리의 나무 그늘에 몸을 숨기고 있다. 이렇게 숨어 있는 게 좋을 것 같다.

거목의 줄기와 가지를 뼈대와 기둥 삼아 바닥과 천장을 설치했다. 여기저기에 밧줄 사다리와 목제 사다리가 걸쳐져 있기도 하고, 계단이 설치되어 있기도 하고, 그것들을 오르내리는 사람 같은 실루엣 같은 것을 확인할 수 있었다. 사람 같은 실루엣이라고 해도 인간이 아니라 오크나 언데드겠지.

그리고 거목 뿌리의 영토 안에도 망루와 철책 등이 난입해 있다. 그런 망루 주위에는 역시 오크나 언데드가 빙 둘러앉아 있거나, 누워 있거나, 훈련하는 건지 노는 건지 무기를 휘두르고 있거나, 아무튼 서성거리고 있다.

"어이, 어이, 어이…."

닐은 쪼그리고 앉아 머리를 감싸 쥐었다.

"저거 다들 적인가? 아무리 생각해도 적이지? 우리의 적은 이런 곳에 저런 걸 만들어놓은 거야? 마치 요새 같잖아. 언제부터 이런 거야…?"

"나도 몰랐다. 발견한 건 어젯밤이다."

이츠쿠시마는 담담히 말했다.

"여기 있던 나무를 이용했으니 만드는 건 의외로 손이 많이 안 갔을지도. 여기라면 재료가 부족할 일도 없다."

란타는 가면을 이마 위까지 올리고 열심히 거목 요새를 관찰하고 있다. 유난히 눈빛이 진지하다. 심각하다고 해야 할지도 모른다.

"란타?"

하루히로가 말을 걸자 란타는 오우 하고 낮게 대답했다. 거목 요새에서 눈을 떼려고 하지 않는다.

"왜 그래?"

하루히로는 거듭 물었다. 잠깐 기다려, 이렇게 말하는 듯이 란타가 왼손을 들어 보인다.

이츠쿠시마가 상공을 올려다보았다. 하루히로도 올려다본다.

새다.

검은 새가 날개를 펴고 강하한다. 커다란 새다. 날개 끝에서 끝까지의 길이는 2미터는 족히 넘을 것이다. 독수리일까? 대형의 검은 독수리.

"포르고…."

란타가 말했다.

큰 검은 독수리는 갑자기 급상승하더니 거목 가지와 이파리 속으로 돌입했다.

"잠보가 있어."

란타는 한 번 숨을 쉬더니 가면을 다시 썼다.

"포르고는 잠보 친구니까. 이 요새는 포르간의 거점이라는 뜻이다."

그것은 나름대로 그렇게 하는 수밖에 없는 사정도 있었겠지만, 과거에 란타는 하루히로 파티를 배신하고 포르간에 들어갔었다. 줄곧 그들과 함께 행동을 하는 방법도 있었을 것이다. 하지만 란타는 그러지 않았다. 포르간에서 탈주해서 그들에게 쫓기던 적도 있었던 모양이다.

하루히로는 그러한 사정을 하나부터 열까지 다 알고 있는 것은 아니었다. 시시콜콜 물어볼 생각도 없다. 단, 란타 나름대로 여러 가지 일이 있었겠지 하고는 느낀다. 포르간에 대해서는, 필설로 다하지 못할 특별한 감상이 있는 모양이다.

"한 바퀴 돌아볼까?"

이츠쿠시마가 걷기 시작했다.

하루히로 일행은 거목 요새를 관찰하면서 이츠쿠시마를 따라갔다.

"천은 되겠군."

닐이 말했다. 정찰은 이 남자의 특기 분야다.

"아니… 더 되나? 2천, 3천인가?"

"많네."

가면 사나이가 낮게 신음했다.

"원래 포르간은 200~300 정도였어. 잠보를 중심으로 해서 마음이 맞는 무리가 모여들었다는 느낌이었으니까. 유사 가족 같은…."

"희한하게 자세히 알잖아."

닐은 수상히 여기는 듯한 시선을 가면 사나이에게 향했지만 딱히 추궁하거나 하지는 않았다.

"잠보라."

이츠쿠시마가 아득한 눈길을 했다. 란타가 물었다.

"…알아?"

"꽤 한참 전 일인데, 여행 도중에 산속에서 장작불을 피웠더니 불쑥 나타났지. 그 오크는 술밖에 갖고 있지 않았다. 나는 우연히 술이 떨어진 참이었고. 밤새도록 마시다 헤어졌다. 그게 다니까 녀석이 기억할지 어떨지."

"분명히 기억하겠지. 잠보니까."

"전쟁에 관심을 가질 만한 남자로는 보이지 않았는데."

"인질을 잡혀서 어쩔 수 없이, 뭐 그런 사정인 모양이야. 단, 일단 할 수밖에 없게 되면 철저히 하는 놈이니까. 도량이 있다고 할까, 넓다고 할까, 그런 면도 있어. 패거리에서 밀려난 자들을 받아주다 보니 식구 수가 늘어난 건지도…."

란타는 갑자기 발을 멈추고 어딘가를 가리켰다. 일행은 란타가 가리킨 방향을 자세히 쳐다봤다.

"…크네."

이츠쿠시마가 기가 막힌다는 듯이 말했다.

실세로 그 망부는 유독 컸다. 중요한 물자라도 보관한 건가? 구조는 엉성하지만 높이가 있는 창고나 그런 것 같다. 하지만 이츠쿠시마가 크다고 말한 것은 분명히 그 창고 같은 건물이 아니었다.

건물 앞에 오크 한 명이 앉아 있다. 오크라는 종족은 기본적으로 모두 인간족보다 체격이 좋다. 그렇다 해도 저 오크는 특별하다. 원근감이 어긋나버릴 것 같은 크기다. 차림새도 다른 오크들과는 다르다. 짙은 남색에 은색 문양을 군데군데 아로새긴 기모노 같은 옷을 입었다.

"고도 아가쟈다."

란타가 입에 올린 이름은 하루히로도 기억하고 있다. 분명히 잠보를 그대로 확대해놓은 것 같은 오크가 포르간에 있었다. 고도 아가쟈. 저 오크다.

그때 어딘가에서 개인지 늑대인지가 짖었다. 한 마리가 아니다. 몇 마리가 짖어댔다. 이츠쿠시마가 눈썹을 찡그리며 중얼거렸다.

"흑랑이 있군."

사냥꾼들은 백신 엘리히라는 거대한 늑대 신을 숭배한다. 그의 형제인 흑신 라이길은 태어나자마자 그들의 어미인 카르미아를 잡아먹어버렸다. 그 때문에 엘리히와 라이길은 사이가 틀어지고, 서로의 권속인 백랑과 흑랑이 서로를 미워해서 격렬하게 싸우게 되었다고 한다.

백랑은 부부와 자식들로 작은 무리를 이루고 오로지 곰이나 표범, 호랑이만 사냥한다. 반면에 흑랑 무리는 때로는 백 마리 이상이고, 대규모 몰이사냥을 한다고. 인간, 오크, 가축도 적극적으로 습격한다. 백랑이나 삼림 늑대나 회색 늑대라고 불리는 일반적인 늑대와 달리 흑랑의 성질은 잔인하고 사납다고 한다. 하루히로가 그런 콩알 지식을 기억하는 것은 전부 유메가 자주 역설했기 때문이다.

　"온사의 늑대인가?"

　란타가 말했다.

　"포르간에 고블린 짐승술사가 있거든. 실력파인 모양이야. 흑랑이라는 것은 보통 길이 들지 않잖아?"

　이츠쿠시마는 가볍게 고개를 저어 보였다.

　"애초에 늑대는 개가 아니야. 많이 닮았고 서로 간에 새끼를 낳을 수 있을 정도로 가깝지만 다른 생물이다. 늑대가 인간을 따르는 일은 없어. 그래서 우리들 사냥꾼은 늑대와 사냥개를 교배시켜 늑대개를 만든다. 흑랑이든 뭐든, 그 고블린이 늑대들을 부린다면 그건 길들인 게 아니야. 무리의 수장으로서 인정받은 거겠지."

　"어이, 뭔가 나왔다."

　닐이 턱짓으로 창고 같은 건물 쪽을 가리켰다.

　"…뭐야? 저놈들?"

　고도 아가쟈가 고개를 돌려 창고 같은 건물 출입구를 보고 있다. 녹색 망토를 걸친 자들이 우르르 건물에서 나왔다. 열 명 정도 되는 걸까? 정도… 가 아니라, 딱 열 명이다.

　하루히로는 뭔가 마음에 걸리는 것을 느꼈다. 뭐가 걸리는 건가?

생각해봤지만 금방은 알 수 없었다.

"…저들이 메고 있는 것은…."

이츠쿠시마가 의아하다는 듯한 목소리로 말했다. 녹색 망토의 열 명은 모두 긴 막대기 같은 물체를 어깨에 걸쳤다. 도검이나 창 종류는 아닌 것 같다.

녹색 망토는 열 명 중 아홉 명이 후드로 눈까지 덮었다. 한 사람뿐이었다. 제일 뒤의 한 명만이 후드를 벗고 있다.

거리가 있어서 용모까지는 알 수 없다. 단, 크림색이랄까, 그런 색의 피부였다.

"…구모?"

하루히로는 그렇게 말하고 나서 퍼뜩 놀랐다.

구모. 오크와 다른 종족 사이에서 태어난 자와 그 자손이다. 제시 랜드 주민은 구모들이었다. 제시는 일부 구모들에게 녹색 외투를 주고 레인저라 칭하며 사냥과 경비를 담당하게 했었다.

그들은 그 레인저들인가? 현시점에서는, 어쩌면 그럴지도 모른다고밖에 하루히로는 말할 수 없다.

레인저 중에 제시의 신뢰가 두터웠던, 얀나라는 여성 구모가 있었다. 후드를 쓰지 않은 저 구모는 왠지 그녀를 닮은 것 같은 느낌이 든다. 멀어서 잘 보이지 않으니 어디까지나 그런 느낌이 드는 것뿐이지만.

"설마, 아는 사이야?"

란타가 작은 목소리로 물었다.

"…글쎄."

하루히로는 그렇게밖에 대답할 수가 없었다.

란타가 칫, 혀를 찼다. 하루히로가 알쏭달쏭한 대답을 해서 기분이 상한 건가? 그건 아닌 것 같다.

또 건물에서 누군가가 나왔다.

이번에는 두 명이다. 그중 한 명은 인간이고 오른팔이 없다. 외팔이 남자다. 게다가, 여기에서는 잘 보이지 않지만 애꾸눈일 테지.

란타는 가면에 손을 댔다. 분명 위나 아래로 밀려고 했겠지만 바로 가면에서 손을 뗐다.

"…타카사기 아저씨."

타카사기. 그 남자도 왼손으로 긴 막대기 모양의 물체를 잡고 어깨에 걸치듯이 올려놓았다. 그리고 또 한 명, 타카사기의 일행도.

타카사기의 일행은 인간도 아니고 오크도 아닌 것 같다. 분명 언데드도 아니다. 피부는 황토색인가? 바위처럼 울퉁불퉁한 얼굴이다. 극단적으로 등이 굽었고, 키는 작지만 상반신은 상당히 몸이 좋다. 아니, 어깨부터 가슴, 팔 주위가 기이할 정도로 발달했다. 보아하니 고도 아가쟈와 같은 장식의 옷을 입은 것 같다.

타카사기가 고도 아가쟈 앞에서 긴 물체를 빙글 돌려 보였다. 뭔가 이야기를 나누는 것 같지만 이건 아무래도 전혀 들리지 않는다.

"아…."

이제야 알았다. 하루히로가 마음에 걸렸던 것은… 저거다. 저 긴 막대기 모양 물체. 도검은 아니고 창도 아니다. 원거리 무기다. 왜 금방 알아차리지 못했는가? 하루히로는 실물을 본 적이 있는데도.

"총이다."

"…총?"

가면 사나이는 하루히로를 보더니 타카사기 일행 쪽으로 눈길을 향했다. 그리고 다시금 하루히로에게 가면의 얼굴을 향했다.

"뭐라고?"

"왜 놈들이 총을…?"

이츠쿠시마는 수염으로 뒤덮인 얼굴 아랫부분을 끊임없이 손으로 문질렀다. 드워프의 신병기에 관한 정보를 변경군에게 흘린 것은 이츠쿠시마다. 사냥꾼이라 눈도 좋다. 진작에 저것이 총이라는 사실을 알아차렸을 것이다.

"총이라는 건, 예의 신병기지?"

닐은 침을 삼켰다.

"왜 그게 적의 손에 넘어간 거야? 줬을 리가 없어. 빼앗았다는 건가? 아무튼 위험한 거 아닌가…?"

"읏…."

갑자기 란타가 내밀고 있던 얼굴을 쑥 집어넣고 나무에 등을 밀어붙였다.

쳐다보니 타카사기가 이쪽으로 눈을 향하고 있다. 설마 들킨 건가?

하루히로 일행도 나무 그늘에 숨어서 숨을 죽였다.

"…들킨 것 같아?"

하루히로가 묻자 란타는 고개를 가로저었다.

"글쎄. 워낙에 쓸데없이 촉이 좋은 아저씨니까. 아마 괜찮을 거라고는 생각하지만…."

"돌아가자."

이츠쿠시마가 즉각 결단을 내렸다. 반대는 하지 않았다.

하루히로 일행은 두 시간 정도 걸려서 동료들 곁으로 돌아갔다.

추적자는 따라붙지 않았으니 들킨 것은 아닌 모양이다.

모두에게 보고 들은 것을 말했다. 유메와 메리는 제시랜드에서의 일을 기억한다. 역시 녹색 망토는 구모 레인저일 것이라고 의견이 일치했다.

그렇다 해도 포르간이 총을 갖고 있다는 것은 예상외였다. 정확한 숫자는 알 수 없지만 하루히로가 눈으로 확인한 것만으로도 열 자루 이상. 이것이 어느 정도의 위협인 건가?

"예를 들어, 일부 드워프가 총을 선물로 바치며 적 편에 붙었을 가능성은 생각할 수 없나?"

세토라가 좀처럼 말하기 힘든 것을 거침없이 지적했다. 이츠쿠시마는 바로 부정하지는 못했다.

"드워프도 굳건히 단결한 것은 아니니까. 철혈왕국은 원래부터 좌대신파와 친위대장파로 나뉜 상태였다."

이츠쿠시마가 말하기를 명문가 출신인 좌대신은 융화주의적, 진보적으로, 총 보급을 적극적으로 추진했다.

그에 비해, 드워프를 초월한 체구를 자랑하는 친위대장은 군국주의 수구파로 처음에는 총을 거부했다. 총은 강력하지만 비겁하기 짝이 없는 도구다. 배짱, 용기, 근성을 중시하는 드워프의 가치관에는 맞지 않는다.

'사나이'라는 개념이 드워프에게는 있다. 요컨대 남성적인 정신성이라는 뜻이겠지만, 드워프의 경우에는 성별을 불문하고 사나이인 것이 목숨보다도 소중한 것이라고 한다. 사나이는 죽음을 겁내지 않는다. 사나이답게 술을 마시고, 사나이답게 싸우고, 사나이답게 죽는다. 드워프로 태어난 자는 사나이가 아니면 안 된다. 사나이로서 살다가 사나이로서 죽는 것이 드워프의 사나이도라고 한다.

총은 사나이답지 않다. 그렇게 생각하는 드워프는 지금도 많다고 한다.

하지만 겨누고 쏘기만 하면 총알이 발사되고 강철 갑옷조차 뚫어 버리는 총은 니무나 압노석이다. 분명히 말해서, 총을 든 백 명과 들지 않은 백 명은 아예 승부가 되지 않는다. 드워프도 그것을 알고 있기 때문에, 이런 것은 사나이의 전쟁 도구가 아니라는 등 말하면 서도 총을 쓰기 시작했다.

단, 이러니저러니 해도 앞으로는 총이 필요하다고 인정하는 신세 대 드워프도 있지만 마음 깊숙한 곳에서는 사나이답지 않은 총을 혐오하는 보수적인 드워프도 있다.

"문제는, 좌대신파뿐만 아니라 친위대장파까지 총 보급을 단숨에 진행했다는 거다."

이츠쿠시마는 땅바닥에 간단한 그림을 그리며 설명해주었다.

철혈왕국은 쿠로가네 산맥 안에 있다. 그 실태는 수백, 수천의 가 로와 세로로 나 있는 갱도였다. 이들 갱도는 공방 겸 거주구, 식량 이나 술 제조 저장구, 철왕궁, 그리고 채굴 제련구로 크게 나뉜다.

철혈왕국의 출입구는 두 군데. 실은 하나 더 있는 모양이지만 이 것은 이츠쿠시마도 잘 모른다.

두 곳 중 한 곳은 말하자면 뒷문이다. 일찍이 드워프의 용사 와르 타가 그 부근에서 용맹하게 싸워 여러 왕들의 군대를 막아냈다고 전해진다. 그의 이름을 따서 와르타 문이라고 불리며 쿠로가네 산 맥 서쪽에 있다. 바윗덩어리 등의 자연물과 드워프의 공작 기술로 눈에 띄지 않게 처리했기 때문에, 모르는 이가 발견하기란 상당히 어렵다.

나머지 한 곳이 철혈왕국의 정면 현관으로, 이 대철거문은 이로 토를 거슬러 올라가면 누구나 금방 알 수 있는 장소에 입을 벌리고 있다.

"남정군은 당연히 대철거문으로 쳐들어가려고 했지만 철혈왕국 측도 대비는 하고 있었다."

이츠쿠시마는 작은 나뭇가지로 쿠로가네 산맥과 이로토를 대충 그리고 대철거문의 위치를 가리켰다. 그리고, 그 주위에 다섯 개의 표식을 해두었다.

"도끼 보루, 대검 보루, 도끼창 보루, 워 해머 보루, 그리고, 총 보루. 총 보루는 하나하나 새로 만들었다고 하는데, 다른 네 개는 옛날부터 토대가 있던 모양이야. 드워프들은 이 다섯 개의 보루에 서 출성해서 수비를 굳혔고 남정군을 철저히 접근시키지 않았다."

다섯 개의 보루 중 두 개에는 좌대신파의 부대가, 세 개의 보루에 는 친위대장이 신설한 부대가 배치되었다. 양쪽 부대 다 주전력은 총을 든 드워프 총사들이었다.

"…나도 자세한 것은 모르지만 좌대신파의 부대와 비교하면 친위 대장파의 부대는 숙련도가 낮다고 들었다. 사실 총을 쓸 수밖에 없 으니까 어쩔 수 없이 쓴다, 솔직한 마음을 말하자면 사나이답게 싸 우고 싶다. 친위대장파는 그런 드워프가 대다수라고."

"그래서, 이제부터 어떻게 해?"

닐이 물었다.

"당신이 정하는 거 아닌가? 대행이잖아."

란타가 조롱하자 닐은 비굴하게 얼굴을 찡그리며 어깻짓을 해 보였다.

"좋아. 그렇게 말한다면, 네가 지금부터 적들 한복판으로 돌진해서, 베고 베고 또 베어버려. 네가 주의를 끄는 사이에 우리는 대철거문으로 당당하게 철혈왕국에 들어가줄 테니까."

"아, 좋은네요. 그거."

쿠자크가 웃었다. 란타는 쿠자크의 머리에 알밤을 먹였다.

"좋긴 뭐가 좋앗."

"아얏, 걸핏하면 때려. 인간으로서 문제 아닙니까? 그런 행동. 그러다 유메 씨한테서 미움받는다."

"왜, 왜 여기서 유메가 나오는데?"

"어, 왜긴… 그렇잖아요?"

쿠자크가 유메에게 시선을 보낸다. 유메는 한쪽 뺨이 볼록 튀어나오더니 고개를 갸웃거렸다.

"후옹? 그야, 유메는 툭하면 때리는 사람은 싫지만."

"이제 안 때릴 건데?"

란타는 돌변했다. 아니, 그렇지도 않았다.

"아니, 하지만 지금 건 쿠자크 녀석한테도 책임이 있거든? 나를 희생시키는 엿 같은 제안에 농담이라도 동의하지 말라고. 망할 놈. 얼간이."

"꼭 농담만도 아닌데요?"

"농담이 아니라면 더 나쁘잖앗."

"아니, 란타 군이라면 괜찮지 않을까 해서. 그 정도는 해치워주지 않을까 해서. 천하의 란타 군이니까?"

"…그야 뭐, 못 할 건 없지만 말이야? 해내지 못한다는 건 아니고. 당연하잖아. 나 님이 누군 줄 알아? 란타 님이라고!"

내버려두면 이 옥신각신은 계속 이어질 것 같다. 의외로 사이가 좋네, 란타와 쿠자크. 이러니저러니 해도… 라고 생각하면서 하루히로가 끼어들었다.

"나는, 보루가 어떻게 되어 있는지가 궁금한데."

"좀 더 대철거문에 접근해볼까?"

이츠쿠시마가 말했다. 행동 방침은 거의 정해졌다. 사절단 일행은 최대한 주의하면서 대철거문 방면으로 간다. 적의 동향, 다섯 개의 보루와 전투 상황을 살펴보고 파악한다.

남정군의 움직임은 활발했다. 포르간의 거목 요새만큼의 규모는 아니어도 여기저기에 야영지와 진지가 있었다. 병사들의 출입과 이동도 많았다. 그래도 적은 뿔뿔이 흩어져 있지 않고 어느 정도 뭉쳐서 움직이기 때문에 눈에 잘 띄어 경계는 하기 쉬웠다.

전체상은 파악할 수 없지만 적의 군세는 만 단위일 것이다. 후방인 수해 안에 다수의 거점을 설치하고, 거기서 전선인 대철거문 부근으로 병사를 보냈다가는 돌아오게 하고, 돌아오면 또 보내는 일을 반복하고 있는 것 같다.

사절단 일행은 이틀에 걸쳐 대철거문 부근에 도달했다. 그 사이에 궁금했던 적의 거점이 하나 있었다.

거기에는, 극단적으로 등이 굽고 상반신이 묘하게 발달한 그 종족이 많이 있었다. 총을 둘러멘 구모 레인저의 모습도 볼 수 있다. 포르간의 전선 기지인가? 울타리를 쳤고, 다수의 보초가 서 있고, 순찰까지 있다. 다른 거점에 비해 상당히 경비가 엄중했다. 간단히는 가까이 갈 수 없다.

마침 어두워지기 시작했기 때문에, 하루히로는 단독으로 그 거점에 잠입해보기로 했다. 후각이 발달한 흑랑이 있었다면 무리였을지도 모르지만 간신히 보초에게 들키지 않고 거점 안쪽까지 파고들 수가 있었다.

　서기에는 외팔이에 애꾸눈인 타카사기가 있었다. 얀니로 보이는 구모가 이끄는 레인저들도 있었다. 그리고 잠보와 고도 아가쟈와 같은 디자인의 옷을 입은, 등이 굽고 상반신이 발달한 종족 남자도. 타카사기는 그 남자를 와보라고 불렀다.

　와보와 같은 종족 사람들이 웃통을 벗어젖히고 구멍을 파고 있었다. 오크와 언데드들도 그 작업에 참여했다.

　무덤이나 폐기물을 버리기 위한 구멍을 파는 것은 아닌 것 같다. 우물이라도 파는 건가? 아니, 우물치고는 지나치게 큰 구멍이다. 가장자리를 목재로 보강한다. 터널인가? 지하 통로라도 만들고 있는 것일까? 아무튼 그들은 공사를 하고 있다. 대공사다.

　하루히로는 총도 확인했다. 구모 레인저들과 와보만이 아니었다. 한쪽 팔로는 다루기 힘들어서인지 타카사기는 갖고 있지 않지만, 열 명 이상의 오크와 언데드가 총을 끈으로 어깨에 메고 있었다. 수십 명인지도 모른다. 백 자루까지는 안 된다고 해도, 포르간은 수십 자루의 총을 보유한 것 같다.

　하루히로는 동료들 곁으로 돌아갔다. 공사에 관해서 말하자 이츠쿠시마는 짚이는 것이 있는 모양이었다.

　"…그렇군. 놈의 터널인가?"

　오르타나 남쪽에 솟아 있는 천룡 산맥에 놈이라는 키 작은 종족이 살고 있다.

놈족은 드워프에 뒤지지 않을 만큼 타고난 광부다. 손재주는 드워프 이상이라고 하며 카라쿠리라는 기계까지 개발, 제조한다고 한다. 단, 그들은 몹시 배타적이다. 웬만큼 큰 메리트가 있지 않은 한, 다른 종족과 교류하거나 거래하는 일은 없다. 과거에 아라바키아 왕국은 천룡 산맥 남쪽으로 도망치기 위해서 놈에게 천룡 대동맥도라는 길고 커다란 터널을 파달라고 했다. 그 때문에 왕국이 놈에게 지불한 대가는 왕가의 보물 절반을 넘었다고 한다.

놀족이라는 것은 그 놈족의 친척 종족이라고 한다.

그러나 독창성이 풍부한 발명가로 외곬 장인이기도 한 놈과 달리, 놀의 본분은 절도다. 자기들 손으로 만들지 않고 뭐든지 훔쳐서 활용한다. 하지만 그 때문에 기생충 같은 놀은, 숙주로 삼았던 놈의 아이디어에 의해 결국 쫓겨나고 추방당했다. 그 후 놀이 선택한 기생처가 바로 쿠로가네 산맥, 드워프들이었다.

놀은 쿠로가네 산맥 일대에 터널을 파고 철혈왕국에 구멍을 뚫어 침입해서는 생활 용구부터 의류, 무기, 방어구, 음식, 술만이 아니라 때로는 드워프 아기까지 훔쳐냈다. 노 라이프 킹이 이끄는 제왕 연합과의 전쟁이 종식한 후 드워프들에게 최대의 적은, 사자신중충(주1)이 아닌 기생충, 철혈왕국을 헤집어놓는 놀족이었던 것이다. 다행인지 불행인지 어려움 없이 드워프들의 싸움은 계속되었다.

일설에 의하면, 놀족이 파고 파고 또 판 터널의 전체 길이는 철혈왕국의 영토인 전 갱도를 훨씬 웃돈다고 한다. 게다가 놀은 쿠로가네 산맥만이 아니라 이로토 유역까지 터널을 확장하고 있다고 한다.

"놀이 철혈왕국에 들어오기 위해서 구멍을 뚫으면 물론 드워프는

주1) 사자신중충: 불경 「범강경(梵綱經)」에 나오는 말로, 사자를 죽음으로 모는 사자 몸속에 있는 벌레. 불자이면서 불법을 해치는 자를 비유하는 말로, 조직을 망하게 하는 것은 내부의 적이라는 뜻.

곧바로 막으려고 한다. 그러나 당사자인 드워프들이 놀 구멍 하나를 발견하면 열 개는 더 있다고 생각하라는 말을 자주 할 정도니까. 전부 다 막는 건 어려운 모양이야."

"즉, 적은 그 놀의 터널을 경유해서 철혈왕국으로 쳐들어가려는 건가?"

세토라가 담담히 말했다. 쿠자크는 하나부터 열까지 다 신기한 모양이다.

"…상당히 위험한 이야기 아닌가요? 그거. 그보다, 항상 그렇긴 하지만. 용케 그렇게 침착할 수 있네요, 세토라 씨."

"우리가 당황해봤자 무슨 의미가 있어?"

"그건 그렇지만요. 아니, 애초에 의미가 있냐 없냐 하는 문제가 아닌 것 같은데. 그러니까, 뭐랄까요, 기분 문제라고나 할까."

"그 기분인지 뭔지에는 무슨 의미가 있는 건가?"

"웬만큼 몰았으면서 계속 모네. 나 같은 걸 몰아붙여봤자 아무것도 나올 게 없슴다. 넋두리 정도밖에는…."

"그렇군. 의미가 없군. 그만하자."

"그건 그거대로 좀 섭섭한데요."

"하지만 말이야."

란타가 정상적인 말을 하려고 힘을 줄 때에는 유난히 코를 훌쩍거리는 버릇이 있다는 것을 하루히로는 알아차렸다.

"그건 내부 사정에 밝은 누군가의 안내가 없으면 좀처럼 생각해낼 수 없는 방법 아닌가?"

"그렇지…."

이츠쿠시마는 뭔가 생각에 잠긴 얼굴이었다. 대행 닐이 짧게 웃었다.

"역시 배신자가 있는 거겠지."

결론은 나오지 않았다.

다음 날, 날이 밝고 나서 사절단 일행은 이동을 개시해서, 마침내 다섯 보루의 상황을 확인할 수 있는 위치까지 도달했다. 하루히로와 이츠쿠시마, 닐 세 명이서 나누어 정찰해본 바로는, 다섯 개 중 두 개는 남정군에게 점령당한 모양이었다. 두 개의 보루를 지키는 남정군 병사는, 전원은 아니지만 10분의 1 정도가 총을 갖고 있었다.

"와르타 문으로 들어가는 게 좋을 것 같군."

그것이 이츠쿠시마의 판단이었다.

"대철거문으로 가려고 하면, 아무래도 적에게 넘어간 워 해머 보루와 총 보루 근처를 지나야만 한다. 적에게 들키는 건 좋지 않아."

"그렇게 하지, 뭐."

닐은 찬성했고, 비록 무늬만이긴 하지만 일단 대행으로서, 와르타 문을 목표로 하기로 결정을 내렸다.

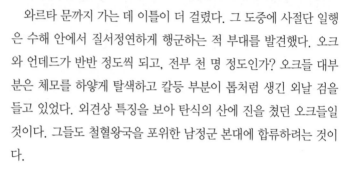

와르타 문까지 가는 데 이틀이 더 걸렸다. 그 도중에 사절단 일행은 수해 안에서 질서정연하게 행군하는 적 부대를 발견했다. 오크와 언데드가 반반 정도씩 되고, 전부 천 명 정도인가? 오크들 대부분은 체모를 하얗게 탈색하고 칼등 부분이 톱처럼 생긴 외날 검을 들고 있었다. 외견상 특징을 보아 탄식의 산에 진을 쳤던 오크들일 것이다. 그들도 철혈왕국을 포위한 남정군 본대에 합류하려는 것이다.

와르타 문은 쿠로가네 산맥의 서쪽 경사면 중턱에 있었다. 계곡을 지나 저습지를 올라가, 무너져서 겹쳐 쌓인 듯한 바윗덩어리 틈새를 기어서 빠져나가야만 도달할 수 있다. 이츠쿠시마와 유메가 4족 보행을 하지 않는 생물의 발자국을 발견해서 신경을 쓰고 있는데, 도적인 하루히로는 전혀 알 수 없었다. 누군가가 데려가주지 않으면, 헤매다가 우연히 잘못 들어갈 수조차 없을 것 같은 장소다.

와르타 문 입구도 천연 동굴과 다름없다. 단, 입구 주변에 설치된 여러 개의 감시소는 하루히로나 닐이라도 발견할 수 있었다. 여러 방향에 작은 암굴이 있고 거기에 드워프의 수염 난 얼굴이 보인다. 그중에는 총을 겨눈 드워프도 있었다.

암굴에서 드워프 한 명이 나왔다. 총을 들고 있다. 등에 비스듬히 찬 대검은 길이보다도 폭이 엄청나다. 뭐랄까, 무시무시한 분노와 원한과 괴로움에 일그러진 것 같은, 악인상이랄까, 흉상이랄까. 상당히 무서운 얼굴의 드워프다.

란타가 흠칫 놀라 칼자루에 손을 대려고 했는데, 하루히로도 남몰래 숨을 멈춰버렸으니, 뭐, 이해 못 할 것도 없다.

"우옷, 무섭…."

쿠자크가 목소리를 내어 중얼거린 것은 좀 문제라고 생각한다. 하루히로는 쿠자크의 옆구리를 팔꿈치로 찔렀다.

"아, 죄송한다."

"하여튼…."

세토라가 쿠자크를 보는 눈은 한없이 차갑다.

"빌리히."

이츠쿠시마가 부르자 인상 나쁜 드워프는 오른쪽 주먹을 들어 보였다. 목소리도 얼굴 못지않을 정도로 거칠었다.

"이츠쿠시마, 잘 돌아왔다."

"큰일이 난 모양인데."

"뭐, 그렇지."

빌리히라는 이름인 듯한 드워프는 짧게 그렇게 대답하자마자 동굴 같은 와르타 문 입구를 향해서 걷기 시작했다. 따라오라는 뜻인가?

이츠쿠시마는 포치의 머리를 쓰다듬었다.

"너는 이 주변에서 기다려."

포치는 이츠쿠시마를 올려다보고 그런 건 자신 있다는 듯이 눈을 깜빡거렸다. 유메에게 한 번 몸을 비비고 나서 재빨리 경사면을 달려 올라간다.

"또 봐, 포치."

유메가 말하자, 포치는 발을 멈추고는 윌 하고 낮게 짖었다. 그러고는 다시는 돌아보지 않고 가버렸다.

일행은 빌리히의 뒤를 따라갔다. 종유굴을 50미터쯤 걸어가자 그 앞에 쇠로 된 문이 있었다. 드워프가 몇 명 있다. 빌리히가 몸짓으로 지시해서 드워프들에게 문을 열게 했다. 건장한 드워프들이 한꺼번에 덤벼들어 밀어젖힌 문은 50센티미터가 넘는 두께였다.

문 너머는 지금까지와는 전혀 달리 평평한 돌바닥이었다. 벽이나 천장도 꼼꼼하게 다듬고 철재로 보강했다. 조명 설비도 있었다. 벽에 랜턴 같은 것이 박혀 있는데, 광원은 불은 아닌 것 같다. 어떻게 된 시스템인가? 하루히로는 궁금했지만 질문할 만한 분위기는 아니다. 안내역인 빌리히가 전혀 말을 하려고 하지 않아서 하루히로 일행도 잠자코 계속 걸었다.

"헥… 히엑… 후엣… 헥취…!"

침묵을 견딜 수 없게 된 건지 란타가 희한한 재채기를 했다. 그래도 빌리히는 무반응이었다.

"저기, 있잖아."

유메가 폴짝폴짝 점프하는 것 같은 걸음으로 빌리히 옆으로 갔다. 란타가 야 하며 말리려고 했지만 늦었다.

"빌루파라는 스승님 친구야?"

"…그건 누구냐?"

"빌루파라가 아니었나?"

"빌리히다, 유메…."

모처럼 이츠쿠시마가 정확한 이름을 가르쳐줬봤자 유메한테 가면 이렇게 되어버린다.

"웅냐. 아아, 그렇지. 빌리찡이었지. 미안혀. 유메 있지, 종종 잘 못 듣거든."

"…나는 이츠쿠시마의 친구는 아니다. 친구의 친구다."

"후오오, 그런 거야? 하지만 있지, 친구의 친구면 친구잖아. 그럼 있잖아, 친구라고 해도 된다고 생각하걸랑."

"…잘 모르겠지만 그렇다면 친구인 걸로 해도 좋다."

"글쿠나. 그럼 있지, 유메는 스승님 제자고, 스승님은 유메 아빠같은 거니까, 빌리찡은 유메 삼촌인가?"

"…마음대로 해."

"그럼 있지, 빌리찡은 유메 삼촌이니까, 앞으로 잘 부탁해."

"…잘 부탁한다."

"아자…."

유메가 주먹을 불끈 쥐었다. 빌리히는 유메의 주먹을 자기 주먹으로 가볍게 쳤다.

"대단해…."

메리가 중얼거렸다. 이해한다. 하루히로도 마침 그렇게 생각하던 참이다.

"진짜 아리송 환장인 친화력이 장난 아니게 터지네요, 유메 씨…
…."

그렇게 말하는 쿠자크의 어휘력이야말로 아리송하게 헤매고 있는 것 아닐까?

통로는 구부러지기도 하고, 철문을 열고 지나가기도 하고, 계단을 내려가거나 올라가거나 하면서 한참을 이어졌다. 갑자기 이츠쿠시마가 빌리히에게 물었다.

"헤즈랑의 소굴에 가본 적은 있나?"

"없다."

빌리히는 즉답했다. 씹어뱉는 것 같은 말투였다.

"그 이름을 말하지 마. 더럽다."

"그럼, 헤즈랑의 소굴은 있다, 그들은 실제로 존재한다는 뜻이로군."

이츠쿠시마가 확인하자 빌리히는 훗… 하고 코로 힘껏 숨을 내쉬었다. 그 의미는 '끈질기네. 더는 말하지 마'라는 뜻일까?

유메가 이츠쿠시마에게 다가가 작은 목소리로 물었다.

"스승님, 헤츄랑이 뭐야?"

"나도 얼핏 들은 것밖에 없어. 드워프는 말하기 꺼린다."

이츠쿠시마는 왠지 분명치 않은 말투였다.

"…참고로, 헤츄랑이 아니라, 헤즈랑이다."

"웅뇨? 그니까, 그 헷주랑이 도대체 뭔데?"

"나중에."

이츠쿠시마는 난처한 것처럼 웃으며 말하고 그 화제를 끝냈다.

네 개째의 철문을 열자 그 너머는 창고 같은 장소였다. 은으로 테두리를 박은 빨간 갑옷과 투구, 방패, 미늘창, 도끼, 창, 도검 등의 무기가 빽빽할 정도로 놓여 있다. 그중 일부는 유리 케이스에 담겨 장식되어 있었다. 뭔가 복잡한 형태의 부품을 조합한 기계 같은 것도 있다. 천장에 매달려 희미한 빛을 내는 실내등은 상당히 정밀한 세공품이었다.

"와르타 문은 이 명문 브라츠오드가의 사저로 연결된다."

과묵한 빌리히를 대신해서 이츠쿠시마가 설명해주었다.

"지금의 좌대신 악스벨드는 브라츠오드 가문 출신이다. 듣자 하니 드워프들이 철혈왕국을 세우기 전부터, 500년인지 600년 동안

이어진 가문이라고 한다."

빌리히가 또 훗… 하고 콧김을 내뿜었고, 이츠쿠시마는 어깻짓을 하며 웃었다. 아무래도 빌리히는 브라츠오드가에 호의를 갖고 있지는 않은 모양이다.

빌리히가 창고 문을 두드리자 빨간 갑옷과 투구를 쓴 드워프들이 건너편에서 문을 열어주었다. 브라츠오드가의 사저는 제법 드넓었고 여기저기에 빨간 갑옷의 드워프가 서 있었다. 하루히로는 좀 지나고 나서 눈치챘는데, 그들은 전원 수염까지 빨갛다. 아무래도 일부러 물들인 것 같다.

마침내 사저를 나오자 길 양쪽에 대장간이 줄지어 있었다. 시끄럽고, 엄청난 열기다. 드워프들이 영차영차, 망치를 들고 캉캉 두드리고 있다. 고함 소리도 오간다. 쇠가 달궈지고 땀이 증발하는 냄새에 드워프 대장장이가 때때로 들이켜는 술 냄새도 섞여 있는 건가? 맡아본 적 없는 독특한 냄새가 충만했다.

빌리히는 어떤 공방 앞에서 발길을 멈췄다. 오렌지색 머리카락을 나부끼며 길게 기른 수염을 어깨에 걸치고 망치를 휘두르는 드워프가 눈에 띄었다. 드워프는 하나같이 인간보다 훨씬 키가 작다. 그러나 그 드워프의 우람한 육체는 보기에도 근사했다.

"고트헬드!"

이츠쿠시마가 목소리를 높여 부르자 그 늠름한 드워프는 망치질을 멈췄다. 의외로 온화한 녹색 눈동자가 이츠쿠시마를 쳐다본다.

"이츠쿠시마인가."

고트헬드라는 이름의 드워프는 망치를 살며시 바닥에 놓고 걸어왔다. 역시 키는 유메보다도 작다. 그럼에도, 큰 사내라는 인상을 하루히로는 받았다. 아마도 이 남자는 다른 사람들보다 훨씬 고집이 세겠지. 의지가 강하고 대범하다. 이츠쿠시마와 통하는 것이 느껴지는 드워프다.

고트헬드는 금속처럼 단단해 보이는 손으로 이츠쿠시마의 팔을 움켜잡고 미소 지었다.

"용케 무사히 돌아왔구나."

유메를 힐끗 본다. 마치 자기 제자를 사랑스럽게 보는 것 같은 눈길이었다.

"자랑거리인 제자로군. 만났구나. 잘됐다."

"…그야 뭐."

이츠쿠시마는 쑥스러운 듯이 웃었다.

"오르타나를 탈환한 것은 본토에서 온 원군을 주체로 한 변경군이었다. 나는 그 변경군 총사로부터 친서를 받아 왔다."

"와르타 문으로 들어온 건가?"

"응. 대철거문은 도저히 무리였다."

"폐하를 뵈려는군."

"그럴 예정이다."

"나도 간다. 잠깐만 기다려."

고트헬드는 공방 안으로 돌아갔다. 작업복 차림이니 옷을 갈아입고 오려는 것인지도 모르겠다.

"이 공방…."

란타가 주변의 공방을 둘러보며 말했다.

"혹시나 총을 제조하고 있는 건가?"

"그렇다."

이츠쿠시마는 고개를 끄덕였다.

"내 친구 고트헬드는 철혈왕국 제일의 총 대장장이지. 총의 아이디어 자체는 한참 전부터 있었던 모양이지만 실용화로 연결한 것은 틀림없이 고트헬드다. 덕분에 저 녀석은 총 아저씨라 불린다."

고트헬드가 산뜻한 복장으로 돌아오자 빌리히는 자기 역할은 끝났다는 듯이 어딘가로 가버렸다. 사절단 일행은 고트헬드와 함께 철왕궁으로 가기로 했다.

가는 도중에 이츠쿠시마가 예의 헤즈랑에 관해서 고트헬드에게 물었다.

"빌리히는 제대로 들으려고도 하지 않았는데, 헤즈랑에 관해서 가르쳐주지 않겠나?"

"…왜 그런 것을?"

고트헬드는 눈살을 찌푸렸다. 그토록 언급하고 싶지 않은 화제인 것인가?

"아무래도 마음에 걸리는 게 있어서."

이츠쿠시마는 심각한 표정으로 말했다.

"적 중에 낯선 용모의 사람이 있었다."

"설마 헤즈랑이라는 건가?"

"몰라. 내가 아는 것은 이 철혈왕국에 오크의 피를 이어받았다는 말을 듣는 자가 있고, 갱도를 파는 일이나 광석 채굴 등의 중노동에 종사하는 것 같다는 것뿐이다."

"…뭐야? 그게."

란타의 안색이 변했다.

"인간과 엘프, 드워프, 그리고 오크는 서로 간에 자식을 낳을 수 있다던데. 대다수의 오크는 자기들과 인간, 또는 엘프들과의 혼혈을 구모라고 부르며 동료 취급을 해주지 않아. 드워프도 같은 짓을 하고 있는 거야?"

"어이…."

이츠쿠시마는 란타를 꾸짖으려고 했다.

"괜찮다."

하지만 고트헬드가 이츠쿠시마를 제지하고 란타 쪽으로 고개를 돌리더니 분명히 고개를 끄덕여 보였다.

"네 말이 맞다. 우리는 오랫동안 헤즈랑을 채굴 제련구의 소굴에 가둬놓고 노예 취급을 해왔다. 헤즈랑은 드워프로 간주하지 않는다. 최소한의 음식물만 주고 살려주지도, 죽이지도 않고… 아니, 죽을 때까지 일을 시킨다. 노예 취급이 아니야. 말 그대로 노예다. 가장 위험한 갱도 끝까지 가면 살아 있는 헤즈랑이나 헤즈랑 시체밖에 없다. 드워프라면 어린아이 외에는 누구나 알고 있는 일이다. 그러나 우리는 헤즈랑에 관해서 말하지 않는다. 다들 알고 있기 때문이다. 헤즈랑은 드워프의 치부다."

"…치부…? 치부라고…?"

란타는 어금니를 악물고 고트헬드를 노려봤다.

"부끄러운 건 네놈들이겠지. 엿 같은 짓을 하고 있다는 걸 깨닫고 있다면, 그 녀석들을 풀어주고 정상적인 생활을 하게 해줘. 수치를 알라고."

"…란타 군, 좀 너무 화를 내는 게…."

쿠자크가 조심스럽게 말했다. 란타는 곧바로 대들었다.

"닥쳐, 얼간아. 나는 열을 받았으니까 열을 내는 거다. 뭐가 잘못

이야?"

"헤즈랑….."

하루히로는 중얼거렸다. 그 와보라는 남자의 모습이 뇌리에 떠올랐다.

"그건… 피부가 황토색이고, 유난히 상체가 큰…?"

고트헬드는 눈을 크게 떴다.

"…탈주를 꾀하는 헤즈랑도 있는 모양이다. 우리에게 잡히면 반드시 처형된다. 용케 도망친 헤즈랑이 있는지, 없는지 나는 모른다. 솔직히… 알려고 한 적도 없다. 하지만…."

"있었다고 해도 이상할 것은 없지."

세토라가 늘 그렇듯이 담담하게 말했다.

"이것으로 대충 구도가 보이기 시작한 것 아닌가? 드워프에게 학대당하고 중노동을 강요당하던 헤즈랑, 그 일부가 탈주해서 남정군에 협력하고 있다….."

어쩌면 헤즈랑들은 철혈왕국에서 도망쳐 나갈 때 놀의 터널을 이용했는지도 모른다. 그렇다면, 그 놀의 터널은 철혈왕국으로 쳐들어올 때에도 이용할 수 있겠지.

"헷, 인과응보라는 것 아니야?"

란타는 꺼림칙하다는 듯이 말했다. 한 번 한숨을 내쉬고 고개를 젓는다.

"…우리가 여기에 있지 않았다면, 자업자득이라는 걸로 끝이겠지만."

"서두르자."

이츠쿠시마가 고트헬드의 등을 밀면서 재촉했다.

이윽고 일행은 천장 높이가 10미터 정도, 길 폭이 수십 미터에 이르는 큰 내리막길로 들어섰다. 길을 따라 노점이 줄지어 있고 드워프들이 오간다. 상당히 체격이 작은 인간 여성도 드문드문 보인다… 고 생각했는데, 그녀들은 인간족이 아닌 모양이다. 모두 드워프 여성이라고 고트헬드가 가르쳐줘서, 쿠자크가 누가 봐도 알 정도로 화들짝 놀랐다.

"네엣?! 드워프 여자는 다들 소녀인가요…?!"

하루히로도 놀라긴 했지만 쿠자크보다는 예의라는 것을 차리려고 애썼다.

"여자가 다 소녀라는 건 이상하지. 뭔가 실례고…."

"앗, 그렇군요. 우왓. 하지만 보통으로 깜놀. 왜냐하면 남자랑 너무 차이가 나잖아요."

"드워프는 여자까지 수염이 있을 거라고 생각한 건가?"

란타는 비웃는 것처럼 말했다.

"…뭐, 나도 그럴 가능성을 생각하지 않은 건 아니지만. 드워프라고 하면 털이 북슬북슬이라고나 할까, 털보에 말술을 마신다는 이미지였으니까."

고트헬드가 쓴웃음 지었다.

"우리들 드워프 남자로만 한정하자면, 맞는 말은 아니어도 그리 틀린 말도 아니라고 해야겠군."

큰길 앞에 우뚝 솟은 거대한 검은 문이 철왕궁 입구인 모양이다. 그 이름도 대철괴왕문. 문 앞과 노대 상태로 되어 있는 상부에 검은 수염의 드워프들이 정렬해 있다. 검은 것은 수염만이 아니다. 갑옷과 투구도, 큰 방패도 검게 칠했다. 검은 수염 드워프는 모두 미늘

창을 들고 있다.

"친위대다."

이츠쿠시마가 말했다.

"그들은 드워프의 전통을 중시한다. 보는 바와 같이, 철왕궁을 지키는 친위대의 정예 부대는 아직도 총을 들려고 하지 않을 정도다. 고트헬드를 달갑게 여기지 않아. 게다가 골수 외부인 혐오자다. 설마하니 표면적으로 드러나게 무슨 짓을 하지는 않겠지만 만약을 위해서 조심은 해둬."

고트헬드가 문을 열어달라고 하자 검은 수염 드워프들은 잠자코 대철괴왕문을 열어주었다. 인사는 한 마디도 없었고 목례조차 하지 않았지만 고트헬드는 신경 쓰지 않는 것 같다. 이런 취급은 일상다반사인 것이리라.

철왕궁이라고 부를 만하게, 내부는 바닥도, 벽도, 천장도 철판을 붙여놨다. 게다가 구석구석까지 거울처럼 잘 닦여 있었다.

"빤짝빤짝이네."

유메가 바닥을 내려다보며 말했다.

"이거, 치마 입었으면 팬티가 다 비쳤을지도."

"…그러네."

메리가 살며시 가랑이 주변을 손으로 눌렀다.

"오…?"

쿠자크가 메리 바로 아래를 보려고 해서 그 옆통수를 하루히로가 때렸다.

"오, 는 무슨."

"악, 죄송. 나도 모르게 그만…."

"본다고 닳는 것도 아닐진대."

세토라는 태연했다.

"엇, 그럼 봐도 됩니까?"

쿠자크가 묻자 세토라는 희미한 웃음을 지어 보였다.

"보고 싶으면 봐라. 본다고 닳거나 하지는 않아. 단지 불쾌할 뿐
이다."

세토라의 발밑 근처로 시선을 향하고 있던 대행 닐이, 아무렇지
도 않은 척 고개를 들고 앞을 향했다. 세토라를 불쾌하게 만들면 나
중에 어떤 대가가 기다리고 있을지 모른다. 각오가 되어 있는 자는
좋을 대로 하면 된다는 뜻이겠지.

한동안 철판이 깔린 복도를 걸어가다 보니 맞은편에서 검은 수염
드워프들이 걸어왔다. 선두의 남자는 드워프라고는 생각하기 힘들
징도로 키가 크다. 쿠자크 정도는 아니라고 해도 하루히로보다는
큰 것 같다.

일행을 선도하던 고트헬드가 발을 멈췄다.

"어이구, 이런. 로엔 친위대장님."

로엔 친위대장이라 불린 키가 큰 대장부 드워프는 고트헬드의 정
면에서 멈춰 설 때까지 입을 열지 않았다.

"총 대장장이님, 철왕궁에는 무슨 용무인가?"

"이츠쿠시마가 오르타나에서 무사히 귀환했다."

고트헬드는 아무래도 로엔을 올려다보게 된다. 체격 차이 때문에
어쩔 수가 없지만 좀 더 거리를 두면 고트헬드는 그렇게까지 고개
를 들지 않아도 될 것이다. 즉 로엔은 일부러 올려다보게 만드는 것
이다. 밉살스러운 남자다.

"폐하께 아뢸 것이 있어 찾아뵈려는 참이다. 안내해주길 바란다."

"나더러 안내하라는 건가?"

"그렇게 말했을 텐데."

"듣도 보도 못한 인간 나부랭이들을 우르르 끌고 와서 폐하를 알현하려는 건가?"

"…나부랭이 취급인가?"

란타가 낮게 혀를 찼다. 하루히로는 대행 닐의 옆구리를 팔꿈치로 가볍게 눌렀다.

"이름을 대는 것이."

닐은 얼굴을 찡그렸지만 마지못해서 하는 듯이 앞으로 나섰다.

"아… 나, 아니, 저는, 그러니까, 오르타나를 통치하는, 에… 변경군 총사 진 모기스 각하가… 파견한? 괜찮지? 파견했다고 말해도. 그, 뭐냐, 그러니까, 변경군의 사자, 닐이라는 사람이다."

"변경군이라고?"

친위대장 로엔이 희번덕 노려보자마자 대행 닐은 반발자국 뒷걸음질 쳤다.

"…벼, 변경군인데?"

"가란 베도이 변경백의 사자라는 건가? 진 모기스라는 건 누구냐?"

"아니, 변경백은 죽었… 이 아니라, 돌아가셨는데, 아라바키아 왕국 본토에서 파견된 우리 원정군이 오르타나를 탈환했다. 그 원정군을 이끈 것이 진 모기스 장군으로, 이번에 새롭게 변경군 총사 자리에 앉은 상태다."

닐은, 어떠냐? 제대로 말했지? 말했다고, 이런 느낌으로 가슴을 폈다. 뭐랄까, 로엔의 압력에 어떻게든 지지 않으려고 무리해서 가슴을 편 것인지도 모른다.

"멀리서부터 그 사자인지 뭔지를 데리고 왔다는 거로군. 이츠쿠시마 님은."

로엔은 이츠쿠시마를 힐끗 한 번 보더니 웃음을 터뜨렸다.

"수고가 많네. 원정군인지 변경군인지 모르겠지만 어디서 굴러먹던 말 뼈다귀인지도 모를 인간 대리인한테 어느 정도 가치가 있는 건지…."

이츠쿠시마는 천장을 우러러보며 피로에 지친 듯한 얼굴을 한다. 분명 몇 번이나 이 친위대장 로엔에게 심술을 당한 적이 있기 때문에 또냐? 라는 심경인 것이리라.

란타가 하루히로를 보며 뭔가 입을 움직이고 있다.

'한판 뜰까?'

목소리로는 내지 않고 그런 말을 하는 것 같다.

'바보….'

하루히로도 입술 움직임만으로 그렇게 대답했다.

"알았다."

고트헬드는 어깻짓을 했다.

"너무 친위대장님을 번거롭게 해드리는 것도 못 할 짓이지. 폐하께로 안내하는 건 좌대신님께 부탁하도록 하지."

로엔이 눈빛이 변했다. 꽤 감정적이 되기 쉬운 타입인 것 같다.

"철왕궁과 철괴왕 폐하를 수호하는 것은 우리 친위대다. 친위대장인 이 로엔을 업수이 여기려는 것인가!"

이 드워프가 격앙하면 꽤 무섭다. 등에 찬 대검 칼자루에 손을 댄 정도가 아니라 이미 꽉 쥐고 있고, 뽑으면 협박만으로는 끝나지 않을 것 같은 분위기도 있다. 어쩌면 연기인지도 모른다. 그래도 진짜인지도 모른다. 어느 쪽일까? 하루히로는 솔직히 전혀 판단할 수가 없었다.

닐은 어느 틈엔가 하루히로 일행 뒤에 숨어 있다. 장난하냐? 호통을 쳐주고 싶어졌지만 쓸모없는 대행을 야단치고 있을 때도 아니겠지. 어떻게든 이 자리를 수습하고 싶은 마음은 굴뚝같았다. 그러나 도대체 어떻게 하면?

"그쯤 해두시죠."

메리의 목소리는 고막이 얼어붙을 것처럼 차가웠다.

"당신들 나라가 적에게 공격당하고 있는 거지요? 내분이나 하고 있을 때인가요? 정말로 그쯤 하라고."

잊고 있었다. 생각해보니 메리는 누구보다도 동료를 아끼고, 고지식하고, 예쁘고, 착한 것만이 아니다. 화가 나면 꽤 무섭다. 마음만 먹으면 속에 있는 말을 거침없이 할 수도 있다.

로엔은 검은 수염을 부들부들 떨고 있다. 이 건방진 인간 여자를 어떻게 해줄까? 그런 생각을 하고 있는 걸까? 의표를 찔려 당황하는 것 같기도 하다.

"냥!"

갑자기 유메가 펄쩍 뛰어올라, 란타가 딴지를 걸었다.

"…고양이냐?"

"냐우? 뉴우홋."

유메는 고개를 갸웃거리기도 하고 더욱 희한한 소리를 내기도 하더니, 놀랍게도 로엔에게 다가가서 검은 흉갑을 찰싹찰싹 때렸다.

"유메네는 말이야, 서둘러야 하거든. 적들 중에 헷쭝이 있어서 말이지. 터널에서 적이 우루루 쿵쾅 해서, 열혈왕국으로 들어와버릴지도 모른단 말이야."

"하나하나 다 틀렸는데…."

세토리는 한숨을 쉬었다.

"철혈왕국에는 헤즈랑라는 자들이 있다지? 아무래도 적들 편에 붙은 모양이다. 놀의 터널을 지나, 너희들한테서 빼앗은 총을 든 적 부대가 공격해올지도 모른다. 우리가 철괴왕에게 전하려는 것은 그런 정보다. 긴박한 문제라고 생각하는데."

"…헤즈랑… 이라고? 놀의 터널을…."

로엔이 짐승처럼 으르렁거렸다. 이 드워프는 난폭하고 욱하는 성미에다 힘에는 상당한 자신이 있는 것이겠지. 보아하니 머리 회전도 빠른 것 같다. 그토록 분노를 드러냈었는데도, 한순간에 창을 거두더니 미소까지 띠며 가볍게 고개를 끄덕였다.

"확실히 서둘러야 할 용건으로 보이는군. 변경군 사절단 일행분, 이 친위대장 로엔이 책임지고 철괴왕 폐하께 안내하겠습니다. 따라오시죠."

일단 요청을 접수하자 검은 수염의 친위대장은 효율적으로 착착 일을 진행했다. 부하에게 지시해서 여기저기에 연락했고, 사절단 일행을 별실에서 기다리게 한 시간은 5분도 채 안 되었다. 로엔은 직접 일행을 인솔해서 철판 복도를 걸어가, 살벌할 정도로 근엄하고 훌륭하게 만들어진 승강기에 탔다.

"알현실로 이어지는 이 승강기는, 대발명가 두레게가 당시의 철괴왕 폐하를 위해 발명한, 증기 기관이라는 동력 장치를 이용해서 움직인다.”

부탁하지도 않았는데 로엔은 거침없이 그런 해설까지 해주었다. 좀 전까지와는 마치 다른 사람 같다. 왠지 은근히 섬찟하다.

“우리 철혈왕국 드워프족의 왕은 대대로 명석하고 용감한 분들이지만 당대의 철괴왕 폐하는 드물게 보는 현군이시다. 사자님의 말에도 필시 기꺼이 귀를 기울여주실 것이다. 그러나 우리 폐하의 관대함에 분수를 모르고 기어오르지 않도록 신하로서 부탁한다. 원래는 폐하께 진심으로 충성을 맹세한 자 이외에는 알현실에 출입하는 것조차 허락할 수 없다.”

사실 쿡쿡 못을 박기도 하니까, 어디까지나 은근히 무례한 것뿐이지만.

승강기가 그제야 멈췄다. 밖으로 나가자 거기는 넓디넓은 홀이었다. 이 방은 전실인 모양이다. 친위대인 검은 수염 드워프들이 강철 문을 지키고 있다. 홀의 넓이에 비하면 크지는 않은, 장식미가 없는, 거친 느낌까지 드는 투박한 문이다.

로엔이 고개를 끄덕여 신호를 보내자 검은 수염 드워프들이 문을 열었다. 문은 양옆으로 밀어 여는 것이었다. 매끄럽게 열렸다.

철로 만들어진 알현실은 앞에서 뒤끝까지 길이가 꽤 있었다. 건너편이 몇 단이나 높았고, 그 단상은 수렴으로 가려 있다.

알현실에는 친위대인 검은 수염 드워프들이 정렬하고 있을 뿐만 아니라 빨간 갑옷을 입은 빨간 수염 드워프, 그리고 엘프도 두 명 있었다. 한쪽은 중년 정도로 보이는 남성이지만 엘프이니 실제 연령은 모르겠다. 또 한 명의 엘프는 성별조차 불분명하다. 가지런하다는 건 이런 걸 말하는 건가 싶을 정도로 모든 것이 단정하고, 아무리 봐도 아름다운 생물이기는 한데 거의 살아 있다는 느낌이 들지 않는다.

"엘프의 족장 하르메리알 페얼노투 님과 칠검 멜큐리안가 당주 엘타리히 멜큐리안 님이다."

이츠쿠시마기 작은 목소리로 살며시 가르쳐줬다. 아마도 중년으로 보이는 엘프가 멜큐리안인지 뭔지고, 성별 불명 엘프가 족장이 겠지.

"빨간 수염 님."

고트헬드가 빨간 수염의 드워프에게 목례했다.

"그가 좌대신 악스벨드."

이츠쿠시마는 그렇게 말하고 나서 친위대장 로엔을 힐끔 보더니 덧붙였다.

"친위대장의 겅생 상대다."

로엔은 단상 앞까지 가더니 무릎을 꿇었다. 고트헬드와 이츠쿠시마도 그를 따라서 예를 갖춘다. 좌대신 악스벨드와 중년 엘프도 같은 자세를 취했다. 엘프의 족장은 단상으로 몸을 향하고 약간 고개를 숙이고 있다. 호위인 검은 수염 드워프들은 미동조차 하지 않는다.

닐이 헛기침을 하고는 무릎을 꿇었다. 하루히로도 동료들과 서로 고개를 끄덕여 보인 뒤에 무릎을 꿇었다.

아무런 소리도 나지 않는 완전한 정적이 찾아왔다.

"이츠쿠시마, 잘 돌아왔다."

여성의 목소리였다. 수렴 너머에서 들려온 것이다.

"오오…."

누군가가 신음 같은 소리를 냈다. 고트헬드일까? 로엔과 악스벨드의 머리 위치가 한층 더 낮아진 것 같은 느낌이 든다.

"어…?"

쿠자크가 중얼거렸다.

"설마 여왕님인가요…?"

"무례하다…."

로엔이 울화통 터진다는 듯이 말했다.

"멍청아."

란타가 혀를 찼다.

"그냥 목소리 대역인지도 모르잖아."

"아, 그런가."

쿠자크가 하하 웃었다. 이츠쿠시마가 한숨을 쉰다.

"본인이시다."

"이러니까 인간족이란…."

로엔은 상당히 짜증이 난 모양이다. 하루히로도 좀 잠자코 있을 수는 없는 건가? 라는 생각이 들지 않는 것도 아니었지만 송구하다는 기분은 거의 없었다. 철괴왕이 얼마나 위대한지는 몰라도 우리가 섬기는 왕은 아닌 것이다.

"대강은 들었다."

단, 목소리의 주인이 수렴 너머에서 일어서는 기척이 난 순간, 어째서인가 하루히로는 약간 긴장했다.

고개를 숙인 채로 눈을 위로 치떠서 보니 수렴이 걷혀 올라가고 있었다.

"폐, 폐하…."

친위대장 로엔이 노골적으로 동요하고 있다. 즉, 철괴왕은 웬만해서는 모습을 드러내지 않는 것이리라. 어쩌면 본인의 목소리로 직접 말하는 일도 흔치 않은 건지도 모른다. 아까 란타가 목소리 대역이라고 말했었다. 단상에는 강철 덩어리 같은 옥좌가 설치되어 있고 그 앞에 여섯 한 명이 서 있다. 욕과 미스듬히 뷔에노 또 한 명, 검은 머리 소녀가 서 있다. 어쩌면 그 소녀가 왕 대신에 목소리를 내는 역할의 궁녀가 아닐까?

저것이 왕인가?

드워프의 왕.

철괴왕.

이름은 몸을 표현한다고 한다.

어디가?

엘프의 족장도 거의 비현실적인 용모의 소유자지만 드워프 여왕은 그것과는 차원이 달랐다. 희고 투명한 피부라는 것은 저 여왕을 위해 있는 말 아닐까? 반짝이는 은색 머리카락은 그것 자체가 최고급 미술품이고, 파란 눈동자는 아무도 가질 수 없는 유일무이한 보석이다. 드워프 여성은 철왕궁 밖에서 봤었다. 저기 궁녀도 있다. 궁녀도 드워프의 일반 여성과는 꽤 다르다고나 할까, 뼈가 가늘고 청량한 인상이지만 여왕은 그런 정도가 아니다. 아마 없겠지 하고 하루히로는 생각한다. 분명 저런 여성은 그림갈에 또 없다. 체형부터, 이목구비부터, 하나부터 열까지 다 너무나 특수하다. 그녀는 정말로 여왕인 건가? 실은 신이었다고 하는 게 차라리 납득이 될 것이다. 그녀는 여신이 아닐까?

하루히로는 감동했다. 저속한 표현을 쓰자면 우와, 완전 안구 정

화… 라는 말이겠지. 평생 한 번 볼 수 있을까 말까. 보통은 없지 않을까? 그렇게 느낄 정도로 드워프 여왕은 엄청났다. 만약에 말이지만, 지금 저 여왕이, 잠깐, 거기 너, 짐에게 충성을 맹세하고 몸도 마음도 다 바치거라 하고 말한다면 과연 거절할 수 있을까? 하루히로라도 알쏭달쏭하다. 란타나 쿠자크라면, 기꺼이 하고 즉답하지 않을까?

"짐은 그대들에게서 직접 이야기를 듣는 것만이 아니라 의견을 묻고 싶다. 회의를 열고자 한다. 지금 당장."

철괴왕은 약간 눈을 가늘게 떴다. 단지 그것만으로도 그녀가 앞날을 깊이 우려하고 있다는 것, 긴 여행으로 지친 하루히로 일행의 몸을 걱정해주고 있다는 것이 전해졌다.

"고트헬드. 이츠쿠시마. 그리고 변경군 사절단분들도 참석해주시겠소?"

자기도 모르게, 기꺼이 하고 대답해버릴 뻔했다. 반사적으로 말을 도로 삼키고 하루히로는 고개를 숙였다.

"…넵."

쿠자크 같은 대답이 되어버렸다. 이럴 거였으면, 기꺼이 하고 말하는 게 차라리 나을 뻔했다.

## 13. 어느 전설

알현실 옆에 다른 방이 있어서, 회의는 거기에서 이루어졌다. 출석자는 철괴왕, 좌대신 악스벨드, 친위대장 로엔, 고트헬드, 엘프의 족장 하르메리알 페얼노투, 멜큐리안가 당주 엘타리히, 이츠쿠시마. 사절단에서는 정사 대행 닐, 그리고 하루히로와 세토라가 대표로 참석하게 되었다.

회의실은 천장부터 벽이며 바닥까지 철이고, 커다란 네모난 탁자도 철이고, 의자도 철제였다. 철 탁자는 둘째치고 철 의자라는 것은 글쎄. 그런데 막상 앉아보니 의외로 나쁘지 않았다. 앉는 바닥 면도, 등받이도 가느다란 철봉을 꼬아서 만든 것 같았는데, 앉으면 몸에 딱 맞는다. 드워프의 기술력이 높다는 것을 느꼈다.

철 의자의 편안함에 감탄하면서 기분 전환이라도 하지 않으면 좀처럼 벗어나기 힘든 답답한 분위기의 회의였다.

역시라고나 할까, 뭐라고 할까, 헤즈랑 문제는 철혈왕국의 드워프들을 상당히 무겁게 짓누르는 것 같다. 특히 철괴왕은 상당히 마음 아파하는 모양이었다.

"헤즈랑이 적군에게 조력하는 것이라면 짐은 깊이 후회하지 않을 수가 없다. 그러나 비록 아무리 후회한다고 해도….”

말문이 막힌 드워프 여왕에게 어떤 말을 해주면 좋을까?

사실 하루히로 따위가 뭔가 말하는 것은 불손하다고나 할까, 그저 여왕이 너무나 아름다워서 무슨 말을 할 엄두가 나지 않는다. 회의에는 란타가 출석하고 싶어 했었는데, 떠넘겼으면 좋았을 것을. 그렇기는 해도 하루히로는 명색이 리더다.

고작 리더. 그러나 리더. 하지만 리더에게도 할 수 있는 일과 없는 일이 있다. 리더 운운하기에 앞서, 하루히로에게는 할 수 없는 일이 꽤 많다.

하루히로는 옆자리에 앉아 있는 세토라에게 눈길을 향했다. 어떻게 할까? 의논해보려고 하던 참에 세토라가 입을 열었다.

"시간 낭비로군."

또 그렇게 자리를 얼어붙게 만드는 말을 태연하게. 하루히로는 간담이 서늘해졌다.

"네 이놈…!"

친위대장 로엔이 안색이 변해서 철 탁자를 손바닥으로 때렸다.

"그 말이 맞다."

곧바로 철괴왕이 수습하지 않았다면 로엔은 세토라에게 덤벼들었을지도 모른다.

"짐은 후회하기보다 먼저 해야 할 일이 있다."

"하오나 우선은 사태의 진위를 확인할 필요는 있겠지요."

좌대신 악스벨드가 빨간 수염을 만지작거리며 말했다.

"아무래도 구멍을 파고 있는 것 같다는 것만으로, 적이 놀의 터널을 이용해서 우리 철혈왕국에 침입을 꾀하고 있다고까지 단언할 수 있습니까? 요즘 놀들은 비교적 얌전하지 않습니까? 최근에도 새로운 놀 구멍이 여러 개 발견되었습니다. 게다가 그놈들의 신조는, 내 것은 내 것, 남의 것은 내 것. 잠자코 외부인에게 터널을 이용하게 둘지 어떨지. 애초에 적들 속에 있었다는 자는 틀림없는 헤즈랑일까요?"

"틀림없다고까지는 단언할 수 없다."

이츠쿠시마가 대답했다.

"그야 그들을 본 적이 없었으니까. 갱도나 어딘가에 있다면 만나게 해줄 수 없나? 그러면 알 수 있다."

"그자들의 소굴은 손님들을 데리고 갈 만한 장소가 아닙니다. 그러나…."

좌대신은 눈썹을 모으고 말했다.

"가봐주십사 부탁드리는 게 좋을 것 같군요. 수배하지요. 하르메리알 님께 여쭙고 싶습니다만, 이츠쿠시마 님 일행이 알려주신 적군의 동향을 뒷받침할 만한 정보는 파악하신 것이 있습니까?"

"아뇨."

엘프 족장이 유리 제품 관악기 같은 목소리로 말했다. 우수가 깃들었으면서 세속에서 벗어났다고나 할까, 초월한 것 같은 목소리와 표정이었다.

"귀국 밖에 풀어놓은 우리 엘프 파수꾼들로부터는, 적이 대규모로 터널을 파고 있다는 보고는 아직까지는 올라오지 않았습니다. 헤즈랑에 관해서는, 저는 모릅니다만, 대부분의 엘프는 알고 있을 것입니다. 물론 파수꾼들이 헤즈랑, 혹은 헤즈랑으로 짐작되는 자에 관해서 언급한 적은 한 번도 없습니다."

좌대신은 흠 하고 고개를 끄덕였다.

"일단 놀 구멍의 확인과 수색은 부하에게 명령해두었습니다. 모든 놀 구멍을 빠짐없이 막아버려야 한다면, 현 상황에서는 병사들은 수비 임무만으로도 벅차기 때문에 다른 인원을 동원해야만 합니다."

"문제는 헤즈랑이다."

친위대장 로엔이 노기가 충만해서 끼어들었다.

"우리가 길러준 은혜를 잊고 탈주해서 적에게 조력하고 있다면 이것은 반란입니다, 폐하. 이제 그자들을 왕국 내에서 살게 두는 것은 위험합니다. 한 마리도 남김없이 처형해야 하는 것 아닙니까?"

"그것은 어떨지, 친위대장님."

빨간 수염의 좌대신이 과장되게 눈살을 찌푸리며 어깻짓을 해 보인다.

"어쩌면 친위대장님은 자세히 모르시는지도 모르지만 현재 헤즈랑의 머릿수는 우리 드워프의 절반 가까이 된다. 친위대장님이 자랑하는 대검으로 친히 목을 베며 다닌다고 해도 하루 이틀로는 끝나지 않아. 무엇보다도, 헤즈랑을 죽여버리면 우리 철혈왕국의 생명선인 갱도의 확장과 광석 채굴은 어떻게 하나?"

"좌대신님은 은혜를 모르는 반란자들을 내버려두라는 것인가?"

"아무쪼록 진정하시게, 친위대장님. 모든 헤즈랑이 탈주한 것이 아니지 않소. 지금 이 시간에도 우리 철혈왕국과 드워프족을 위해 갱도에서 비지땀을 흘리는 헤즈랑이 대다수라오."

"여차하면, 그 전원이 우리에게 이빨을 드러낼지도."

"아니, 아니. 적어도 왕국 내의 헤즈랑은 위협이 아니야. 헤즈랑에게는 곡괭이밖에 주지 않았으니까."

"딱딱한 암반을 박살 내기 위한 곡괭이다! 내가 들면 좌대신님의 두개골에 구멍을 뚫는 것도 간단! 뭣하면 실연해 보여도 좋다!"

"헤즈랑에 친위대장님 같은 강자는 없소."

좌대신파와 친위대장파가 대립하고 있다. 그것은 하루히로도 들었었다. 단, 그 양 거두인 좌대신과 친위대장이 왕의 면전에서 이렇게까지 격렬하게 다툴 정도로 험악할 줄은. 좌대신은 어르고 달래며 받아넘기려고 하는 것 같지만 그 결과, 오히려 더욱 친위대장의 속을 긁고 말았다. 오히려 저 친위대장이 용케도 덤벼들지 않고 참고 있네 하는 생각이 든다. 일단 자제하고 있는 건지도 모른다.

"짐은 헤즈랑의 처형 같은 것은 바라지 않는다."

역시 철괴왕 덕분이리라. 그녀의 한마디에 혈기 왕성한 친위대장도, 능구렁이 좌대신도 입을 딱 다물었다.

"로엔, 빨간 수염, 그대들이 왕국과 짐에게 충심을 다해주는 것은 잘 알고 있다."

"…넷."

"황공하옵니다."

친위대장과 좌대신은 동시에 머리를 조아렸다. 철괴왕은 고개를 끄덕여 보이고, 한 박자 쉬고 나서 말을 이었다.

"헤즈랑의 처우는 추후 검토하도록 하지. 지금은 우선 적군에 대비해야 한다. 짐이 우려하는 것은, 현재 발견된 놀 구멍을 막는다면 적의 침입을 막아낼 수 있는가 하는 점이다."

"말해도 되겠나?"

세토라가 손을 들었다. 철괴왕은 조용히 손을 내밀어 세토라에게 발언을 허락했다.

"놀의 터널에서 철혈왕국 내의 어딘가로 개통시킨 곳을 놀 구멍이라고 부른다. 그렇게 이해하면 되나?"

빨간 수염의 좌대신이 수긍했다.

"맞다."

"그렇다면 놀 구멍을 막는 것만으로는 불충분하다. 터널 자체를 통행할 수 없게 하지 않으면, 새로운 놀 구멍을 뚫을 것이다. 왕이 걱정하는 것은 그런 것인가?"

"폐하라고 불러라!"

온통 검은색인 친위대장이 고함을 쳐도 세토라는 천연덕스러웠다. 하루히로는 반쯤은 감탄했고 반은 어이없었다. 용케도 태연할 수 있네.

"그렇게 요구한들 내 왕은 아니니까."

"철괴왕 폐하는 이 철혈왕국의 주인이시며 우리 드워프족의 왕이시다! 인간 놈, 예의라는 것을 모르는가!"

"그 말, 너에게 그대로 돌려주겠다. 타인에게 함부로 위협을 하거나 호통을 치는 사내에게 예의를 논할 자격이 있다고는 도저히 생각할 수 없다."

"뭐라고!"

친위대장은 의자에서 일어서려고 했다. 세토라는 차갑게 비웃었다.

"이것 봐라. 바로 그 태도 말이다. 나를 베어 죽이고 싶다면 좋을 대로 하면 되겠지만 예의를 모른다는 점은 인정하시지."

옳소, 잘한다 하고 세토라를 응원하는 마음과, 조마조마하니까 그만해줬으면 하는 마음이 하루히로의 내면에서 부딪쳤다.

"삼가라, 로엔."

철괴왕도 과연 진저리가 나는 듯, 표정이 그늘졌다. 그러나, 이 여성이 조금이라도 얼굴을 찡그리면, 가슴이 울렁거린다고나 할까, 뭔가 해야만 하는 것 아닐까? 하는 기분이 든다.

"세토라라고 했는가? 짐이 걱정하는 것은, 바로 그대가 말한 그것이다."

"그래서, 어떤 건가?"

세토라가 참석자들을 쭉 둘러보았다.

친위대장 로엔은 팔짱을 끼고 고개를 옆으로 홱 돌렸다.

"몇 번이나 놈을 죽이러 들어갔지만 한참 전 일이다."

"이 몸은 수년 전, 놈들이 난동을 피웠을 때."

좌대신은 아주 약간 웃었다. 별로 친위대장을 비웃은 것은 아닌 모양이다. 뭔가 즐거운 추억이라도 있는 건가?

"우리 철혈왕국에서 지금은 대영웅으로 칭송받는 인간들과 여기에 있는 고트헬드와 함께였다."

"키사라기 말인가?"

철괴왕이 아득한 눈길을 했다. 입가가 살짝 벌어지며 웃는다.

"…어, 키사라기라니."

하루히로는 자기도 모르게 중얼거렸다. 덕분에, 지나칠 정도로 아름다운 철괴왕의 눈길에 빤히 응시당한다는, 긴장되므로 그다지 달갑지 않은 영광을 맛보았다.

"키사라기를 아는가?"

"네. …아니, 뭐, 알고 있다고 할까, 신세를 졌다고 할까. K&K 해적 상회 사람이지요? 에메랄드 제도의. 그러고 보니, 나, 어쩌다 보니 K&K에 입사한 셈이 되었던 것 같은….'

"베레의 위기를 구하고 해적들을 한데 뭉친 조직의 실질적인 수장이 되었다는 건 들었다."

철괴왕이 벽안을 빛내면 상당히 아찔해진다. 그보다, 눈이란 게 빛나는 거구나 하고 하루히로는 생각했다. 물론 조명 빛을 반사한 것뿐일 테지만 그렇다 해도 지나치게 반짝거려서 심상치 않다. 투명한 듯한 피부에도 약간 색이 퍼졌다.

"그런가. 이름은 하루히로라고 했지? 그대는 키사라기의 친구인가?"

"…친구… 요? 그건 좀, 글쎄요. 제 동료 중 한 명은 한동안 K&K의 신세를 졌으니까, 비교적 그에 가깝지 않나 생각하긴 합니다만."

"그자라면, 키사라기와 면식이 있다는 건가?"

"…솔직히 그 점은 자세히 몰라서, 섣불리 말씀드릴 수는 없습니다만, 있지 않을까 하고."

"그런가."

철괴왕은 가슴에 손을 대고 눈을 감았다. 그 방면에는 둔한 편이라고 자각하는 하루히로라도 이것은 거의 단정할 수 있었다. 반한 것 아닌가요? 철괴왕. K&K 해적 상회의 키사라기에게. 그보다, 그는 드워프들 사이에서 대영웅으로 칭송받는 모양이다. 도대체 뭘 한 건가?

좌대신 악스벨드가 헛기침을 하자 철괴왕은 눈을 떴다. 겸연쩍다는 표정이 아니다. 명백하게 시무룩해졌다. 하루히로는 그런 쪽의 미묘한 사정을 잘 이해하는 편이 아니다. 사실 거의 모르는 편이지만, 아무래도 철괴왕은 키사라기에게 상당한 연정을 품고 있는 모양이다.

"그러니까, 유메라고 하는데요, 우리 파티의, 그 유메한테서 키사라기 이야기, 얼마간은 들을 수 있을지도 모르니까, 나중에 확인하겠습니다. 그건 그렇고, 놀의 터널을 무너뜨려 지나다닐 수 없게 한다는 것은, 역시 현실적이 아니라는 겁니까?"

"그렇네."

좌대신이 고개를 끄덕였다.

"분명하게 불가능하다고 말씀드리는 편이 좋겠지. 그게 가능하다면 진작 했을 것이다. 우리 드워프는 이 쿠로가네 산맥에서 200년도 넘는 긴 세월 동안 놀과 싸워왔으니까."

"어이⋯."

대행 닐이 속삭였다. 하루히로가 닐을 보니, 목소리를 내지 않고 입만 움직여서 말한다.

'이 나라, 위험한 것 같아. 친서만 건네주고 부리나케 돌아가는 게 좋을지도.'

글쎄 하고 생각은 하지만 그야 닐이므로 새삼스레 놀랍지도 않다. 단, 그 방면에 관한 한 우리 대행의 후각은 꽤 확실하다. 닐 혼자였다면 이미 부리나케 줄행랑쳤을 정도로는, 실제로 위험하겠지.

멜큐리안가 당주인 미중년 엘프가 족장에게 뭔가 귓속말을 하고 있다. 족장이 고개를 끄덕이고는 발언했다.

"우선, 엘프 파수꾼들에게 적군 감시를 한층 더 강화하도록 명령하겠습니다. 우리 검사대, 궁사대와 주의(주술의)대는 대철거문 방위를 맡고 있습니다만, 요청이 있는 대로 즉시 이동시키겠습니다."

좌대신 악스벨드가 목을 좌우로 꺾더니 콧김을 내뱉었다.

"이렇게 되니, 워 해머 보루, 총 보루가 공략당해 총을 탈취당한 것이 더욱 뼈아프게 느껴지는구먼⋯."

"그것은 내 휘하의 부대를 비꼬는 건가?"

친위대장 로엔이 이를 간다. 적에게 빼앗긴 두 개의 보루를 지키던 것은 친위대장파의 부대였겠지. 좌대신은 눈썹을 치뜨고 두 팔을 벌렸다.

"친위대장님, 그런 말씀은 드리지 않았소. 이 몸의 빨간 수염대를 배치한 도끼 보루와 미늘창 보루가 공격당했을지도 모를 일이었다. 워 해머 보루, 총 보루에 원군이 늦어진 것은 다른 세 보루의 잘못이기도 하다. 책임 소재를 분명히 하는 것은 중요한 일이지만 일일이 이 몸과 그대가 언쟁하는 것은, 이쯤 되면 아무 소용도 없는 것 아니오?"

"애초에 국정을 보좌하는 좌대신이 군사 일에 끼어들 뿐만 아니라, 부대를 배치함으로써 혼란을 초래하고 있는 것이다. 빨간 수염대는 좌대신파의 사병에 불과한 것 아니었나?"

"아아, 알았소. 허면, 빨간 수염대의 지휘도 그쪽에 맡기지. 이 몸은 이 몸 하나로 폐하를 지키는 것 외에는 싸움에는 관여하지 않겠다. 이걸로 만족하오?"

"내 명령으로 빨간 수염대가 기꺼이 사지로 가는 일은 없다는 것을 알기 때문에 그런 말을 지껄이는구나. 늙은 너구리의 교활한 잔꾀는 진저리가 난다!"

"매번 이런 식으로 친위대장님의 성질을 받아주는 것도 슬슬 지겨워지는군."

"좌대신님이 쓸데없는 야심을 품지 않았으면 이러한 일이 생기지는 않았다."

"이 몸에는 철괴왕 폐하를 보좌하고 철혈왕국을 위해 헌신하는 것 말고 다른 바람 같은 것은 없소이다. 그것은 우매한 자의 억측이지. 이런, 우매하다는 건 말이 지나쳤나? 단순한 말실수요. 넓은 아량으로 이해하시게."

"변함없이 손보다 긴 혓바닥을 교묘하게도 나불거리는구나!"

"그대도 이 몸 못지않게 말이 많다고 생각하는데."

"그 수염 난 면상을 베어버려 대검을 녹슬게 할 수도 없다. 어쩔수 없지."

"수염 난 면상은 피차일반이 아니오? 손님들이 보기에 우리 드워프 남자들은 수염 색과 길이 정도로밖에는 구별이 안 될 테지."

"그런가? 유별나게 교활해 보이는 얼굴을 한 드워프가 한 명 있지 않나?"

"흠, 친위대장님은 좀처럼 찾아볼 수 없는 위장부이니 일목요연하지. 참으로, 같은 드워프라고는 생각할 수가 없다오."

"무슨 뜻이냐!"

"다른 뜻 같은 것은 없소. 그대는 틀림없는 순혈 드워프일 테니."

"당연하다! 내 선조를 어디까지 기슬러 올라가봐도, 긍지 높은 드워프밖에는 없다!"

상당히 심각한 싸움으로 발전하고 있다는 생각밖에 안 든다. 혹은 이것은 늘 있는 일인 것일까? 안절부절못하는 것은 하루히로와 닐뿐이다. 세토라는 턱을 잡고 뭔가 골똘히 생각하는 건가? 다른 사람들에게는 의외로 익숙한 일인지도 모른다.

"차라리 놀의 터널을 타고 이쪽에서 적군을 공격하는 건?"

갑자기 세토라가 말을 꺼냈다. 좌대신이 복잡한 표정을 하고 낮게 신음했다.

"놀의 터널은 복잡기괴하게 얽히고설켜서, 미로 같다고 할 정도가 아니라 미로 그 자체니까. 전체상을 파악하려는 시도도 과거에는 했으나, 빈번하게 터널과 터널이 연결되기도 하고, 무너져 사라지기도 해서 뜻대로 되지 않았소."

"한번 우리가 들어가볼까?"

세토라가 하루히로를 보고 물었다. 대행 닐이 입을 뻐끔거리고 있다

'왜 우리가 그렇게까지 해야 하는데…?'

하루히로로서는 닐의 심경도 이해 못 할 바는 아니었으나, 철혈왕국은 생명선인지도 모른다. 만약 철혈왕국을 아성으로 삼은 드워프족과 살아남은 엘프들이 멸망한다면, 변경군과 의용병단은 유망한 동맹 상대를 잃어버린다. 다무로의 고블린은 어디까지 믿을 수 있을지 의심스럽다. 그들이 남정군 편에 붙어버릴 가능성은 염두에 둬야 한다. 변경군과 의용병단이 고립되는 상황은 어떻게든 피하고 싶다.

"그러네…."

가급적 철혈왕국에 협력해서 남정군을 격퇴하거나, 최소한이라도 억제한다. 우선 그것이 최선책일 테지. 세토라도 그렇게 생각하고 있다. 그래서 적극적으로 움직이려는 것이 틀림없다.

"우리는 미지의 장소를 탐색하는 데 익숙합니다. 그래도, 조금이라도 놀의 터널의 지리를 아는 안내역을 가능하면 붙여주시지 않겠습니까? 그러면 다소는 효율이 오를 테고."

"빨간 수염."

철괴왕이 좌대신을 본다. 좌대신은 고개를 끄덕여 보였다.

"키사라기의 놀 토벌에 참여했던 자들이 있습니다. 분명 도움이 될 것입니다."

"키사라기…."

철괴왕이 또 눈을 빛냈다. 파란 눈동자만이 아니라 은색 머리카락과 하얀 피부까지 반짝이는 것 같다. 눈길을 사로잡히지 않을 수가 없다. 굉장해.

"그렇다. 대영웅 키사라기의 친구가 놀의 터널을 탐색한다는 포고령을 내려 뜻 있는 남녀를 모집하는 것은 어떤가?"

"오오, 그건 좋은 생각이네요. 분명 망치질을 하던 손을 멈추고 참여하고 싶어 하는 자도 많겠지요. 키사라기는 여성들한테도 인기가 높으니 효과는 절대적이라 봅니다."

"내 딸이 홀딱 반한 남자니까."

고트헬드가 약간 쓴웃음을 띠며 말했다.

"…따님은 드워프지요?"

하루히로가 묻자 고트헬드는 당연하다며 고개를 끄덕였다.

"키사라기를 따라가서 해적을 하고 있다. 정처 자리를 차지하면 좋으련만 놈 옆에는 좋은 여자가 몇 명이나 있으니까. 어떻게 될지."

하루히로는 궁금해져서 힐끔 철괴왕의 표정을 살폈다. 예상대로 눈을 내리깔고, 무척 쓸쓸한 것 같다고나 할까, 슬픈 것 같다고나 할까, 안타까운 것 같다고나 할까. 보고 있는 하루히로까지 가슴이 아파졌다.

"사실을 말씀드리자면, K&K 해적 상회에는 앞서 심부름을 보내놨는데."

빨간 수염의 좌대신이 밝혔다.

"에메랄드 제도는 멀기 때문에 대답은 아직 오지 않았지만 키사라기는 '의(義)를 보고 행하지 않음은 용기가 없음이니라'라는 격언을 그대로 실천하는 사내다. 어쩌면 그 남자라면, 노 라이프 킹이 이끄는 제왕 연합과의 전쟁 때에도 중립을 지켰던 자유 도시 베레까지 움직여줄지도 모르지."

"쓸데없는 꿈을 꾸는 것은 그쯤 해두시지, 좌대신님!"

검은 수염의 친위대장이 탁자를 두드렸다.

"그 인간에게 그 정도의 힘이 있을 리가! 외부인들에게 기대지 않아도, 우리 드워프는 적을 박살 낼 수 있다! 그런 기개가 치명적으로 부족하다! 드워프는 사나이가 아니게 되었다! 지금이야말로 사나이의 긍지를 되찾아야 해!"

"빨간 수염, 로엔."

철괴왕은 좌대신과 친위대장, 그 밖의 모두를 둘러보았다. 이제 눈을 반짝거리지 않는다. 의젓한 모습이었다.

"하르메리알 님, 엘타리히 님, 고트헬드, 이츠쿠시마, 닐 경, 하루히로, 세토라. 짐도 미력하나마 최선을 다하겠다. 아무쪼록 힘을 빌려주었으면 한다. 만에 하나, 이 철혈왕국이 함락되는 일이 있다면 그림갈은 오크와 언데드에게 유린당하겠지. 이번 남정을 주도한 오크의 대왕 디프 고군은 오크 각 씨족을 지배, 혹은 예속시키고 언데드를 압박해서 모든 종족이 두려워한다고 한다. 오크 밑으로는 결코 들어가려 하지 않는 우리를 단숨에 몰아내고 패권을 확립하고자 꾀하는 위험한 남자다. 적에게 항복할 수는 없다. 화평의 길은 없다. 우리는 반드시 승리해야만 한다."

좌대신과 친위대장 고트헬드는 지당하신 말씀이라고 힘주어 대답했다. 엘프들은 우아하게 자기 어깨에 손을 대고 절했고, 하루히로 일행은 저마다 짧은 말로 대답했다.

철괴왕이 자리에서 일어섰다. 회의가 끝난 것이다.

대왕 디프 고군. 처음 들었다. 하루히로 파티가 아직 모르는 사실이 엄청 많을 것 같다. 놀의 터널에 관해서는 물론이고, 그 외의 일들도 가능한 한 머릿속에 입력해두고 싶다. 서둘러 정보 수집을 하면서 터널 탐색 준비를 한다. 해야 할 일이 정해지니 조금 시야가 트이는 것 같은 느낌이 들었다.

"아앗."

닐이 당황하며 허둥지둥 철제 의자에서 일어섰다. 품에 손을 넣고 있다.

"총사의 친서, 아직 건네지 않았었다."

좌대신, 친위대장을 거느리고 방에서 나가려던 철괴왕이 발을 멈추고 돌아보았다. 문이 열린 것은 그때였다.

친위대인 검은 수염 드워프가 숨을 헐떡이면서 뛰어 들어왔다. 철괴왕의 맨얼굴을 보고 놀랐는지 펄쩍 뛰어 바닥에 조아린다.

"폐, 폐하…! 화, 황송하옵게도, 폐하의 용안을…."

"무슨 일이냐?!"

친위대장이 호통치자 검은 수염 드워프는 고개를 들었다.

"넷! 아뢰옵니다! 왕국 내에 갑자기 적이 출현해서 현재 교전 중…! 백성들도 무기를 들고 응전하고 있습니다만, 이미 다수의 사상자가 생긴 모양…!"

"뭐라고…."

친위대장 로엔은 할 말을 잃었고, 좌대신 악스벨드는 오른손으로 자기 이마를 때렸다.

철괴왕은 한순간 천장을 우러러보았다. 하지만 불과 한순간이었다. 그녀는 금방, 누구보다도 빨리 충격에서 회복했다.

"로엔은 왕국 내 방어 지휘를 하라. 짐은 선후책을 도모하겠다. 빨간 수염은 짐을 도우라."

"명을 받자옵나이닷!"

드워프를 초월한 친위대장의 거구가 문을 박살 낼 듯한 기세로 방에서 뛰어나간다. 악스벨드는 빨간 수염이 난 얼굴을 괴로운 듯 찡그리면서도, 일부러겠지, 웃어 보였다.

"이런, 선수를 빼앗긴 모양새지만 이렇게 된 이상은 사나이로서 싸울 뿐. 브라츠오드 가문의 수염에 먹칠을 한 자라 불린 이 몸이라도 드워프의 피가 흐르고 있습니다. 어쩌면 최후의 임무가 될지도 모르나, 노구를 이끌고 분발하겠나이다, 폐하."

"그대는 짐 밑에서 더 일을 해주지 않으면 곤란하다. 짐은 그대만큼 언변이 능하지 못해."

철괴왕은 하루히로 일행 쪽으로 몸을 돌렸다. 근엄한 표정이지만 비장감은 없다. 그녀는 조금도 동요하지 않는 것이다. 그런 척 가장하는 건지도 모른다. 그렇다면 완벽한 연기다.

"여기는 철혈왕국, 드워프의 나라다. 엘프족, 인간족 분들을 무의미하게 죽게 만드는 일이 생긴다면 이는 드워프의 불명예. 반드시 우리가 혈로를 뚫어 대피시켜드리겠소."

엘프의 족장 하르메리알은 고개를 가로저었다.

"폐하의 배려에 감읍할 따름입니다. 하오나 어떠한 운명이라도 우리 엘프는 드워프와 함께할 테지요. 이것은 그림자 숲의 엘프의 총의입니다."

닐이 하루히로의 팔을 잡았다. 입을 뻐끔거리며 묻는다.

'…어떻게 하면 좋아?'

하루히로는 세토라를 봤다. 네가 결정해, 하고 세토라의 눈이 말하고 있다. 세토라는 하루히로에게 책임을 떠넘기려는 것이 아니다. 하루히로가 결정을 내리면 그에 따를 것이고, 그리 잘못된 선택을 하지 않을 것이라고 생각하는 정도로는 신뢰해주고 있는 것이다.

하루히로는 한 번 숨을 내쉬었다. 쓸데없이 의욕을 불사르는 것도 아니고, 소극적인 것도 아니고, 갈팡질팡하지도 않는다. 기억도 되찾았기 때문에 자기가 어떤 인간인지 하루히로는 대충 알고 있었다. 자기가 자기답게 있는 한은, 동료들은 하루히로의 선택에 몸을 맡겨주겠지. 이상하면 이상하다며 바로잡아주는 동료도 있다. 흔들리지 말아야 한다.

"우리도 할 수 있는 만큼은 하겠습니다. 우선, 버텨냅시다."

## 14. 더불어

하루히로와 세토라, 이츠쿠시마와 덤으로 대행 닐은, 방 밖의 엘리베이터 홀에서 기다리고 있던 멤버들과 합류했다. 동료들도 이미 상황을 들어서 알고 있었다.

"과연 손이 빠르네. 하긴 포르간이니까."

란타가 웃음을 띠고 입술을 날름 핥았다. 상당히 기세가 좋다.

"분명, 이 돌입에 맞춰서 적은 총공격을 감행할 거다. 보루를 통과해서 대철거문까지 돌파당하면 아무래도 위험할 테지."

"그보다 왜 즐거운 것 같지요? 란타 군, 머리가 이상해졌나…?"

"얼간이. 핀치는 언제나 최대의 찬스라고."

"아니, 글쎄요. 핀치는 핀치라고 생각하는데."

유메가 응응 고개를 끄덕였다.

"핀치는 핀치라도, 피치피치 핀치니까."

무슨 말이야? 생각은 했으나 하루히로는 굳이 지적하지는 않았다. 유메는 언제 어느 때나 유메다. 그걸로 좋다.

쿠자크만 봐도, 비관적인 말을 하는 것치고는 침착하다. 마음이 약해져도 다시 다잡고 버틸 수 있는, 금방 회복되는 강함을 갖고 있다. 자기 몸을 돌보지 않는 점 말고는 걱정할 것 없다.

메리는 하루히로와 눈이 마주치자 후우, 숨을 내쉬고 나서 고개를 끄덕여 보였다. 긴장했으면서도 입꼬리를 싹 올리고, 무척 좋은 얼굴을 하고 있다. 정말로 좋은 얼굴이다. 어떤 얼굴을 해도 좋지 않은 일은 절대 없지만. 확실히 철괴왕은 기이할 정도로 아름답지만 메리는 특별하다. 어쩌면 하루히로에게만 그런 건지도 모른다.

하지만 그렇다면 그걸로 좋은 거고. 오히려 그편이 좋다고나 할까.

정신 놓지 마 하고 하루히로는 자기 자신에게 이른다. 아니, 정신을 놓고 있는 것은 아니다. 메리가 특별하다는 사실을 재인식한 것뿐이다. 그것은 매분 매초마다 새롭게 인식하고 있지만. 몇 번을 인식해도 어찌 된 영문인지 또 새로운 기분으로 인식할 수 있다.

아니. 안 된다. 이대로 두면 인식 루프에 빠져버린다. 하루히로는 자기 뺨을 때리고 싶어졌지만 그러지 않았다.

"목표를 정해두고 싶다."

세토라가 담담히 말했다. 목표. 그렇다. 대부분 세토라는 옳다. 항상 옳다고 말하고 싶지만 그건 엄격한 세토라가 인정하지 않을 테지. 실수하지 않는 자는 없다. 그러니까 항상 옳다는 말은 있을 수 없다. 세토라라면 그렇게 말할 것이다.

"이츠쿠시마, 하루히로 님."

빨간 수염의 좌대신이 불렀다. 다가오더니 손짓으로 이츠쿠시마와 하루히로를 더 가까이 부른다.

"긴히 의논하고 싶은 문제가 있어서. 이제부터 이 몸이 하는 말은 비밀로 해주길 바라오."

하루히로는 이츠쿠시마와 눈빛을 교환하고 나서 고개를 끄덕여 보였다. 좌대신 악스벨드는 빨간 수염 사이로 낮은 목소리를 냈다.

"우리 철혈왕국에는 대철거문과 뒷문인 와르타 문 이외에도 하나 더, 두레게 문이라는 출입구가 있다. 아니. 있었던 것이다. 과거에 대발명가 두레게가, 왕의 침소에서 엘리베이터와 자동 보행기를 경유해서 쿠로가네 산맥 동쪽으로 빠져나가는 통로를 개통했다. 이 비밀을 아는 자는 극소수…."

좌대신 왈, 두레게 이전에 두레게는 없었고, 두레게 이후에도 두레게는 없다. 그 발명가에게도 제자는 있었던 모양이지만 모두 스승에는 미치지 못했다.

두레게 문은 대발명가 사후에도 50년 동안 문제없이 계속 작동했다. 그러나 고장이 빈번해지다가 마침내 수리가 불가능해졌다. 그래도 기계를 인력으로 움직이는 장치를 도입해서, 10년 전까지는 왕의 긴급 대피용 탈출로 기능을 했다고 한다.

"허나 지금에 와서는 그리로 지나가는 것조차 지극히 곤란, 거의 쓸모가 없다."

철괴왕궁은, 철괴왕이 거주하는 이 하층부와 시가지로 통하는 상층부가 엘리베이터로 나뉘어 있다. 엘리베이터를 파괴하면 좁은 터널로밖에 오갈 수 없다. 이 터널을 무너뜨리면 하층부는 폐쇄된다. 만약 하층부까지 적이 침공한다고 해도, 알현실 문을 닫아버리고 농성하는 것도 가능하다.

최악의 경우, 철괴왕을 지켜낼 수는 있다. 하지만 알현실에서 농성할 경우, 생매장이나 별 차이가 없다. 발견하기 힘든 환기관이나 지하수를 퍼 올리는 설비, 비축된 식량 등이 있기 때문에 상당 기간 생존하는 것만은 가능한 모양이다. 단, 구조가 없으면 언젠가는 굶어 죽거나 환기관이 망가져 질식사하거나.

"즉⋯."

이츠쿠시마가 말했다.

"만일의 경우에는, 철왕궁 하층에 농성하는 것이 아니라 철괴왕 폐하를 어떻게든 피난시키고 싶다, 좌대신님은 그리 생각하는 건가?"

"바로 그렇다."

악스벨드의 눈동자는 한 점을 응시한 채 움직이지 않았다. 술에 취한 것도, 화가 난 것도 아닌 모양이니 그만큼 결의가 굳건하다는 것이리라.

"폐하는 승인하지 않으시겠지만 그 점은 이 몸이 목숨을 걸고 설득하겠다. 폐하와 수행원들만 철왕궁 밑에서 살아남는다고 해도 무의미하고, 폐하가 적의 손에 넘어가거나 목숨을 잃으시기라도 하면 우리 드워프는 마지막 한 사람이 될 때까지 싸울 것이다. 싸우다 죽는다면 영광된 일이라고 적지 않은 드워프는 생각하고 있다. …그러나 이 몸은 옛날 사람인지라, 드워프의 명맥을 여기서 끊어지게 할 수는 없다. 그러기 위해서는 어떻게 하든 폐하가 필요하다. 폐하만 계시면 우리 드워프는 쓰러져도 다시 일어설 수가 있다."

화상을 입을 정도의 열의다. 악스벨드는 강렬한 사명감에 불타고 있다. 그 이유랄까, 동기도 이해 못 할 것은 없다.

사실, 하루히로 같은 인간은 그 열기에 감화되어 힘을 보태겠다는 마음이 들기보다는 좀 뒷걸음질 치게 된다. 그렇다고 해서, 지푸라기라도 잡으려고 절박하게 내민 손을 쉽사리 떨쳐버릴 정도로 무자비해지지도 못한다.

어중간하다고 할까, 하루히로는 결국 평범한 인간인 것이다.

"…우리는… 뭘 하면?"

"폐하의 호위를 부탁하고 싶다."

악스벨드는 즉답했다.

"어디까지나 정세에 따라, 다른 방법이 없어진 경우이기는 하나, 폐하와 엘프의 중진만이라도 도피하게 해드리고 싶다. 그때 이 몸은 여기 남고 로엔을 붙여드릴 생각이다."

"그 반대여도 괜찮지 않나?"

이츠쿠시마가 퉁명스러운 말투로 말한다.

"내가 끼어들 만한 문제는 아니지만 힘이 센 자라면 얼마든지 대체할 수 있다. 하지만 드워프 중에 낭신만 한 인재는 또 없겠지."

"기쁜 말을 해주는군."

악스벨드는 수염 난 얼굴을 활짝 펴며 웃었다.

"그러나, 인간분들에게는 잘 와 닿지 않을지도 모르지만 이래 봬도 이 몸과 로엔은 아버지와 아들만큼 나이 차이가 있다네. 이 몸 입장에서 보면 그놈은 몇 살이 되어도 코흘리개 꼬마다. 아시는 바와 같이 정상의 범주에서 벗어난 체격 때문에 귀신의 아이라는 둥, 오크의 아이라는 둥 뒷말을 듣고 종종 울상을 지었지. 어릴 때부터 그 녀석이 날뛰면 아무도 감당할 수 없었지. 지금도 성질이 급하지만 아랫것들을 잘 챙기는 면도 있어서 부하들은 진심으로 따르고 있지. 녀석은 좀 더 성장해줘야 해. 이 자리에서만 하는 말인데, 이 몸은 녀석이 폐하의 부군이 되길 바라고 있소. 물론 폐하의 뜻에 맡길 일이긴 하지만…."

"이제 됐어. 알았다, 영감."

란타가 좌대신의 어깨를 두드렸다.

"부탁받았는데 거절하는 건 사나이의 체면이 구겨지는 거니까. 당신들의 왕님에 관해서는 우리한테 맡겨둬."

히죽 웃고는 엄지를 척 세워 보인다.

"면목 없소."

좌대신은 란타에게 고개를 숙였다. 쿠자크가 중얼거린다.

"왜 란타 군이 멋대로 결정하는 건가요…?"

"부아보, 완전히 그런 흐름이었잖앗. 파루피로 녀석이 늘 그렇듯이 분명하게 굴지 않으니까. 아, 뭐, 그럼… 이런 식으로 대답하는 것보다는 내가 제대로 척척 결정하는 게 각이 잡히잖아. 아무리 생각해도."

"모르는 바도 아니다."

세토라가 즉각 동의한 것은 하루히로로서는 약간 쇼크였다. 뭐, 아주 약간만이다. 맺고 끊는 게 확실치 못한 인간이라는 것은 스스로도 알고 있다.

"아니, 나를 무시하지 말라고…."

닐이 구시렁구시렁 말했지만 신경 쓸 때가 아니다.

하루히로 일행은 좌대신과 재빨리 이야기를 마무리 지었다.

친위대장 로엔은 이미 철왕궁을 나가 시가전 지휘를 하고 있을 것이다. 철괴왕과 칠왕궁 하층 경비를 맡은 친위대, 좌대신, 하루히로 팀도 이제부터 상층으로 이동한다. 만약 시가전을 우세하게 진행시킬 수 있을 것 같으면, 그것으로 좋다. 그러나 전황이 바람직하지 않으면 철괴왕을 즉각 브라스오드가의 사저로 호송. 여기에는 족장 하르메리알 등이 중심이 된 엘프들도 가급적 동행시킨다. 그리고, 결국 어쩔 수 없는 상황이 되면, 친위대장 로엔을 다시 불러들여 탈출 부대를 편성, 철괴왕 팀을 와르타 문을 경유해 철혈왕국에서 벗어나게 한다.

좌대신은 본인이 선언한 대로 최후까지 철혈왕국에 남아서 싸운다. 그의 결의는 아무도 꺾을 수 없다. 게다가 그는 강인한 드워프다. 빨간 수염에 언변이 뛰어난 악스벨드에게는 아들이 둘, 딸이

셋, 손주가 여섯 있다. 쿠로가네 산맥을 떠난 뒤에도 명문 브라츠오드가의 피를 이어받은 드워프들이 철괴왕을 모시게 될 것이다.

빈틈없는 악스벨드는 미리 탈출 후의 계획까지 마련해놓은 모양이다.

드워프족은 쿠로가네 산맥을 근거지로 삼기 전에 이곳저곳의 산지에 갱도 도시를 건설했다. 그것들은 전부 침공당해 파괴되거나 여러 가지 이유로 방치되거나 했다. 그렇게 방치된 갱도 도시 중에, 극히 소수이긴 하지만 정비하면 살 수 있을 만한 곳이 남아 있다고 한다.

악스벨드는 쿠로가네 산맥에서 수백 킬로 동쪽, 창산의 구갱도(舊坑道) 도시를 점찍어놓았다. 더욱이 200킬로미터 북쪽인 쿠아론 산맥에 있는 구갱도 도시도 소재지가 특정되어 있다. 특히 창산의 구갱도 도시는, 브라츠오드가의 사비를 투자해 일족의 가신들을 파견해서, 수십 명에서 백 명 정도가 장기 체재할 수 있는 상태가 되었다고 한다.

안내는 올해로 135세인 나이 많은 드워프 우테판이 맡는다. 원래 브라츠오드가의 직계로 악스벨드의 숙부에 해당하지만 방탕하고 자유분방한 생활을 해서 젊었을 때 파문당했다. 그런데 본인은 차라리 잘됐다는 듯이 나라를 떠나 전 세계를 떠돌며, 사실인지 거짓인지 모르지만 붉은 대륙에서 크게 이름을 떨쳤다고.

하루히로 팀은 이츠쿠시마, 닐, 고트헬드와 함께 엘리베이터를 타고 철왕궁 상층으로 향했다.

철왕궁 안은 상당히 어수선했다. 철왕궁 정면 대철괴왕문은 전선 기지가 되어 특히 뒤죽박죽이었다.

열린 대철괴왕문 앞에 바리케이드가 설치되고, 총을 든 친위대인 검은 수염 드워프가 배치되었다. 문 상부의 노대에도 총사가 있는 모양이다.

대여섯에서 열 명 정도의 친위대와 빨간 수염대의 소부대가 대철 괴왕문에서 우르르 큰길로 나갔다.

철혈왕국은 본래 공기가 별로 깨끗하지는 않지만 그렇다 해도 메 케했다. 총의 화약 탓인가? 금속 같은, 가루 같은 독특한 냄새가 난 다. 초연일까? 대철거문 부근에서는 아무도 발포하지 않은 모양이 지만 거의 끊임없이 총성이 울리고 있다. 하늘이 없는 철혈왕국은 소리가 반향하기 때문에 귀가 아플 정도다.

하루히로 일행은 바리케이드 근처까지 걸어갔다. 메리가 하루히 로, 란타, 쿠자크, 유메, 세토라, 이츠쿠시마에게 보조마법을 걸어 준다. 신관의 광마법이 지켜주기도 하고 힘을 더해주기도 하는 것 은 광병신 루미아리스를 상징하는 육망성과 관계가 있는 듯, 여섯 명까지다.

"나는…?"

닐이 불만스러운 얼굴을 했다.

"미안해요."

메리가 재빨리 사과하자 닐은 어깻짓을 해 보이더니 더는 아무 말도 하지 않았다.

란타가 바리케이드를 지키고 있는 검은 수염 드워프 총사에게 물 었다.

"어떻게 배치한 거야…?!"

"내가 어떻게 알아!"

검은 수염 드워프가 총구를 들이대려고 해서 란타는 게거품을 물었다.

"…위험하잖아! 폭발하면 어떻게 해!"

"인간 시체가 하나 완성될 뿐이다!"

"드워프 조크는 전혀 웃기지 않아!"

"조크일까…?"

쿠자크가 중얼거렸다. 그 말이 들린 모양이다. 검은 수염 드워프가 웃는 것을 보니 일단 조크였던 건지도.

또 빨간 수염대 여섯 명이 바리케이드 저편으로 달려갔다. 그 밖에도 스무 명 정도의 드워프가 대철괴왕문 부근에서 출격 준비를 기다리고 있다.

"로엔 친위대장님이다!"

노대 위의 드워프가 목청을 드높였다.

"로엔!"

"로엔!"

"로엔!"

"로엔!"

검은 수염 드워프들이 저마다 연호한다. 큰길에서 되돌아오는 부대 선두에 선, 온통 검게 차려입은 드워프는 명백하게 컸다. 어디에서 어떻게 봐도 친위대장 로엔이다. 두 어깨에 뭔가 짊어지고 있다. 무기 종류는 아닌 것 같다.

"대장님을 엄호…!"

아까 란타에게 조크를 날렸던 검은 수염 드워프가 큰 소리로 명령했다. 곧바로 바리케이드의 검은 수염 드워프들이 일제히 총을 받든다. 만약 로엔의 부대를 쫓아오는 적이 있다면 총격을 퍼부어 후퇴시키려는 것이리라.

초연 때문에 잘 보이지 않지만 보아하니 적의 추격은 없었던 것 같다. 로엔이 바리케이드를 우회해 다가왔다.

"적은?!"

하루히로가 묻자 로엔은 살기를 품은 무시무시한 눈길로 노려본다. 투구도, 갑옷도 새카매서 지금까지 몰랐지만 그는 피투성이였다. 좌우 어깨에 검은 수염 드워프를 한 명씩 둘러메고 있다.

"치료를…!"

메리가 뛰어나가려고 하자 로엔은 고개를 가로저었다. 양쪽 어깨에서 두 명의 드워프를 내려 땅바닥에 눕힌다.

"소용없다. 이미 숨이 끊어졌다."

로엔만이 아니었다. 그를 따라 돌아온 검은 수염 드워프들도 동포의 시신을 운반해 왔다. 친위대인 검은 수염 드워프만이 아니다. 빨간 수염 드워프도 있다. 모두 적의 총을 맞은 모양이다. 순식간에 여덟 구의 시체가 나란히 눕혀졌다.

"시중은 이미 혼란의 도가니다. 대철거문과 연락이 되지 않아."

로엔은 훗 하고 강하게 콧김을 내뿜었다. 눈에 핏발이 서 있다.

"우선은 대철거문과의 전달로를 확보해야 한다. 적의 침입구는 하나인지, 몇 개가 있는 건지, 어느 정도의 적이 쳐들어오고 있는지. 할 일이 많다! 살아남고 싶으면 네놈들도 거들어!"

"…그렇게 말해도."

솔직히, 하루히로의 머릿속은 이미 와르타 문으로 철괴왕을 탈출시키는 일로 꽉 찼다. 철혈왕국은 버티지 못한다. 최전선에서 시가

전 지휘를 하겠다고 용감하게 출격한 친위대장이 부하를 죽게 하고 맥없이 돌아온 것이다. 빨리 포기하는 게 좋다. 아니, 하루히로는 내심 이미 포기했다.

한편으로는 로엔의 심정도 이해할 수 있었다. 이 갱도 도시는 드워프들의 고향이다. 모국인 것이다. 아무래도 지켜낼 수 있을 것 같지 않아, 그러니 버리자, 이런 식으로 마음을 접는 것은 간단한 일은 아니겠지.

"대철거문의 상황을 알면 되는 거지요?"

하루히로가 그렇게 말하자 란타가 말리려고 했다.

"어이, 하루히로, 너⋯."

"나 혼자서 다녀온다. 그편이 움직이기 쉽고. 어차피, 대철거문이 파괴되었는지 아닌지는 확인해야 해."

"그야 맞는 말이야."

닐이 똑똑한 체하는 표정으로 고개를 끄덕였다.

"좋아. 그럼 나와 하루히로가 각각 다른 루트로 대철거문을 보고 오지. 정확성을 기하고 싶은 상황이니까. 만약을 위해 이건 맡겨둔다."

품에서 뭔가를 꺼냈다. 세토라에게 건넨다. 진 모기스 총사의 친서다. 도망칠 생각이구나 하고 하루히로는 생각했다. 그것이 닐이 살아가는 방식이겠지. 어쩔 수 없다고나 할까, 내가 뭐라고 할 입장은 아니다.

"돌아오지 않아도 너는 기다리지 않겠다."

세토라가 차갑게 닐에게 말했다. 닐은 입을 일그러뜨리며 어깻짓을 했다.

"애초부터 기대도 안 했어."

"바로 그런 점이…."

쿠자크는 한숨을 쉬었다.

"하루 군!"

유메가 힘내라는 듯이 주먹을 쥐어 보인다. 메리는 하루히로와 눈을 마주치고 고개를 끄덕였다.

"반드시 무사히 돌아와라."

로엔이 하루히로와 닐의 어깨를 잡았다. 어쩌면, 본인으로서는 가볍게 손을 올려놓으려고 했던 건지도 모르지만 살짝 아프다. 손의 두께도, 손가락 굵기도 보통이 아니고, 엄청난 힘이다.

"…다녀오겠습니다."

하루히로는 로엔의 커다란 손을 뿌리치고 몸을 돌렸다. 종종걸음 정도의 속도로 바리케이드를 돌아 큰길로 향한다. 닐은 아직 하루히로를 따라오고 있다.

대철괴왕문에서 떨어지면 떨어지는 만큼 초연이 짙어지고 총성이 시끄러워졌다. 드워프들의 외침 소리도 들린다. 하루히로는 드워프의 시체를 뛰어넘었다. 친위대도, 빨간 수염대도 아니다. 상반신이 알몸인 남자였다. 대장간 일을 하던 도중에 무기를 들고 응전하려다가 어딘가를 총에 맞은 건가? 여기까지 도망을 오기는 했으나 힘이 다한 건지도 모른다. 그런 드워프가 여기저기에 쓰러져 있다. 수염이 북슬북슬한 남성 드워프만이 아니다. 인간족의 다부진 소녀 같은 체형의 여성 드워프도 있다. 보기에 절반까지는 안 되어도 30퍼센트 정도는 여성인가?

이제 곧 최초의 큰 네거리다. 닐은 아직 하루히로에게서 떨어지지 않는다.

네거리 오른쪽 방향에서 엄청난 총성이 울리더니 초연이 돌풍처럼 밀려왔다. 카아앗, 우웃, 우와앗, 그런 목소리가 뒤섞여서 울려 퍼진다.

"…여기까지 적이 와 있는 건가!"

닐은 하루히로에게 말한 것이 아니었다. 자기도 모르게 중얼거린 것이겠지.

하루히로는 길가로 붙었다. 의식을 쓱 가라앉힌다. 스텔스.

네거리 오른쪽의 총성은 금방 멎었다.

나왔다. 적이다. 황토색 피부. 등이 굽었고 상체가 기이하게 발달했다.

헤즈랑이다.

총을 들고 있다. 수는… 10인가? 20인가? 아니, 좀 더 있다. 총이 아니라 미늘창 등의 무기를 손에 든 헤즈랑도 있고, 방어구는 제각각이다. 체인 메일을 입었거나, 몸통갑옷을 둘렀거나. 반라에 투구만 쓴 헤즈랑도 볼 수 있었다. 그들은 네거리 한복판으로 몰려들어 대열을 짜려는 모양이었다.

한 명의 헤즈랑에게 눈길이 멈췄다. 그가 입은 옷은 잠보나 고도 아가쟈와 같은 디자인의 것이다. 총을 번쩍 쳐들고 우오우웃, 우오우웃 비슷하게 투박한 소리를 지르고 있다.

와보다. 그가 탈주 헤즈랑들의 지도자일 것이다. 헤즈랑들이 저마다 그의 이름을 외쳐댔다.

"와보!"

"와보!"

"와보!"

"와보!"

헤즈랑은 철혈왕국에서 강제 노역에 종사했었다. 틀림없이 드워프들과 철괴왕을 원망하고 있을 것이다. 탈주 헤즈랑 부대는 이대로 큰길로 돌진해서 철왕궁을 공격하려는 모양이다.

닐은 큰길에 면한 건물들 사이로 파고들려고 했다. 하루히로는 닐에게 다가가 소매를 잡았다.

'…뭐 하는 거야? 놔.'

닐이 하루히로를 노려보며 입을 움직인다. 하루히로는 시선으로 탈주 헤즈랑 부대를 가리키고 나서 철왕궁 쪽을 보았다.

'돌아가서 저놈들에 관해 보고해줘. 나는 대철거문으로 간다.'

'내가 왜?'

'됐으니까 빨리.'

하루히로는 닐의 소매를 힘껏 잡아당겼다. 이 남자는 의외로 세게 밀어붙이면 넘어가는 구석이 있다. 결국 내키지 않아 하면서도 닐은 철왕궁 쪽으로 돌아갔다.

탈주 헤즈랑 부대는 이제 100명 정도로 늘어났다. 후속 부대는 없는 모양이다. 와보가 머리 위를 향해서 발포했다.

"우리는! 헤즈랑이 아니다! 흙 드워프…!"

헤즈랑들이 일제히 복창한다.

"우리이! 흙 드워프…!"

보아하니, 우리는 헤즈랑이 아니라 흙 드워프다 하고 말하는 모양이다.

"가라, 가라, 가라아아아아앗…!"

와보의 호령이 떨어지자, 탈주 헤즈랑 부대가 행진하기 시작했다. 모두 거의 뛰다시피 했다. 엄청난 박력이다.

아무러면 대철괴왕문이 부서지지는 않겠지. 그렇기는 해도 양쪽이 총을 들고 있다. 상당히 격렬한 싸움이 되지 않을까?

불안은 하다. 동료들이 걱정이다. 하지만 시금 하루히로가 돌아가봤자 뭘 할 수 있는 것도 아니다.

하루히로는 네거리를 오른쪽으로 걸어갔다. 끊임없이 어디선가 총성이 울린다. 하루히로는 검과 도끼를 들고 우왕좌왕하는 드워프 남녀를 종종 발견했다. 이미 총을 맞은 드워프도 적지 않았다. 그런 드워프를, 좀 떨어진 곳에서 적이 저격한다. 가슴과 등, 머리를 맞고 쓰러지는 드워프도, 총알이 빗나가 목숨을 건진 드워프도 있었다. 한 번 죽음을 면했다고 해도, 자기를 쏜 적을 찾으려고 두리번거리고 있다가는 또 저격당한다. 건물 안으로 도망치는 드워프도 있었다. 그러자, 녹색 망토를 걸친 구모 레인저와 오크, 언데드들이 도망친 드워프를 추격해서 건물로 뛰어들었다. 친위대인 검은 수염 드워프들과 빨간 수염대는 좀처럼 적을 포착하지 못하는 모양이다. 적에게 맞으면 반격한다. 하지만 그때에는 이미 적은 흩어져버린 후였다. 하루히로는 화살을 몇 대나 맞고 죽은 검은 수염 드워프를 봤다. 적은 활과 석궁도 사용하는 모양이다. 접근전도 하는 모양이었다. 머리가 반쯤 깨지고 온몸에 상처가 있는 오크가 빈사 상태로 기어가고 있었다.

대철거문으로 이어지는 큰 터널 앞에는 바리케이드가 있었다. 바리케이드 주변에는 드워프와 오크의 시체들이 널브러져 있었지만 현재 전투가 진행되는 것 같지는 않았다.

하루히로는 스텔스 상태를 유지하며 바리케이드로 다가갔다.

바리케이드 위에서 누군가가 얼굴을 내밀었다.

엘프다. 여성인가? 엘프는 흰 피부라는 인상이 있다. 그녀는 달랐다. 햇볕에 탄 것일까? 밝고 엷은 다갈색이랄까, 황금색이랄까, 그런 색의 피부다.

"…어."

하루히로는 순간 멍해졌다. 들켰다. 아무래도 하루히로는 그 엘프에게 들킨 모양이다. 하루히로로서는 확실히 스텔스가 들어갔다는 감각이 있었기 때문에 발견될 거라고는 생각지도 못했다. 그러나 명백히 엘프와 눈이 마주쳤다.

"인간…?!"

엘프는 순식간에 활을 들었다. 물론 하루히로는 간이 콩알만 해진 상태였지만 어찌할 바를 몰라 굳어버린 것은 아니었다. 화살이라면, 사수의 움직임이 보이면 피할 수 있을지도 모른다. 하지만 뭔가 이상하다. 저 엘프 사수, 활을 들 때까지는 재빨랐다. 단, 마음이 없다고나 할까. 쏠 의도가 없는 건가? 그런 느낌을 하루히로는 받았다.

그 느낌이 맞았던 것이겠지.

"움직이지 마."

바로 옆에서 목소리가 들렸다. 왼쪽이다.

하루히로는 숨을 헉 들이켜고 안구만 움직여 왼쪽을 봤다.

어느 틈에. 전혀 알아차리지 못했다. 다른 엘프가 하루히로에게 나이프를 들이대고 있다. 그 칼끝이 하루히로의 목덜미에 닿았다. 아주 약간이지만 살갗이 쓱 베였다.

그 엘프는 사수 엘프 여성보다도 피부가 더 검었다. 회색이다. 설마, 회색 엘프라는 건가? 하루히로는 혼란스러웠다. 회색 엘프라면, 인간족과 드워프와 손을 잡은 그림자 숲 엘프와 달리 노 라이프 킹 편에 붙었다고 했다. 적인 것이다.

"웬 놈이냐?"

회색 엘프가 물었다. 오히려 내가 물어보고 싶은데. 하루히로로서는 그렇게 생각하지 않을 수가 없었다.

"의용병단… 아니, 그게 아니라, 변경군… 이라고 하는데, 아십니까?"

상대방이 마음만 먹으면 한순간에 하루히로의 목을 베어버릴 수 있다. 하루히로로서는 그리 세게 나갈 수가 없다. 애초에 드센 인간도 아니고.

"그게, 일단, 아군이라고 생각하는데요, 아마도. 로엔 친위대장의 부탁으로 대철거문 상황을 보러 온 겁니다. 참고로, 하루히로라고 합니다."

"티바하."

사수 엘프 여성이 회색 엘프에게 말했다. 티바하라는 것은 회색 엘프의 이름이겠지.

"죽이지 않아도 돼. 일단 아군 같으니."

"네, 루메이아 님."

티바하는 나이프를 거두었다. 그러나 노란색 눈동자로 빤히 하루히로를 응시하고 있다.

"이리 와, 하루히로."

티바하가 루메이아라 부른 여성 엘프가 손짓한다. 하루히로는 시키는 대로 바리케이드 너머로 돌아갔다. 티바하도 따라왔다. 하루히로의 뒤에서 떨어지지 않았고, 무슨 일이 있으면 당장 죽여버리겠다는 노림수가 뻔히 보였다. 별로 숨길 생각도 없겠지. 티바하는 활과 화살통을 등에 메고 있는데, 나이프만이 아니라 가느다란 검도 허리에 찼다. 상당한 실력자일 것 같다. 정면 승부라면 하루히로에게 승산은 없을지도 모른다.

바리케이드 너머에는 빨간 수염의 드워프 총사 열 명과 엘프 궁사가 열다섯 명 정도 있었다.

"나는 아를라로론의 루메이아."

루메이아는 예상 밖으로 붙임성 좋은 웃음을 띠고 오른손을 내밀었다. 그녀의 귀는 길고 뾰족했고, 여기에는 엘프 궁사들이 있다. 그녀는 엘프다. 그렇지만 엘프답지 않다. 무엇보다도 가슴과 허리를 얇은 천으로 가리기만 한 낯 뜨거운 복장은, 이건 좀 아니지 싶다.

"루메이아 님은 5궁 중 한 분으로, 아를라로론가의 당주시다."

티바하가 툭 던지듯이 말한다. 하루히로는 루메이아의 손을 잡았다. 루메이아는 손을 꽉 잡아 악수하고는 놓더니, 허물없이 하루히로의 팔을 손바닥으로 찰싹찰싹 때렸다.

"일단 엘프 궁사대 대장 같은 일을 하고 있다. 실제로 여러 가지 일을 하는 것은 티바하지만. 티는 대단하거든. 나보다 활 솜씨가 좋아. 날아다니는 벌을 맞히는 궁사는 엘프 중에서도 흔치 않으니까."

"…나는 순혈 엘프가 아니라서."

티바하가 주저하는 느낌으로 말하자 루메이아는 윙크를 해 보인다.

"의외로 그게 좋은 건지도. 뭐든지 좋지만. 궁사는 활이 생명이고, 그래서 이미 오래전부터 다들 티를 인정했으니까. 당신이 실력으로 모두를 인정하게 만들었다고 하는 편이 좋을까?"

"…그만해주시지 않겠습니까? 루메이아 님."

"쑥스러워할 것 없는데."

"그게 아니라…."

티바하가 눈을 치켜뜨고 하루히로를 본다.

"아아, 그런가."

루메이아는 웃었다.

"이런 이야기를 하고 있을 때가 아니었지. 뭐더라? 로엔 씨가 보고 오라고 했다고? 안쪽은 심하지?"

"분명히 심하긴 한데요…."

당신의 심각성이 결여된 듯한 태도와 가벼운 언동도 상당히 심하네요.

하루히로는 그렇게 말하고 싶어졌지만 참았다. 지금은 마음을 다잡고 실용성을 따져야 한다. 그러지 않으면 루메이아한테 휩쓸릴 것 같다.

"대철거문 상황은 어떤가요?"

"미늘창 보루가 함락되어서."

꽤 심각한 사태라고 생각하는데 루메이아는 태연히 대답했다.

"이쪽 보루는 남은 게 둘. 도끼 보루는 원래 가장 탄탄하고 굳건했으니 꿈쩍도 하지 않지만 대검 보루는 좀 위태로운 느낌. 대검 보루까지 함락되면 꽤 위험하겠지? 우리 엘프도 검사대와 주의대가 대검 보루에 몰려 있으니 남 일이 아니지만."

마치 남 일처럼 말한다는 생각밖에 안 드는데요.

하루히로가 딴지를 걸고 싶은 심정을 애써 참았다.

"...역시 적은 총공격을 감행해오고 있군요."

"그러네. 완전히 그래."

루메이아는 그렇게 말하더니 대터널 쪽으로 시선을 향했다. 아주 약간 눈을 가늘게 뜬다. 티바하의 긴 귀가 쫑긋쫑긋 움직였다.

"티."

루메이아가 티바하를 불렀다. 티바하는 네 하고 짧게 대꾸한다. 루메이아는 하루히로의 팔을 가볍게 두드리고는 달려 나갔다. 따라와, 이런 뜻이겠지. 따라가야 하는 건가? 하긴 흘러가는 상황을 보면 아무래도 가는 수밖에 없을 것 같다.

하루히로는 루메이아를 쫓아갔다. 여기저기에서 화톳불이 타오르는 대터널은 유난히 발소리가 반향한다. 하루히로와 루메이아의 발소리만이 아니다. 드워프들이 요란하게 뭔가 소리치고 있다. 여성의 것으로 짐작되는 높은 목소리도 들린다.

잠시 후 참상이 분명하게 드러났다. 대터널 출구는 대철거문인데, 그 바로 앞은 수많은 드워프들로 북적였다. 웅크리고 있는 드워프나 쓰러진 드워프도 있는 것 같다. 피와 땀 냄새가 충만했다.

"무슨 일 있었어?!"

루메이아가 외치자, 격분한 드워프의 목소리가 대답했다.

"도끼 보루가 넘어갔다! 한시라도 빨리 되찾지 않으면 위험해!"

"우와."

루메이아가 발길을 멈췄다. 한숨을 쉬더니 왼손으로 몇 번이나 자기 머리를 때린다.

"…그쪽인가? 예상이 빗나갔다. 그쪽이 먼저라고? 좋지 않네, 이건."

"문 앞의 수비를 굳혀라…!"

전선의 지휘관일까? 끊임없이 지시를 날린다. 여기저기에서 포효가 솟구친다. 드워프들의 사기는 떨어지지 않았다. 그늘의 기질을 보건대, 지는 싸움이라도 의기소침해지는 일은 없을 것 같다. 그러나, 마음으로는 지지 않는다 해도 총에 맞으면 죽어버린다. 불굴의 정신력으로 때울 수 있는 일과 없는 일이 있다.

"…랏…!"

전선의 지휘관이 호령한다. 발포음이 울려 퍼진다. 쏜 것은 대철거문을 지키는 드워프들일 것이다. 즉, 대철거문에 적이 다가왔다. 그런 뜻인가?

"쏴랏! 쏴라…!"

거의 끊임없이 울려 퍼지는 총성에 고막이 터질 것 같다고나 할까, 머리가 깨질 것 같다. 루메이아가 하루히로를 끌어안는 것처럼 당기더니 귓가에서 말했다.

"아마도 이건 버틸 수 없겠어! 서둘러 로엔 씨에게 알려드려!"

"루메이아 씨는?"

"글쎄, 잘 모르겠지만 내버려둘 수는 없으니 할 만큼은 하는 수밖에!"

엘프들은 그림자 숲의 아르노투를 잃고 철혈왕국으로 피난을 왔다. 사이가 좋다고는 할 수 없는 드워프족이 그들을 받아준 것이다. 의리 같은 것도 있을 테니 전황이 불리하다고 해서 내뺄 수는 없는지도 모른다.

"티바하 씨한테 뭔가 전할 말이 있나요?!"

"말하지 않아도 이쪽으로 오고 있는 것 같은 느낌이 드니까, 됐어!"

"알겠습니다. 무사하시기를!"

"그쪽도! 또 봐!"

루메이아는 웃는 얼굴로 손을 흔들었다.

하루히로는 달리기 시작했다. 대터널을 역주한다. 도중에 티바하를 비롯한 엘프 궁사들을 지나쳤다. 그들은 하루히로에게는 눈길도 주지 않았다. 하루히로도 굳이 말을 걸지 않았다.

대터널을 나가자 바리케이드 옆에 있던 드워프 총사가 하루히로를 보고 물었다.

"어떻게 됐어?"

뭐라고 대답하면 좋은 걸까? 무시해버릴까? 혹은, 차라리 거짓말을 할까? 대충 얼버무릴까? 하루히로는 그중 어느 것도 할 수 없었다.

"도끼 보루가 함락되었다! 적이 대철거문으로…!"

드워프 총사가 우오오오오오… 외치더니 바리케이드를 총으로 냅다 쳤다. 왠지 사과하고 싶어졌다. 물론 하루히로가 사과해봤자 소용없다.

바리케이드를 우회해서 시가지로 간다. 전속력으로 달릴 뻔했지만 안 된다. 서두르지 마. 의식을 가라앉히고, 스텔스한다.

첫 번째 길모퉁이를 돌았을 때, 일찌감치 적의 집단과 맞닥뜨렸다. 그렇기는 해도, 하루히로는 스텔스한 상태에서 길가로 살금살금 걸어가고 있었고 상대방은 이쪽을 눈치채지 못한 것 같았다.

언데드다. 그리고, 오크. 회색 엘프도 있다.

선두의, 온몸에 거무스름한 가죽인지 천 같은 것을 감은 언데드는 팔이 두 개가 아니었다. 네 개 있다. 다보아룸. 네 팔을 가진 불사족이다.

분명히 푸르간에 상당한 실력을 지닌 다보아룸이 있었다. 이름은 뭐라고 했더라? 그렇다.

아놀드.

언데드는 웬만해서는 구별하기가 힘들다. 게다가 직접 본 것은 한참 전이다. 확실하게 기억하는 것은 아니다. 하지만 네 자루의 칼을 든 저 다보아룸은 낯이 익은 것 같은 느낌이다. 역시 아놀드일까?

아놀드로 보이는 다보아룸이 이끄는 적 부대의 총수는 30명 전후. 대열 제일 뒤에 유난히 큰 오크가 있다. 저 체격. 짙은 남색에 은 꽃을 아로새긴 옷. 어깨에 커다란 칼을 둘러메고 유유히 걸어간다. 잘못 볼 리가 없다. 고도 아가쟈다.

아놀드와 고도 아가쟈. 잠보와 타카사기, 고블린 짐승술사 온사는 없는 것 같지만 포르간의 정예 부대겠지. 그런데 한 명, 헤즈랑이 섞여 있다. 아놀드 바로 뒤다. 길 안내를 하는 건가?

아놀드 부대는 어디를 목표로 이동하는 것일까? 생각할 필요도 없다.

대철거문이다.

안쪽에서 대철거문을 공격한다. 그것이 아놀드 부대가 노리는 바겠지.

대철거문으로 통하는 대터널 앞에는 바리케이드가 설치되었고 드워프 총사들이 배치되었다. 그러나 아놀드 부대도 열 명 이상이 총을 갖고 있는 모양인데, 지켜낼 수 있을까?

불확실하다. 무리 아닐까? 하는 느낌도 든다.

아놀드 부대가 바리케이드를 돌파해버리면, 대철거문 방어는 상당히 힘들어지겠지. 최악의 경우, 순식간에 아군은 전부 무너진다. 적의 전군이 대거 철혈왕국으로 쏟아져 들어오면 철괴왕을 피난시키는 것조차 힘든 상황이 된다.

물론 그것은 어디까지나 최악의 경우다. 드워프 총사들이 버텨낼지도 모른다. 원군을 요청할 수가 있다면 루메이아 이하 엘프 궁사들이 가세해줄지도 모른다. 그러면 선방할 수 있을지도 모른다.

아놀드 부대는 잇달아 모퉁이를 돌아 바리케이드 쪽으로 간다.

적은 아직 하루히로를 보지 못했다. 이대로 지나칠 수는 있을 것 같다.

그걸로 된 것 아닌가? 철왕궁으로 돌아가 친위대장 로엔과 동료들에게 최신 정보를 전달해야 한다. 그 정보를 근거로, 하루히로가 아닌 다른 누군가가 판단을 내리면 된다.

만약 하루히로가 지금 당장 결정해야 한다면, 어떤가?

아놀드 부대는 높은 확률로 드워프 총사들을 전멸시키겠지. 그 결과, 대철거문은 안팎에서 동시에 공격당한다. 드워프와 루메이아 이하 엘프들은 힘을 다해 분투한 끝에 한 명, 또 한 명씩 쓰러진다. 항복하는 드워프는 분명 없다. 엘프도 마찬가지겠지. 그들의 선택이다. 어쩔 수 없다. 하루히로가 알 바가 아니다.

고도 아가쟈가 모퉁이를 돌려고 했다. 하루히로는 길가에서 숨을 죽이고 그 거대한 뒷모습을 지켜보기만 할 생각이었다.

"…젠장."

중얼거리고 말았다.

고도 아가쟈가 발길을 멈췄다.

하루히로는 후회했지만 이미 늦었다. 아니, 어느 쪽이든 틀림없이 후회하게 되었을 것이다. 아놀드 부대를 못 본 척하든 그러지 않든, 결국 후회했을 것이다.

고도 아가쟈는 돌아보자마자 하루히로를 발견했다.

"아갓쟈아아!"

오크 언어겠지. 뭐라고 말한 건가? 그건 모르지만 고도 아가쟈가 거대한 칼을 쳐들고 덤벼든다. 거구인 것치고는 상당히 몸이 가볍다. 거구니까라는 고정 관념은 버려야 할 것 같다.

하루히로는 뛰었다.

고도 아가쟈의 큰 칼이 조금 전까지 하루히로가 서 있던 장소에 작렬한다. 위험한 소리가 들렸다. 암반을 깎아 평평하게 만든 지면이 폭발한 것 같았다.

하루히로는 달린다. 고도 아가쟈가 쫓아온다.

아놀드 부대는 총을 쏘지는 않을 것이다. 쏘고 싶어도 고도 아가쟈가 방해가 되어 쏠 수 없을 것이다. 그 정도 계산은 간신히 할 수 있었다. 지금은 그 정도밖에 하루히로는 생각할 수 없었다.

빠르다.

상상 이상이다.

오히려 상상을 초월한다.

고도 아가쟈. 엄청난 다리 힘이다.

하루히로는 길모퉁이가 보이면 꺾어들었다. 우회전, 좌회전할 때에는 얼마간 거리를 벌 수 있다. 하지만 직선 코스는 좋지 않다. 벌어지긴커녕 오히려 좁혀진다.

고도 아가쟈는 학학학학 숨소리를 내는 것 말고는 쓸데없는 소리를 내지 않는다. 큰 칼을 무턱대고 휘두르지 않는 것도 무섭다. 이 오크는 확실하게 거리를 계산하고 있다. 큰 칼을 내리쳤다가 빗맞으면 다음 기회가 멀어져버린다. 그래서 결정적인 기회를 호시탐탐 노리고 있다. 다음 한 방으로 확실하게 마무리할 셈이다.

만만히 보고 있던 건지도 모른다.

적당히 쫓아오게 하다가 지금이다 싶은 순간에 따돌린다, 하루히로는 그 정도로 생각했었다. 안이했다. 그렇게 말할 수밖에 없다. 철혈왕국에 관해 잘 알고 있었다면 그나마 방법이 있었을지도 모르지만 대충밖에 몰랐고, 지리를 잘 모르는 것은 피차 마찬가지라고 해도, 상대방은 고도 아가쟈 한 명뿐이 아닌 것이다.

"가우와아도, 나아유스라니아우에…!"

맞은편 왼쪽에서 들렸다. 고도 아가쟈의 목소리가 아니다. 분명 언데드다.

큰길에 나란히 면해 있는 드워프들의 공방 겸 주거지는 대부분이 단층집이다. 그 지붕 위를 언데드 한 명이 달리고 있었다. 사도류(四刀流)의 다보아룸. 아놀드다. 거의 하루히로와 나란히 달리고 있다.

하루히로는 차라리 눈을 까뒤집으며 쓰러져버리고 싶었다. 그럴 수도 없다. 당연하다. 알고 있다.

하지만 너무나 희망이 없다.

거리가 좁혀진 것 아니야? 이거.

이럴 때에는 어떻게 하면 좋은 건가?

안타깝게도, 머리를 굴려 도출해낸 방법은 아니었다. 생각할 여유가 전혀 없었다. 단지, 가장 할 것 같지 않은 일을 해서 의표를 찌르는 수밖에 없다는 발상은 있었던 것 같기도 하고, 없었던 것 같기도 하고.

하루히로는 급정지해서 뒤로 재주넘기를 했다. 당연히 고도 아가쟈 쪽으로 가게 된다.

칼을 맞을 일은 없겠지. 아마도. 하지만 발로 걷어차일지도 모른다. 저 오크에게 차이면 절대로 성치는 못할 것이다.

위험은 있다. 어차피 안전한 선택 같은 것은 없다. 어느 쪽으로 굴러도 위험 부담을 감수해야 한다. 도박이었다. 갬블은 좋아하지 않지만 이렇게 되면 어쩔 수가 없다.

"…두오앗…?!"

고도 아가쟈는 놀란 모양이다. 하루히로는 발에 차이지 않았다. 갑자기 굴러온 하루히로를, 반사적이었겠지, 고도 아가쟈는 펄쩍 뛰어넘었다.

의도했던 대로라고는 입이 찢어져도 말할 수 없다.

행운이었다. 정말로, 그뿐이다.

하루히로는 일어서자마자 몸을 돌려 뛰었다. 그쪽에는 아놀드 부대의 오크며 언데드며 회색 엘프며 헤즈랑들이 있다. 그들은 깜짝 놀란 모양이다. 무슨 일이 일어난 것인지 파악하지 못하고 있다. 당황하고 있다. 그렇다고 해서 이대로 돌격하는 것은 자살 행위다. 그런 일은 하지 않는다. 물론, 할 리가 없다.

드워프는 인간보다 키가 작다. 게다가 이곳이 갱도 도시라는 사정도 있다. 그들의 주거지는 하나같이 천장이 낮다.

　왼쪽의 공방 겸 주거지 지붕은 특히 낮아 2미터가 될까 말까다. 하루히로는 지붕 가장자리로 뛰어 단숨에 기어 올라갔다. 여기저기 지붕으로 튀어나온 관은 굴뚝이다. 굴뚝은 꺾어지거나, 지붕 위에 누워 있거나, 다른 굴뚝과 이어져 있거나, 갈라져 있거나 하면서 갱도 도시 천장을 향해서 뻗어 있다.

　하루히로는 복잡하게 얽힌 굴뚝 사이사이를 지나서 달렸다. 지붕에서 지붕으로 뛰어넘고, 오로지 달린다.

　대여섯 명의 오크, 언데드, 회색 엘프가 지붕으로 올라왔다. 고도 아가쟈도 지붕으로 올라오려고 한 모양이지만 그 키로는 갱도 도시 천장에 머리가 부딪쳐버리기 때문에 단념한 모양이다. 그래도, 큰길을 달려 아직도 하루히로를 쫓아오고 있다. 고도 아가쟈의 머리는 공방 겸 주거지 지붕보다 높은 위치에 있어서 현재 위치가 딱 보였다. 좀처럼 포기해주지를 않는다. 하지만 고도 아가쟈든, 지붕에 올라온 무리든 어떻게든 떨궈버릴 수는 있겠지.

　문제는 아놀드다. 저 다보아룸은 위험하다.

　아놀드는 하루히로의 왼쪽 비스듬히 뒤에서 쫓아온다. 비스듬히 뒤라고 해도 아주 약간이다. 거의 나란히 달린다고 해도 좋을 것이다. 3미터 정도밖에 떨어지지 않았다. 느낌상으로는 바로 가까이다.

　아놀드는 칼 네 자루 중 두 자루를 칼집에 넣었다. 그렇기는 해도 아직도 이도류다. 언제 휘두를지. 하루히로는 거의 전속력이지만 아놀드는 아직 여유가 있는 것 같다. 온다.

　이제 금방이다. 분명히 온다.

틀렸다.

아놀드에게 선수를 빼앗기면 분명 피할 수 없다.

"…큭…!"

하루히로는 과감히 대거와 불의 단검을 뽑으면서 지붕에서 뛰어내렸다.

즉각 아놀드가 쫓아온다. 하루히로는 착지해서… 오른손의 대거와 왼손의 불의 단검으로 아놀드의 칼을 튕겨낸 건가? 보아하니 그런 모양이다. 전혀 보이지 않았는데? 솔직히, 아놀드가 어떤 자세로 어떤 식으로 두 자루의 칼을 휘둘렀는지조차 하루히로는 알 수가 없었다. 큰길을 달려 도망친다.

"KYYYYYYYYYYYYYYYYYYYYYYYYYYYYYYYYY."

아놀드는 의문의 음성을 발하며 아직도 쫓아온다. 하루히로는 큰길에 면한 드워프 공방으로 도망쳐 들어가고 싶어졌다. 하지만 안쪽의 상황을 알 수 없다. 뒷문이 없다면 독 안에 든 쥐 꼴이 된다.

자기 자신을 탓하지 않을 수가 없었다. 이렇게 될 건 뻔히 예측할 수 있었는데, 어째서 아놀드 부대를 못 본 척하지 않았는가? 바보인가? 바보겠지. 그렇게 생각하지 않을 수가 없다. 안 그래도 바보인데, 더 바보가 되었다.

하루히로는 이제 무작정 달리거나 모퉁이를 돌거나 하고 있을 뿐이다. 아무런 목표도 없다. 완전히 대충이다. 다시 지붕으로 올라간 것도 그냥 그렇게 했을 뿐이다. 왠지 지금 지붕으로 올라가지 않으면 칼을 맞을 것 같은 느낌이 들었다. 앞쪽에 가느다란 굴뚝이 거미줄 같은 상태로 되어 있어 빠져나갈 수 있을 것 같지가 않다. 그래도 무리해서 굴뚝과 굴뚝 사이로 파고들어, 간신히 사이에 끼지 않고 빠져나오는 데 성공한 것은, 어쩌다가 잘 풀린 것뿐이다. 아놀드는 그곳을 빠져나갈 수 없다고 판단한 듯, 약간 멀리 돌았다. 그 결과 둘의 거리가 약간 벌어진 것도 그저 우연이다. 모처럼 차이를 벌려놨으니까 뭔가 할 수 없을까? 그런 생각을 하지 않은 것은 아니다. 하지만 무리였다. 아무튼 죽기 살기로 도망친다. 그것 말고 할 수 있는 일은 없다.

왜냐하면 내가 어디에 있는지도 모르는 것이다.

일단 철왕궁을 향해 가려고는 한다. 그것도 괜찮은 건지, 안 되는 건지. 그리 좋지 않은 것 아닐까? 철왕궁에 적을, 아놀드를, 고도 아가쟈와 아놀드 부대를 끌고 가는 셈이 될 것 같으니.

차라리 칼을 맞는 편이 좋을지도 모른다. 그런 생각이 뇌리를 스치기도 했다.

아니, 베이면 어쩌려고?

베이면… 죽잖아.

죽는 건 싫다. 죽고 싶지 않다고나 할까, 죽을 수는 없다고나 할까. 동료들이 없는 곳에서 죽는 건 좋지 않다고나 할까. 메리를 만날 수 없고. 메리를 슬프게 하고 싶지 않고. 메리만이 아니고. 죽을 수 없는 이유는 셀 수 없을 정도로 많다.

아무튼 용케 아직도 숨이 붙어 있네. 하지만 어떨까? 정말로 계속되는 걸까? 의외로 하루히로는 이미 숨을 쉬고 있지 않은 게 아닐까?

땀 때문에 앞이 잘 보이지 않는다. 땀을 흘린다는 것은 살아 있다는 건가?

살아 있는 거겠지. 그건 그렇다. 몸은 아직 움직이고 있다. 어째서 하루히로의 몸은 움직이고 있는 건가? 이제 신기할 정도다.

굴뚝을 피해 달리는 것은 슬슬 한계였다. 하루히로는 굴러떨어지는 것처럼 지붕에서 내려왔다. 바위를 다듬어 만든 바닥에 착지했더니, 무릎과 발목이 충격을 흡수하지 못한 것인지 고꾸라지는 것 같은 자세가 되었다. 하루히로는 넘어지지 않으리고 버티지는 않았다. 버티려고 해도 버틸 수가 없었던 것이다. 비스듬히 굴렀을 때, 아놀드가 다가오는 것을 알았다. 그 모습이 보였다기보다, 느껴졌다고나 할까. 아무튼, 어떻게든 알 수 있었다.

이건 칼을 맞겠구나 하고 생각했다.

하루히로로서는 몸이 구르던 반동을 이용해서 일어나 뛰어서 계속 도망치고 싶었다. 하지만 뛸 수 있을까? 자신이 없다.

"…타아아아―――――앗!"

그래서, 칼을 맞았다고 생각했다.

그런데도, 하루히로는 란타의 목소리를 들었다.

란타?

왜 란타가?

"…어?"

벌떡 일어나고 싶은 마음은 굴뚝같지만 하루히로는 널브러진 채로 있었다. 우선 숨을 들이켜고 싶다. 아니면 내쉬어야 할까? 호흡 방법을 모르겠다. 어쩌면 호흡기가 망가져버린 건지도 모르겠다.

당연히 괴롭다.

지금 이 순간까지 그토록 괴로웠는데, 묘하다. 왠지 꼭 그렇지만도 않은 것 같다.

졸린다고 할까. 졸린 것과도 다르다. 혹시나 의식이 멀어져가고 있는 건가? 기절하는 거라면 그건 그거대로 나쁘지 않은 것 같은.
차라리 기절해버리고 싶기도 한 것 같은.

"우랴아아앗! 크아아앗! 츠아아앗! 타아앗! 츠오옷!"

하지만 란타가 시끄럽다.

도대체 뭐야? 그 목소리는.

싸우고 있는 건가?

그렇다.

란타가 아놀드와 육박전을 벌이고 있다.

어째서 란타가?

모르겠다.

환상?

확인하려고 해도 잘 보이지 않는다. 시야가 흐릿해서, 뭐가 어떻
게 된 건지.

"…아앗…!"

하루히로는 두 손으로 얼굴을 비볐다. 숨을 쉴 수가 없다… 고?
그럴 리가 없다. 들이쉬고, 내쉰다. 내쉬면 다시 들이쉰다. 내쉰다.
그 반복이다. 할 수 있다. 그저 괴로운 것뿐이다. 참고 숨을 쉬는 동
안에 조금씩 나아졌다. 멀어져가는 의식을 끌어모아 되돌린다. 하
루히로는 억지로 몸을 일으켰다. 란타.

란타가 아놀드 주위를 뛰어다니고 있다. 암흑기사 특유랄까, 란
타다운, 숲속의 작은 동물 같은, 혹은 메뚜기나 그런 것을 연상시키
는 몸놀림으로, 아놀드 뒤로 돌아가려는 것인가? 아놀드도 그렇게
두지는 않으려고 란타를 네 자루의 칼로 견제한다. 그러나 란타는
아슬아슬한 타이밍에 피하거나, 자기 칼로 아놀드의 칼을 쳐내거나

하면서 더욱 집요하게 등 쪽을 노린다. 그래서 란타가 아놀드의 주위를 뛰어다니는 것처럼 보이는 것이다.

다보아룸의 네 개의 팔은 한낱 장식이 아니다. 아놀드의 칼이 닿지 않는 곳은 그 언데드 뒤쪽의 지극히 좁은 범위뿐일 것이다. 란타는 그 점을 알고 있어서 약점을 찌르려는 거이다.

아놀드 또한 자기 약점을 인식하고 있겠지. 지금은 오로지 란타의 공격을 처리하는 데 전념하는 모양이다.

"…란타."

힘내라. 응원하는 것밖에 하루히로는 할 수가 없다. 아직 몸이 제대로 움직이지 않고, 섣불리 끼어들었다가는 란타를 방해하게 된다.

란타는 집중하고 있다. 아놀드 뒤로 돌아가려는 움직임은 점점 빨라지고 날카로워진다. 구체적으로는, 내디딜 때마다 란타의 한 걸음 한 걸음은 크고 깊숙해졌다.

반면에 아놀드는 그 자리에서 거의 움직이지 않는다. 아니, 움직일 수가 없는 것이다. 란타의 포위망은 서서히 좁혀진다. 아놀드는 이제 몸의 방향을 바꿔 네 자루의 칼을 휘두르는 것밖에 할 수가 없다. 란타가 아놀드를 몰아붙이고 있다. 그렇게 보였다.

하지만 여기서부터다. 하루히로는 과거에 아놀드가 싸우는 것을 본 적이 있다. 저 다보아룸은 몰린 후부터가 더 강하다.

"조심해, 란타…!"

하루히로가 말할 필요도 없이 란타는 틀림없이 알고 있다. 그래도 말하지 않을 수가 없었다.

란타는 번쩍이는 것처럼 달린다. 아놀드는, 일부러겠지, 앞으로

나아가 란타 정면에 섰다. 두 자루로 란타의 칼을 막아내고, 나머지 두 자루로 반격하려는 건가? 다보아룸이기에 쓸 수 있는 기술이다.

"자기류!"

란타는 비스듬히 오른쪽 아래에서 퍼 올리는 것처럼 칼을 휘둘렀다.

"…비뢰신(飛雷神)…!"

아니, 아니다.

하루히로 눈에는 란타의 칼이 한순간 사라진 것처럼 보였다. 그랬나 싶더니, 란타는 칼을 두 손으로 쥐고 있었다. 찌르기인가?

찌르기 자세다.

"큭…!"

아놀드가 물러서려고 한다. 그것을 란타가 찌른다. 양손 찌르기다. 단발성이 아니다. 아놀드는 몸을 틀기도 하고 칼로 빗나가게 하기도 하며 란타의 연속 찌르기를 피하고 있다. 직격은 간신히 피한 모양이지만 아놀드의 온몸에 감고 있던 검은 가죽인지 천인지가 찢어져 펄럭거렸다. 노출된 흙색 피부에 검은 열상이 새겨졌다.

란타가 압박하고 있다.

제발 이대로 계속 끝까지 몰아붙여줘. 그렇게 바라지 않았다면 거짓말이 된다. 바라기는 했으나, 이걸로 란타의 승리라고는 생각하지 않았다. 그렇게 만만한 상대는 아니다.

"…웃…?!"

란타의 칼이 튕겨 올라갔다. 갑자기 아놀드가 소용돌이가 된 것 같았다. 회전하면서 뛰어오른 것이다.

란타는 예측했던 것일까? 곧바로 비스듬히 뒤쪽으로 재주넘기를 했다. 더욱이 두다다다, 고속 스텝을 밟아 아놀드한테서 떨어졌다.

"AAAAAAAAAAAAAAAAHHHHHHHHHHHHHHHHHHHH."

아놀드는 짓고, 몸을 크게 뒤로 젖혔다. 네 개의 팔을, 그리고 네 자루의 칼을 한껏 뻗는다. 뻗을 수 있을 만큼 끝까지 뻗는다. 하루히로는 온몸의 피부가 전율하는 것을 느꼈다.

"이제야 진짜로 하는 건가…!"

란타는 웃었다. 허세라고 해도, 용케 웃을 수 있네. 저 강심장은 정말 대단하다. 본받고 싶다고는 생각하지 않지만 흉내 내려고 해도 할 수 없는 일이다.

"암흑이여, 악덕의 주여, 데이몬 콜(악령 초래)…!"

심장에 강철이 난 것 같은 란타도 마음이 불안하기는 했는지. 거무스름한 보라색 구름 같은 것이 나타나 소용돌이쳤다. 그 소용돌이가 순식간에 응고하더니 데이몬 조디가 된다.

란타가 쌓아온 바이스(악덕) 덕분에, 옛날 조디악이었던 때와는 달랐다. 조디는 어두운 보라색 뼈를 끌어모아 이어 붙여놓은 것 같은 갑주를 걸치고 자루가 긴 큰 낫을 두 손으로 들고 있다. 너무나 소름 끼친다. 조디악은 보기에 따라서는 아주 조금 귀엽기도 했지만 지금은 전혀 다른 형태로 완성되어버렸다. 암흑신 스컬헬이 군대를 이끌고 있다면, 그 부하 병졸은 분명 조디 같은 모습을 하고 있지 않을까?

"가자, 조디…!"

란타는 부추기는 것처럼 명령했다.

'액사(縊死)… 사사사사사사사사사사사사사사사사사사사사사사사사사…!'

데이몬 조디가 큰 낫을 쳐들고 아놀드에게 돌진했다.

2대1이다. 여차하면 암흑기사에게는 이 방법이 있었다.

"KOOOOOOOOOHHHHHHHHHIIIIIIIIIHHHHHHHHHH."

그게 무슨 상관이냐는 듯이 아놀드가 다보아룸의 힘을 전부 해방시켰다. 한계까지 휜 활이 화살을 쏘아낸 것 같았다. 네 자루의 칼이 네 방향에서 조디에게 덤벼들겠지. 하지만 하루히로에게는 그게 아니라, 네 자루의 칼이 한 덩어리의 노도가 되어 조디를 집어삼킨 것처럼 보였다.

아무튼, 조디의 몸에 칼 네 자루가 쑤셔박혔다. 곧바로 네 동강이 나지는 않았다. 조디는 마치 검 연습 때 사용하는 나무인형 같았다. 그것은 움직이지 않고, 마음대로 검으로 칠 수 있지만 동강을 내는 것은 쉽지 않다.

그러나 아놀드라면 해낼 수 있겠지. 조디는 곧 난도질당해버린다. 어차피 데이몬이다. 아놀드 정도의 숙련자를 상대로 호각으로 싸울 수 있을 만한 기량은 없다.

'액… 사사….'

"…NNNNNNG…?!"

아놀드는, 그러나, 칼 네 자루를 구사해서 조디를 산산조각을 내기는커녕, 움직임을 딱 멈췄다.

"자기류…!"

란타다.

데이몬 조디를 돌진하게 하고, 란타는 지금까지 무엇을 하고 있던 건가? 하루히로도 조디에게 눈길이 사로잡혀 알아차리지 못했다. 아니, 그것이 란타의 계책이었다.

데이몬을 소환해서 2대1로 몰고 간다. 조디와의 교묘한 연대 공격으로 강적 아놀드를 어떻게든 공략한다.

아니었다.

란타의 작전은 그게 아니었다.

"극악무도…! 더불어 베기――――이야앗!"

란타는 조디의 등에 태클을 감행했다. 물론 그냥 부딪친 것이 아니다. 칼이다. 칼을 조디에게 푹 찔러 넣었다.

꼬치 꿰기다. 란타의 칼은 조디를 관통해서 그 뒤의 아놀드에게 까지 닿았다. 란타는 허리 근처에서 칼자루를 쥐고 칼을 비스듬히 찔러 올렸다. 그 칼끝은 아놀드의 턱밑으로 파고들었다.

"…하지만 잘리지는 않은 것 아니야?"

하루히로는 지적질을 하고 말았다.

"…읏쌰아아아아아아…!"

꼭 그 때문은 아닌지도 모르지만 란타는 칼을 빼자마자 쓱 사라졌다. 하루히로의 눈이 따라가지 못할 정도의 스피드로 이동한 것이다.

조디가 우수수 무너져 내린다.

란타는 아놀드 바로 옆을 빠져나가, 한쪽 무릎을 꿇었다.

벴다… 그런가?

그런 모양이다.

아놀드의 동체에서 떨어져 나간 목이 천천히 회전하면서 낙하한다.

머리통을 잃은 몸은 좀처럼 쓰러지지 않았다. 돌아볼 것 같은 기척까지 든다.

기묘하달까, 끔찍한 광경이었고 소름 끼치는 시간이었다. 온갖 감정과 생각이 교차했고 하루히로는 다소 혼란스럽기도 했다. 어찌 된 영문인지 란타가 하루히로를 구해준 보양이다. 란타에게 아놀드는 단순한 적이라고는 말할 수 없는 상대가 아닌가? '게다가'라고나 할까, 아놀드는 언데드다. 과연 저걸로 죽을까?

그쪽을 보니 아놀드의 머리가 입을 뻐끔거리고 있다. 목소리는 낼 수 없는 모양이다. 하지만 움직이고 있다.

"…언데드라는 건."

란타는 일어섰다. 아직 두 다리로 서 있는 아놀드의 몸 쪽으로 다가간다. 칼을 들지 않은 왼손으로 란타는 아놀드의 몸을 밀었다. 난폭한 손길은 결코 아니었다. 아놀드의 몸은 그제야 쓰러졌다.

"머리만 남아 있으면 다시 움직일 수 있다지?"

란타는 칼등을 자기 오른쪽 어깨에 대고 고개를 까딱거렸다.

아놀드의 머리는 안구를 움직여 란타를 올려다보려고 했다.

"란타…."

하루히로는 말을 걸려고 했다. 하지만 뭐라고 말하면 좋은가? 솔직히 전혀 떠오르지 않는다. 그게, 지금은 그에게 맡겨두는 수밖에 없겠지. 이 뒤에 란타가 어떻게 하든, 그에 관해서 하루히로가 좋다거나 나쁘다거나 판단할 수는 없다.

"이건 싸움이니까. 당신도 알잖아, 아놀드."

란타는 왼쪽 눈을 가늘게 뜨고 입술 오른쪽 끝을 올리는, 해보라고 해도 하루히로는 도저히 못 할 것 같은 표정을 지었다.

"자기류, 더불어 베기. 그건 타카사기 아저씨에게 쓰려고 남몰래 보존해둔 필살기인데. 당신을 실험대로 이용했다. 내가 이겼네."

아놀드의 머리가 입을 벌린다. 턱을 움직인다. 웃으려는 건가?

"잘 가라."

란타가 칼을 거꾸로 고쳐 잡았다. 아놀드의 이마를 찌른다.

언데드의 죽음이란 도대체 어떤 것일까? 하루히로는 모른다. 하지만 만약 언데드에게 생명이 있는 거라면, 지금 그것이 파괴되었다. 아놀드는 자기 의사로 움직일 일이 없는 물체가 되었다.

란타는 뒤통수로 넘겼던 가면을 빼서 아놀드의 머리 위에 올려놓았다.

"…괜찮은 거야?"

왠지 모호한 질문이라고, 하루히로는 말하고 나서 생각했다.

"응."

란타는 고개를 끄덕였다. 갑자기 퍼뜩 놀란 것처럼 뒤를 본다. 하루히로도 그쪽을 봤다. 여기저기에서 울려 퍼지는 총성을 후려치는 듯한, 땅 울림 같은 소리가 다가온다.

"고도 아가쟈인가…!"

란타는 하루히로의 팔을 움켜잡았다.

"가자! 아무리 나 님이라도 놈은 너무 위험해! 놈을 죽이는 이미지가 그려지지 않아!"

"그보다 왜 란타가 여기 있는 거야?!"

하루히로는 뛰면서 물었다. 란타는 하루히로를 내버려두고 갈 것 같은 기세로 앞으로 달려간다.

"벌써 철괴왕은 철왕궁을 나갔어! 네가 꾸물거리며 돌아오지 않으니까! 내가 찾으러 와준 거라고! 고맙게 생각해!"

"…멤버들은?!"

"먼저 브라츠오드인지 뭔지네 저택을 향하고 있어!"

"그럼 무사한 거지?!"

"무사하지 못했던 긴 너시, 얼간이!"

"그 말이 맞긴 한데…!"

반론하고 싶은 마음을 꾹 참고 하루히로는 발을 움직였다. 아직 체력은 회복되지 않았다. 금방 숨이 차오른다. 란타를 따라가는 것이 고작이다. 이래서는 고생길이 훤하다고나 할까? 앞으로의 일 같은 건 생각하고 싶지도 않다. 생각하지 않으면 안 되는 거지만. 메리. 분명 걱정하고 있겠지. 빨리 안심시켜줘야지. 아무튼 다시 동료들을 만날 수 있다. 그것을 자극제 삼아 달리는 수밖에 없다.

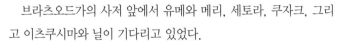

브라츠오드가의 사저 앞에서 유메와 메리, 세토라, 쿠자크, 그리고 이츠쿠시마와 닐이 기다리고 있었다.

"하루히로…!"

쿠자크가 와락 끌어안는다.

"어…."

약간 성가셨지만 뿌리치려는 마음은 들지 않았다.

"응…."

하루히로는 쿠자크의 지나치게 넓은 등을 달래듯이 문질러주고 잠시 안긴 채로 참았다.

속마음을 말하자면, 부둥켜안고 무사 귀환을 기뻐해야 한다면 쿠자크보다는 메리와 하고 싶다. 물론 다들 보는 앞에서 그런 일은 할 수 없지만. 단, 하루히로를 향한 메리의 눈길과 표정을 보아하니 메리도 같은 심정이라거나?

"괜찮을 거라고는 생각했지만. 다행이야."

유메가 가슴에 손을 대고 크게 한숨을 내쉬었다. 란타는 이상하게 멋있는 척을 하며 엄지로 자기 코를 가볍게 문지르더니 헷 하고 웃었다.

"나 님 덕분이지만."

"냐앙. 그려?"

인정하는 건 분하지만 사실이기는 하다. 그것은 하루히로도 받아들이는 수밖에 없다.

"그야 뭐…."

"흥! 뭐가 아니지, 망할 피롯. 진심으로 대단히 감사합니다, 평생 초절감사드리겠습니다, 란타 님이라고 해야짓."

"…그렇게 된 거야."

"어떻게 된 거라고?"

빨간 수염의 좌대신 악스벨드는, 검은 수염 신위내상 로엔을 필사적으로 설득한 뒤에 빨간 수염대를 이끌고 철왕궁에서 대철거문으로 향한 모양이다.

좌대신의 계획으로는, 가는 길에 드워프의 잔존 부대와 시민을 규합해서 대철거문을 사수한다. 잘만 되면 대철거문으로 나가서 적의 포위군을 돌파, 탈출을 꾀한다는 기사회생의 수단도 준비하고 있다고 한다.

하루히로는 아직 대철거문이 뚫리지 않았기를 비는 수밖에 없다. 일단 그렇게 되지 않도록 아놀드 부대를 유인했던 것이다. 악스벨드 부대가 대철거문까지 도달할 수 있다면, 하루히로가 목숨을 걸고 도망쳐 다닌 보람도 얼마쯤은 있다고 생각해도 되지 않을까?

하루히로 일행이 창고로 가보니 이미 철괴왕과 수행원들, 친위대장 로엔, 안내역인 노인 우테판 브라츠오드가의 일족 가신, 엘프 족장 하르메리알, 멜큐리안가의 당주 엘타리히 등이 집결해 있었다.

"늦었다!"

로엔은 하루히로 일행을 보자마자 호통을 쳤다. 상당히 곤두서 있다. 그보다, 좌대신이 철혈왕국에 남고 자기가 철괴왕을 호위하며 도망가야 한다는 역할 분담이 상당히 불만인 건지도 모른다.

"로엔."

철괴왕은 갑옷과 투구, 망토를 걸쳐 얼굴과 체형을 숨겼다. 그러나 친위대장을 달래는 목소리는 틀림없이 왕의 그것이었다. 투구에서 삐져나온 은발의 반짝임도 평범하지 않았다.

"그럼, 가자."

철괴왕이 말하자 브라츠오드가 사람들이 철문을 열었다. 그들과 노인 우테판이 앞서고 로엔, 철괴왕과 그 수행원, 엘프 족장, 엘타리히, 멜큐리안, 그리고 하루히로 팀의 순서로 와르타 문으로 이어지는 통로를 나아갔다.

"고트헬드 씨는?"

하루히로가 묻자 이츠쿠시마가 고개를 가로저었다.

"좌대신을 따라갔다."

"…그런가요? 하지만 용케도 저 왕님이 납득했네요. 왠지 상당히 싫어하지 않을까 생각했는데요."

"자기 목숨이 아까운 게지."

닐이 비꼬는 듯이 웃으며 말했다. 쿠자크가 "아니"라며 눈살을 찌푸렸다.

"당신 같은 사람이랑 똑같이 취급하는 건 아닌 것 같은데요…."

"마찬가지잖아. 뭐가 다르다는 거야?"

"여러 가지가 다르겠죠. 딱 봐도."

"나도, 저 드워프 여왕도 뒈지면 끝인 건 마찬가지야. 다를 것 없어. 너희는 내가 죽어도 아무렇지 않겠지만. 나한테 있어서는 하나뿐인 목숨이라고."

"그럼, 뭐, 마음껏 소중히 여기면 되지 않습니까?"

"네가 말 안 해도 그렇게 하고 있다."

"그렇겠죠."

"기억해둬. 너희들 다 죽어도 나만은 살아남을 거다."

"그거 사망 플래그인데?"

란타가 비웃었다. 닐은 웃음으로 날려버린다.

"가르쳐주지. 경험상 내가 무슨 말을 했는지는 상관없어. 생사를 가르는 것은 내가 어떻게 하느냐다."

세토라가 태연히 고개를 끄덕였다.

"경청할 가치가 있는 의견이다."

"그렇지?"

닐은 히죽 웃고 나서 눈을 내리깔고 한숨을 쉬었다.

"…어떻게 하는가, 그거다. 내가 생각해야 하는 것은 그것뿐이야. 모기스 밑에서 아무 생각 없이 일하지 않았다면 이런 꼴이 되지는 않았어. 적당히 발을 빼면 좋았을걸. 하지만 그때에는 그러는 수밖에 없었다. 나는 틀리지 않았어. 잘하고 있다. 그렇다. 그러니까, 비키 같은 꼴은 당하지 않겠지. 죽을쏘냐. 살아 있기를 잘했다고 생각할 수 있을 때까지는…."

뭔가 작은 소리로 중얼거리고 있다. 닐도 상당히 절박한 모양이다.

원래 사절단 일행에게 주어진 임무는, 진 모기스 총사의 친서를 철괴왕에게 건네 교섭하고 그 결과를 갖고 돌아가는 것이었다. 오가는 것만 해도 상당히 긴 여정이었다. 교섭이 결렬되어 헛고생이 될 가능성도 있었다. 거기까지는 하루히로도 각오했었다. 예측이 어설펐던 건가? 설마 이렇게까지 가혹한 여정이 될 거라고는 상상도 하지 못했다.

일단은 철재로 보강된 돌 통로를 조용히 걸어갔다. 벽에 랜턴 같

284 |

은 것이 박혀 있어서 조명구를 손에 들 필요는 없다.

"우움…."

유메가 신음했다.

"왜 그래?"

곧바로 란타가 물었다.

"우으으으음? 뭐지? 뭔가 있잖아…."

유메는 끊임없이 여러 방향으로 고개를 갸웃거린다. 뭔가 마음에 걸리는 거라도 있는 걸까?

통로 군데군데에 철문이 있었다. 일단은 철문을 열어 통과하고, 닫고 나서 앞으로 나아갔다.

뭔가 놓친 게 아닐까? 유메를 따라 하는 건 아니지만 하루히로도 마음에 걸려서 어쩔 수가 없었다. 이런 일이 벌어질 정도니까, 아마 많은 실수를 범했을 것이다. 지금 이 틈에 돌아봐야 할 실패나 잘못이 있는 게 아닐까?

메리가 하루히로의 옆에서 걷고 있다. 하루히로는 메리의 옆얼굴을 봤다. 메리는 눈을 크게 뜨고서 앞을 향하고 있었다.

하루히로는 메리에게 말을 걸려고 했다. 어째서인지 말을 걸 수가 없었다.

우테판 옹이 마지막 철문을 두드렸다. 저 백발에 흰 수염의 노인은 아무리 봐도 상당한 고령으로, 지팡이를 짚고서 걷고 있다. 하지만 그 지팡이는 금속제였고, 손잡이 부분은 망치처럼 불룩해서 상당히 무거워 보인다. 지금도 지팡이 손잡이를 가볍게 들어 철문을 탕탕 두드린다. 상당히 엄청난 소리가 났다.

철문이 열리기 시작했다. 철문 너머에 있는 문지기 드워프들이

연 것이겠지.

열린 철문을 지날 때 친위대장 로엔이 문지기 드워프에게 물었다.

"이상은 없나?"

"없습니다."

"그런가. 수고했다."

로엔이 어깨를 두드려주자 문지기 드워프는 비틀거릴 뻔했다.

일단은 종유동을 빠져나가 와르타 문을 나갔다. 하루히로는 위를 우러러보며 감시소 상황을 확인했다. 암굴에서 드워프들이 얼굴을 내밀고 있다. 한 드워프가 감시소에서 내려왔다. 유난히 인상이 나쁜 빌리히였다.

"폐하…."

빌리히는 철괴왕 앞에서 무릎을 꿇으려고 했다. 철괴왕은 말렸다.

"필요 없다."

"넷."

빌리히는 무릎을 꿇지는 않았으나 고개를 숙인 채로 말했다.

"와르타 문은 즉시 봉쇄하겠습니다. 서둘러 벗어나주십시오."

"봉쇄 작업이 끝나는 대로 그대들도 따라오너라. 짐에게는 한 명이라도 많은 자가 필요하다."

"넷."

빌리히가 손을 흔들어 신호를 보내자 이곳저곳의 암굴에서 잇달아 드워프들이 나왔다. 그들은 와르타 문으로 가서, 두 번 다시 열수 없도록 무슨 처치를 할 것이다.

"날이 저물기 전에 거리를 벌어두고 싶은데."

세토라가 중얼거렸다. 좀 전까지 땅속에 있었기 때문에 시간 감각이 다소 이상해졌지만 해가 질 때까지는 아직 몇 시간 남았을 것이다.

목적지인 창산의 구갱도 도시는 쿠로가네 산맥에서 100킬로미터 정도 동쪽에 있다고 한다. 어디까지나 직선거리다. 게다가 와르타 문은 쿠로가네 산맥 서쪽에 위치한다. 실제로는 백 수십 킬로를 이동해야 할 것이다. 쿠로가네 산맥 산기슭에 펼쳐진 수해는 남정군의 구역이라 산속을 걸어가야 할 것이다.

"…정신이 아득해지겠네."

닐이 한숨 섞인 말을 중얼거렸다. 솔직히 하루히로도 동감이었지만 이렇게 되었으니 가는 수밖에 없다. 창산의 구갱도 도시까지 철괴왕을 호위하면 오르타나로 돌아가도 되고, 자유 도시 베레에 들르는 방법도 있다. 분명히 창산에서 가면 베레까지 7~8킬로였다. 베레는 중립이라고는 하지만 키사라기의 K&K 해적 상회와 연결이 있다. 한숨 돌릴 수는 있을 것이다. 상황에 따라서는 오르타나로 돌아가지 않고 베레에 머무는 게 안전할지도 모른다. 그럴 수도 없는 노릇이긴 하지만. 시호루 건이 있고, 의용병단도 마음에 걸린다.

아무튼, 우선은 창산이다.

일단은 한 줄로 서서 거대한 바윗덩어리 사이를 빠져나간다.

하루히로 팀도 통과했다.

저습지를 내려가는 도중에 이츠쿠시마가 유난히 두리번거린다는 사실을 깨달았다. 유메도, 찌푸린 얼굴이랄까, 좌우의 뺨이 번갈아 튀어나오며 이쪽저쪽으로 눈길을 보낸다.

"…포치?"

메리가 눈썹을 찡그리며 늑대개의 이름을 말했다.

"그니까."

유메가 고개를 끄덕였다.

"포치, 이쯤에 있으면서 스승님이랑 유메를 기다릴 텐데. 금방 알아차리고 와줄 줄 알았는데."

"뭐, 조만간 우리를 발견하겠지."

이츠쿠시마는 확신한다기보다 자기 자신에게 이르는 것 같았다. 왠지 그답지 않다.

하루히로는 돌아봤다. 어떤 의미로 와르타 문의 표식이 되었던, 무너져 겹쳐진 것 같은 바윗덩어리는, 여기서는 이제 보이지 않는다.

저습지를 내려가고 있는데, 강기슭에 젖은 바위 밭이 있어서 간신히 두 명 정도까지라면 나란히 걸어갈 수 있었다. 옆으로 넓히지만 않으면, 얕기는 해도 물살이 급한 강에 발을 담글 필요는 없다.

저습지 맞은편 왼쪽은 비교적 평평했지만 오른쪽은 높이 깎아지른 절벽이 있는 지형이다.

"하루히로?"

쿠자크가 말을 건다.

"어."

하루히로는 모호한 대답을 했다.

그들은 저습지를 지금도 계속 내려가고 있다. 하루히로만 발길을 멈추고 있었다.

"마음에 걸리나?"

세토라도 멈춰 서서 오른쪽의 깎아지른 절벽을 올려다보았다. 메리와 쿠자크, 란타, 유메, 이츠쿠시마, 그리고 닐도 걸음을 멈췄다.

"어이, 잠깐만 기다려줘!"

란타가 모두를 향해서 외쳤다. 철괴왕이 돌아보고, 모두 발길을 멈췄다.

"무슨 일이냐?!"

친위대장 로엔이 소리쳤다. 하루히로는 동료들과 재빨리 눈빛을 교환했다. 굳이 말하지 않아도 대개는 통한다.

"만약을 대비해서 위를 확인하고 오겠습니다."

하루히로는 오른쪽 절벽을 가리키며 로엔에게 말했다.

"빨리 끝내. …전원, 경계 태세를 취하라!"

로엔은 성질이 급한 남자지만 어리석지는 않다. 하루히로가 절벽을 향해 가려고 하자 이츠쿠시마도 따라왔다.

"나도 간다."

"그럼 고맙죠."

아마도 이츠쿠시마도 뭔가를 느끼고 최악의 상황을 가정하고 있는 것이다. 하루히로와 이츠쿠시마라면 저습지를 거슬러 올라가지 않아도 된다. 바로 절벽을 기어 올라갈 수 있을 것이다. 이츠쿠시마가 먼저 절벽에 달라붙었다. 하루히로는 숨을 한 번 내쉬고 나서 절벽 위를 보았다. 그때였다.

"옷슈!" "옷슈!" "옷슈!" "옷슈!" "옷슈!"

"…오크…?!"

하루히로는 절벽에서 뛰어내리는 누군가의 모습을 목격했다.

"오오오오오오오오오오오오——————옷슈우

우우우웃…!"

그것은 새하얀 머리카락을 나부낀다. 두 손에 검을 한 자루씩 쥐고 있다. 저 오크는. 오크가 주가 되어 언데드와 코볼트 부대가 탄식의 산의 고성을 점거했었다. 그 지휘관. 잔 도그란이다.

"…젠장…!"

쿠자크의 목소리가 들렸고 하루히로는 오싹했다. 잔 도그란에게는 천하의 렌지조차 고전했었다. 아라가팔드. 렌지는 렐릭을 갖고 있었는데도. 최악 아닌가?

"쿠자…."

"우오오옷…!"

쿠자크는 재빨리 대검을 뽑아 잔 도그란과 맞서 싸우려고 한 모양이다. 절벽 위에서 낙하한 잔 도그란을 베어버리려고 한 건가?

"…이야압…?!"

그리고, 뭐가 어떻게 된 건지 분명히는 보이지 않았지만 쿠자크는 잔 도그란에게 날려가버린 모양이다. 강물 속으로 쓰러졌다.

"자기류…!"

곧바로 란타가 달려든다… 달려드는 척하더니, 잔 도그란 바로 앞에서 급정지해서 재빨리 자세를 낮췄다. 웅크리는 것보다도 낮다. 분명, 상대방은 란타가 갑자기 사라진 것 같은 착각에 빠질 것이다. 특히 잔 도그란처럼 덩치가 큰 오크에게는 먹힌다. 먹혀도 이상하지 않은데, 틀렸나? 저것도 틀린 건가?

잔 도그란이 왼손의 외날 검을 내리친다. 분명히 란타를 노리고 있다.

"…칫…!"

란타는 개구리가 옆으로 점프하는 것처럼 해서 도망가려고 했다. 그러나, 바로 그렇게 도망가려던 방향에서 잔 도그란의 오른손의 외날 검이 달려든다.

"우호앗…?!"

베였다.

마치, 일단 두 동강이 나고, 그러고 나서 다시 이어붙인 것 같았다. 물론, 그런 일은 있을 수 없다. 어디까지나 베인 것처럼 보였을 뿐이고, 아무래도 란타는 간신히 외날 검을 피한 모양이다.

"옷슈!" "옷슈!"

"옷슈!" "옷슈!" "옷슈!"

"옷슈!" "옷슈!" "옷슈!" "옷슈!"

"옷슈!" "옷슈!" "옷슈!" "옷슈!" "옷슈!"

머리를 하얗게 물들이고 칼등이 톱처럼 생긴 외날 검을 든 오크들이 줄지어 절벽에서 뛰어 내려온다. 혹은 미끄러져 내려온다. 오크만이 아니다. 탄식의 산에서 잔 도그란을 따랐던 것으로 보이는 언데드도 있다.

"스승님…!"

유메가 외쳤다. 이츠쿠시마는 황급히 후퇴했고 하루히로도 뒤로 물러났다. 서두르지 않으면, 격류처럼 밀려드는 오크와 언데드들에게 집어삼켜진다.

"드워프…!"

친위대장 로엔이 대검을 뽑아 잔 도그란에게 덤벼들었다.

"막아낸다! 폐하, 피하십시오…!"

브라츠오드가 일족 가신들은 총과 도끼와 손잡이가 긴 무기를 들고 있다. 그중 절반 정도일까? 열 명 정도가 절벽 위로 총구를 향했다. 나머지 열 명과 우테판 옹은 철괴왕과 엘프들 주변을 경호하며 저습지를 내려가려고 했다.

"쿠오오오오오오오아…!"

로엔이 대검을 비스듬히 내리치다. 잔 도그란은 뒷걸음질을 쳐서 피했다. 친위대장의 대검이 지면을 박살 낼 기세로 파헤치자 돌멩이며 강물이 넓은 범위에 쏟아졌다. 그것들을 전혀 개의치 않고 거리를 좁히려던 잔 도그란에게, 놀랍게도 로엔이 박치기를 날렸다.

"…누웃…?!"

잔 도그란은 로엔의 박치기를 가슴에 맞고 휘청거렸다. 로엔은 거기서 몸을 거의 세로로 회전시키며 대검을 휘두른다. 견디지 못한 잔 도그란은 펄쩍 뛰고서 몸을 굴려 무시무시한 공격에서 간신히 도망쳤다.

아니, 도망치게는 두지 않는다. 로엔은 잔 도그란에게 따라붙어 잇달아 대검을 내질렀다.

친위대장 로엔의 대검은, 그의 키와 같은 정도라고 한다면 과연 과장이겠지만 칼자루까지 포함한 전체 길이라면 그에 가까울 정도다. 쿠자크라도, 아니, 쿠자크 정도가 아니라, 인간보다 체격이 좋은 오크라도 어쩌면 다룰 수 없을지도 모른다. 그런 괴물 같은 대검을 로엔은 두 손으로, 때로는 오른손만으로 가볍게 휘두른다. 몸 거의 전체를 검게 칠한 갑옷으로 덮었는데도, 저 드워프의 몸놀림은 날렵할 뿐만 아니라 무척 유연하다. 그의 대검은 생물처럼 뻗는다. 끊임없이 잔 도그란을 공격한다.

"오옷! 오오오옷…!"

잔 도그란은 방어하느라 급급했다. 로엔에게 압도당하고 있다.

오크나 언데드 입장에서 보면 이 전개는 예상외였던 것 아닐까? 잔 도그란의 무용은 탄식의 산 고성전에서도 눈에 띄었었다. 틀림없이 부하들은 그를 무신처럼 떠받들었을 것이다. 그런데 드워프에게 계속 밀리고 있다. 오크와 언데드들은 분명히 동요했다.

"쐐랏…!"

거기에, 브라츠오드가의 드워프 총사가 일제히 총격을 가했다. 열 자루 정도의 총성이라도 우습게 볼 일이 아니다. 게다가, 탄식의 산에서 이동한 적의 부대는 총에 대한 면역이 없었던 것이 아닐까? 실제로 총알을 맞은 것은 세 명이나 네 명, 혹은 한 명이나 두 명인지도 모른다. 그래도 눈에 띄게 부대 전체가 우왕좌왕했다.

"하루히로옷…!"

"응!"

란타가 재촉할 것까지도 없었다. 하루히로 팀은 먼저 도망친 철괴왕 일행의 뒤를 쫓아갔다. 쿠자크는 진작에 세토라가 일으켜줬으니까 괜찮다. 닐은 보이지 않지만 이츠쿠시마도 유메 옆에 있다. 메리는 유메 앞이다. 아니, 유메가 메리를 먼저 가게 한 것이겠지.

"디이이이이이이이이이에에에에에에에이이이이이이…!"

잔 도그란의 상태가 변했다. 머리카락이 곤두서고, 온몸에서 정전기 같은 것을 빠직빠직 발산하고 있다. 분명히 렌지와 싸울 때에도 저런 식이었다. 놈의 쌍검도 상당한 크기인데도, 저렇게 되면 막대기처럼 가볍게 다룬다.

"흐앗…! 크윽…?!"

눈 깜짝할 사이에 로엔은 수세에 몰렸다. 방어하려고 해도, 잔 도그란이 눈에 보이지 않는 속도로 잇달아 빨리 내리치는 쌍검을 막는 방법 같은 게 있을 리가 없다. 친위대장의 몸을 걱정하고 있을 여유는 없다. 잔 도그란이 열세를 만회하자 적들이 단숨에 기세를 되찾았다. 브라츠오드가의 드워프 총사들을 무시하고 달려드는 백발 오크를, 란타가 뛰어가 베어버린다.

"…타앗…!"

더 온다. 다른 백발 오크다. 하루히로는 곧바로 그 백발 오크의 무릎을 발로 찼다. 왼손 손날로 턱을 빼버린다, 거의 동시에 거꾸로 쥔 오른손의 대거를 심장에 쑤셔 박는다. 뽑으면서 그 백발 오크를 밀어 쓰러뜨리자마자 이번에는 언데드가 덤벼든다. 피하고 뒤로 돌아가 스파이더(거미 죽이기). 위에 올라타, 언데드의 목을 대거로 비틀어 쑤신다.

"란타…!"

"오우, 나도 알아…!"

여기에 붙잡혀서 동료들과 떨어지고 싶지는 않다. 미안하지만 로엔 팀이 버텨주길 바랄 수밖에 없겠지. 하지만 상대는 잔 도그란이다. 버틸 수 있을까? 모르겠다. 잔 도그란 부대는 수백에서 천 명 정도는 될 것이다. 다수도 정도가 있지, 이쪽에 총이 있다고는 해도 그런 것은 언 발에 오줌 누기다. 아무튼 도망친다. 그것밖에 없다.

다 알고 있었다. 남정군은 와르타 문의 소재를 파악하고 있던 것이다. 그러고 보니, 4족 보행이 아닌 생물의 발자국이 어쩌고 했었지. 이츠쿠시마와 유메가 신경을 썼었다. 그것은 분명 적이 남긴 발자국이었겠지. 남정군은, 합류한 잔 도그란 부대를 와르타 문에 배치하고 나서 총공격을 개시했다. 즉, 도망갈 길은 진작 막혀버린 것이었다. 하루히로 일행은 독 안에 든 쥐였다.

저습지를 내려간다. 발밑이 매우 불안정하다. 빈번히 발을 디딘 돌이 무너지기도 하고 미끄러지기도 했다. 메리가 넘어질 뻔해서 유메가 잡아준다.

"…미안해!"

"웅냐!"

철괴왕 일행의 모습이 보이지 않는다. 저습지를 다 내려가 오른쪽 숲으로 나뉘어 들어간 모양이다. 쿠자크와 세토라, 이츠쿠시마, 유메, 메리도 따라간다. 닐은 역시 없다. 어디로 간 걸까? 도망간 것일까? 언제, 어떻게 해서? 그 남자의 도망치는 속도랄까, 종적을 감추는 재능만큼은 진짜다.

하루히로와 란타도 숲으로 들어갔다. 여기는 올 때 지나지 않았던 길이다. 애초에 길이기는 한가? 도주 경로로 길이 아닌 길을 일부러 선택한 것인지도 모른다.

어느 쪽이든 따라가는 수밖에 없다. 하루히로는 솔직히 방향도 잘 알 수 없게 되었다. 끊임없이 뒤를 돌아보고, 적이 없는지 확인하게 되었다. 안타깝게도 추적자를 따돌리지는 못했다. 뒤에서만이 아니라 왼쪽, 오른쪽에서도 적의 기척을 느낀다. 적은 여기저기에 흩어져 있는 건가? 오크며 언데드가 언뜻언뜻 시야에 들어왔다가는 다시 보이지 않게 되었다.

숲. 그냥 숲이 아니다. 수해다. 수목의 줄기나 땅 위로 튀어나온 뿌리가 꾸불꾸불하게 서로 얽히고, 솟아오르기도 하고, 푹 꺼져 있기도 했다. 균열처럼 깊어진 장소도 있다. 단, 도망가는 쪽만이 아니다. 쫓아오는 쪽도 힘들 것이다. 평평한 지면을 달리는 것처럼은 할 수 없다. 몸을 굽혀 빠져나가기도 하고, 올라가기도 하고, 뛰어넘기도 하고, 여러 가지 자세, 여러 가지 동작이 요구된다.

키가 작은 드워프들은 특히 힘들 것 같다. 투구로 얼굴을 가린 철 괴왕도 묵묵히 튀어나온 뿌리에서 뿌리로 뛰어서 이동하거나 줄기에 달라붙어 올라가기도 하는데, 빈말로라도 민첩하다고는 할 수가 없었다.

유메가 위를 올려다본다. 나뭇가지와 이파리 사이로 하늘을 올려다보고 있는 건가?

"뭔가 있는 거야?"

이츠쿠시마가 유메에게 물었다. 유메는 고개를 갸웃거린다.

"아니, 지금은. 커다란 새가 날고 있던 것 같은 느낌이 들어서."

"새…."

란타가 중얼거리더니 주변을 둘러본다.

"아류…."

누구 목소리일까? 위다. 위쪽에서 들렸다.

떨어진다. 뭐야? 나무 위에서인가?

"란…."

하루히로는 거기까지밖에 말할 수 없었다. 그것은 보아하니 란타를 향해서 낙하하고 있다. 그렇게 생각했을 때에는 이미 그것은 란타에게 덤벼들었다. 란타도 알아차리고, 피하는 것이 아니라 칼을 뽑아 쳐내려고 했던 건지도 모르겠다.

"오에도 대폭포… 였던가…?!"

하지만 란타가 칼을 뽑은 것이 늦은 건가?

아니, 아마도 그게 아니다.

칼과 칼이 맞부딪치는 소리가 났다. 그것은… 이랄까, 저 남자는
… 자기 칼로 란타의 칼을 걷어내는 것처럼 튕겨내고 나서… 베었
다. 란타를 베고, 착지하자마자, 둥실 떠오르는 것처럼 뛰었다. 그
렇게 지상으로 튀어나온 나무뿌리에 내려선 외팔이에 애꾸눈 남자
는, 마치 목욕이라도 하고 나온 것 같은, 상쾌한 듯하면서, 그러면
서도 약간 나른한 표정을 하고 있었다.

"아직 멀었구나, 란타."

"…우옷…."

란타가 입은 상처는 얕지 않았다. 어깨인가? 목이다. 피가 솟아
나온다. 동맥을 당한 건가? 경동맥. 란타인데도 허세를 부리지도
못한다. 저것은… 위험하다.

"큭…!"

메리가 뛰어나간다. 이미 육망성을 그리는 동작을 하며 마법 준
비를 하고 있다. 새크라멘토(빛의 기적)를 쓸 생각이다. 그러지 않
으면 늦는다. 그런 판단이겠지.

하루히로 팀이 해야 할 일은 무엇인가? 메리를 방해하게 둬서는
안 된다. 엄호한다. 저 남자, 타카사기를, 쓰러뜨릴 수 있을지 어떨
지는 둘째치고, 견제하는 것이다. 유메는 이미 활에 화살을 겨누려
고 했다.

"웅냐앗…!"

"빼지 않고 보여줄까?"

타카사기는 왼손으로 들어 올린 검 끝을 흔들흔들 흔들거리고 있
다.

"비검, 가을 잠자리."

모르겠다. 뭐지? 저것은. 타카사기는 칼을 흔들며 서 있는 것뿐이다. 그게 아닌가? 타카사기의 몸도 흔들리는 것처럼 움직이고 있다.

유메가 화살을 쏜다. 두 개, 세 개, 연속으로. 이츠쿠시마도 쐈다. 그런데, 맞지 않는다

유메든, 이츠쿠시마든 웬만해서는 빗맞지 않을 거리인데도. 10미터도 떨어져 있지 않은 것이다. 왜 명중하지 않는 건가? 타카사기가 피하고 있는 걸까? 하지만 타카사기는 그저 흔들리고 있는 것으로밖에 보이지 않는다. 마치 유메와 이츠쿠시마가 일부러 아슬아슬하게 빗맞히고 있는 것 같다. 저것이 타카사기의 비검인지 뭔지 그건가? 영문을 모르겠다. 도대체 뭐야?

당황하지 마. 감정을 떨쳐버려. 하루히로는 의식을 가라앉혔다. 의식을 낮은 곳으로. 시점은 높게. 비스듬히 위에서 부감한다.

이제 곧 메리가 란타에게 도착한다. 세토라는 창을 겨누고 두 사람을 보호하려고 한다. 쿠자크는 대검을 쳐들고 타카사기에게 덤벼들 작정이다. 저 돌격 방식은 부주의한 것이 아닌가? 쿠자크는 기본적으로 올곧은 남자지만 그렇다 해도 지나치게 정직하다.

우테판 옹과 드워프들은 철괴왕과 수행원, 두 명의 엘프를 호위하는 데 전념하는 모양이다. 모두 타카사기 쪽을 보고 있지만 공격하려는 자는 없다. 총을 겨눠야 할지, 아닐지 망설이는 듯한 드워프가 몇 명 있는 정도다.

하루히로는 타카사기의 뒤로 돌아가려고 움직였다.

"빛이여, 루미아리스의 가호 아래에…."

메리의 손이 란타의 어깨에 닿았다.

"이야아아압…!"

쿠자크가 타카사기에게 덤벼든다. 머리 위로 힘껏 대검을 쳐들고 그냥 내리치려고 한다. 아무리 그래도, 저렇게 멍청할 정도로 정직한 공격을 할 만큼 경솔하지는 않을 터인데. 마치 그렇게 하도록 조종당하는 것 같다. 타카사기의 저 불규칙하며 불안정한 움직임에 무슨 비밀이 있는 건가?

"새크라멘토…!"

메리가 마법을 발동시켰다. 눈부신 빛이 넘치고 란타의 상처를 치유하기 시작한다.

쿠자크의 대상단에서의 공격은 예상대로 타카사기를 포착하지 못했다. 타카사기가 몸을 옆으로 돌렸고 그 코끝을 쿠자크의 대검이 지나쳤다. 동시에 타카사기는 칼로 쿠자크의 옆구리를 베었다.

"오우, 튼튼하네."

"…크악…?!"

쿠자크는 반사적으로 옆으로 점프해서 굴렀다. 상당히 깊게 베인 것 같은데, 적어도 몸이 동강이 나지는 않았다. 하지만 일어설 수 있을지 어떨지.

하루히로는 타카사기의 등을 응시했다. 거리는 약 3미터. 뒤에 자리 잡았다. 타카사기의 숨결이 느껴진다. 쿠자크를 막 벤 참인데도 호흡이 전혀 흐트러짐이 없다. 타카사기는 그저 우두커니 서 있는 것처럼 보이기도 했다. 그러나 실은 그렇지 않다. 끊임없이 움직이고 있다. 중심이 계속 변하고 있다. 몸 어디에 힘이 들어갔는지, 어디에서 힘을 뺀 것인지 확실치 않다. 하루히로가 저런 식으로 움직이려고 한다면 분명 몸을 가누지 못하게 되어버리겠지. 걷는 것조차 어려울 것이고, 칼 같은 것은 도저히 쓸 수 없다. 얼핏 보기에는 그렇게 보이지 않지만 타카사기는 무시무시한 고도의 기술을 구사하고 있다. 분명, 인간의 일반적인 동작과는 다른 짜임새로 몸을 움직이고 있는 것이다.

"…타아아아아아————앗…!"

란타의 상처가 나았다. 폭발하듯이 달려가 타카사기에게 되갚아 줄 생각이겠지. 메리는 쿠자크를 치료하려고 할 것이다. 세토라는 메리를 따라간다.

하루히로는 타카사기에게 다가가고 있었다. 스텔스가 잘 들어갔다. 지금은 아무도, 우리 편조차도 하루히로의 존재에 주의를 기울이지 않는다. 하루히로 본인도 자기가 여기에 있다는 감각이 흐릿해질 정도다.

할 수 있다… 고는 생각하지 않는다. 해내겠다고도 생각하지 않는다.

거의 무(無)다.

하루히로는 타카사기의 등을 대거로 찌른다. 이 위치, 이 각도라면 하루히로의 대거는 타카사기의 신장을 관통하겠지. 그러면 순식간에 의식을 잃고 단시간에 죽음에 이른다. 그야말로 치명상이다.

"영…."

대거가 타카사기의 옷뿐만 아니라 피부를 뚫는 감촉까지 있었는데도, 하루히로는 타카사기에게 둘러메졌다.

어떻게 된 일인가?

트릭도, 짜임새도, 힘의 원천조차도 모르겠다.

기술로 이런 곡예가 가능한 건가?

"차…."

타카사기는 하루히로를 업어치기했다. 외팔이인데, 왼손으로 칼을 쥐고 있는데도 어떻게 던질 수 있었을까? 하루히로는 제대로 낙법 자세도 취하지 못했다.

"…읏…."

반사적으로 목을 앞으로 굽혀 뒤통수만은 보호했지만 딱딱한 나무뿌리에 등과 허리를 세게 부딪쳐 숨이 막혔다.

"나는 뒤에도 눈이 달려 있거든."

타카사기는 하루히로를 내려다봤다.

"한 개는 박살 났지만 그래도 두 개 있다는 거지."

그렇게 말하고 오른쪽 눈을 감아 보인다. 칼등으로 자기 어깨를 톡톡 두드리기도 하고, 어디까지나 여유만만이다.

"자기류…!"

란타가 날다람쥐처럼 날아와 타카사기에게 칼을 휘둘렀다.

"자기류, 자기류, 시끄럽네."

타카사기는 손목과 팔꿈치를 굽히고 칼을 뱀처럼 꿈틀거리게 했다. 란타의 칼이 얽혀 붙잡힌다.

"…읏…?!"

란타는 칼을 손에서 놓을 수밖에 없었던 걸까? 아니면 자기도 모르게 놓아버린 것일까? 아무튼 칼은 란타의 손에서 벗어나 빙글빙글 회전하다가 멀리 있는 나무줄기에 박혔다.

"뭐든지 잔재주로 해결하려는 것이 네놈의 좋지 않은 점이다."

타카사기는 검 끝을 란타의 목구멍에 들이댔다.

"우리처럼 평범한 인간은 말이지, 최소한 자기를 조각조각 해체

해서 처음부터 다시 만드는 정도의 일은 해야만 하지. 요컨대 노력을 중단하면 끝이라고. 본능이라는 둥, 반짝 떠오르는 영감이라는 둥, 그런 것에 기대는 네놈은 결국 응석받이 애새끼야."

란타는 뭔가 되받아치려고 했다. 하지만 한심한 호흡만 흘러나오고 허망하게 이만 딱딱 맞부딪칠 뿐이었다. 뭘 좌절하고 있어?

하루히로는 벌떡 일어나려고 했다. 타카사기는 하루히로에게는 눈길도 주지 않았다. 하루히로의 목을 짓밟고, 게다가 오른쪽 손목에 칼을 꽂았다.

"…아앗… 큭…."

"움직이지 마. 설교해주고 있잖아. 이게 마지막 기회인지도 모르니까."

타카사기는 웃었다. 이 남자는 지금 하루히로의 숨통을 끊을 수도 있다. 란타를 죽일 수도 있다. 그럴 마음이 없는 건가? 하루히로 일행을 죽일 생각은 없다. 분명 그렇다. 당연히 그럴 것이다

"이제 그만…!"

메리가 외쳤다. 치료는 끝난 모양이다. 쿠자크는 일어서 있다. 타카사기는 어깻짓을 해 보였다.

"우리도 좋아서 하는 건 아니지만 이왕 하게 된 건 철저하게 하는 게 신조라서 말이지. 놀 때에는 작정하고 제대로 놀지 않으면 재미없잖아. 어른의 지혜다."

"항복하라."

타카사기가 아닌 다른 목소리가 울렸다.

"…잠보."

란타가 올려다본다. 하루히로도 그쪽으로 시선을 돌렸다.

새가 날았었다고 유메가 말했었다. 저것이었나? 커다란 검은 독수리.

오크 한 명이 걸어온다. 아무리 봐도 그는 오크였지만 이른바 오크와는 꽤 다른 인상이었다. 윤기 나고 물결치는 검은 머리카락과 약간 회색이 도는 녹색 피부, 선명한 오렌지색의 아름다운 눈동자. 밀끔한 이목구비 탓인가? 그는 짙은 남색에 은 꽃을 흩뿌린 기모노를 입고서 칼을 차고 있었다. 그 어깨에 마치 나무에 앉듯이 앉아 있는 커다란 검은 독수리의 크기가 두드러질 정도로, 오크치고는 작은 체격이다. 예를 들어 잔 도그란처럼 다른 이를 압도하는 풍모는 아니다. 그러면서도, 거부할 수 없이 눈길을 사로잡는다.

"그대들에게는 한 줄기 희망조차 없다. 즉각 항복하라. 그러지 않으면 모두 죽일 수밖에 없다."

"...항복은."

철괴왕이 목소리를 높였다.

"하지 않는다. 짐의 백성을 무자비하게 살육하는 사악한 자들에게 무릎을 꿇고 목숨을 구걸하는 일 따위, 할 수 있을 리도 없다."

드워프 여왕은 의연하게 가슴을 폈다. 한 점 흐트러짐도 없는, 한없이 결연한, 한없이 청아한 목소리였다.

웃기지 마.

하루히로는 분노를 느꼈다. 열받아서 돌아버릴 것 같다.

이해는 된다. 철혈왕국은 처음엔 총으로 적을 가까이 오지 못하게 했다. 그 총을 빼앗겨, 형세가 역전하는 정도가 아니라, 순식간에 멸망 직전까지 몰렸다. 이제는 긍지를 지키기 위해서 전멸할 때까지 싸우거나, 살아남은 드워프들이 철괴왕을 중심으로 한데 모여

근근이 명맥을 유지하는 수밖에 없다.

철괴왕으로서도 철혈왕국을 탈출하는 것은 고육지책이었을 것이다. 그러나 그녀가 좌대신 악스벨드의 제안을 거절하면, 드워프들은 한 명도 남김없이 죽임을 당할 수밖에 없다. 그녀는 자기 목숨이 아까워 도망친 것은 아닐 것이다. 직접 검을 들고 그녀의 백성과 함께 싸우다가 시체가 되는 게 오히려 편할지도 모른다. 종족을 위해서, 드워프를 위해서 그녀는 창산으로 가기로 했다. 하루히로가 그녀의 입장이었다면, 같은 선택을 할 수 있었을까? 하루히로라면, 자포자기가 되어 동포와 운명을 함께하려고 했을지도 모른다. 차라리 깨끗하게 싸우다 죽겠다. 왕국은 망하고 종족이 절멸한다고 해도, 다 함께 죽는다면 무섭지 않다.

살아남는 쪽이 힘들 텐데도, 굳이 철괴왕은 도망가려고 했다.

물론 항복하기 위해서가 아니다. 적에게 투항해도 살 수 있다는 보장은 없다. 말할 수 없는 모욕을 당할지도 모른다. 그런 것보다도, 적에게 사로잡혀 살면서 수치를 당하는 것 자체가 철괴왕으로서는 견디기 힘들 것이다. 철혈왕국에서 간신히 빠져나간 드워프가 있다 해도 훗날 그러한 사실을 알게 될 것이다. 그들의 여왕은 백성을 버리고 도망치다가 결국 적에게 투항했다고.

항복은 할 수 없다. 하루히로도 그것은 안다. 알고는 있지만 철괴왕이 지금 그렇게 단언해버린다면, 어떻게 될까?

"그런가."

잠보는 고개를 끄덕였다.

그 어깨에서 커다란 검은 독수리가 날아올랐다.

갑자기 우테판 옹이 망치 같은 지팡이를 쳐들었다. 어쩌면, 브라츠오드가의 드워프들에게, 싸워라, 잠보를 쏴라 하고 명령하려고 했던 건지도 모른다. 실제로 몇 명의 드워프는 총구를 잠보에게 겨누려고 했다. 발포는 할 수 없었다.

잠보가 질주했다.

첫 걸음은 느긋했다.

두 걸음째 이후는 질풍 같았다.

철괴왕의 수행원을 포함한 드워프들이 허공에서 춤을 춘다. 잇달아… 라기보다, 전원이 일제히, 펑, 쏘아 올려진 것 같았다.

잠보는 무엇을 한 것인가? 정확히 알 수가 없다. 잠보는 칼을 뽑지 않았다. 맨손인가? 때린 건가? 내던진 건가? 발인가? 발로 차올린 건가? 그것조차 불명이다. 잠보가 뭔가를 했다. 그것만큼은 틀림없다.

"족장님…!"

멜큐리안가의 당주 엘타리히가 엘프 족장 하르메리알을 지키기 위해 검을 뽑으려고 한 모양이다. 뽑을 수는 없었다. 그전에 엘타리히는 날아갔다. 얼굴이 바로 뒤로 돌아갔다. 저것은 완전히 목뼈가 부러진 것이겠지.

잠보는 오른손으로 철괴왕의, 왼손으로는 하르메리알의 목을 움켜잡아 높이높이 들어 올렸다.

하늘로 쏘아 올려진 드워프들이, 하찮은 빗방울처럼, 뚝뚝, 후두둑 떨어진다.

"어쩌면…."

어딘가 깊은 곳까지 스며드는 것 같은 잠보의 낮은 목소리에 배어 있는 것은… 연민일까?

하는 짓은 하늘의 심판처럼 잔혹하고 가차 없는데도.

"현명한 판단인지도 모른다. 그대들이 항복하면 대왕 디프 고군에게 넘길 수밖에 없다. 그리하면 목숨을 잃는 것보다 훨씬 끔찍한 꼴을 당할 것은 필정. 그대들에게 죽음을 초래한 죄의 업보는 전부이 내가 지겠다. 잘 가시게."

저 오크는 자기가 뭐라도 되는 줄 아는 것일까? 악의는 없는 것 같다. 적의 같은 것조차 전혀 보이지 않는다. 윤리라거나 상식이라거나 감정이라거나, 그러한 당연히 느끼는 것들을 초월해서 그것들 너머에 있는 건지도 모르겠다. 그렇다면 어째서 그런 일이 가능한 것인지 물어봤자 의미가 없다. 하루히로가 걱정에 휩싸여 천만의 말을 소비해서 비난한다고 해도 저 오크에게는 전혀 전해지지 않겠지.

잠보는 가볍게 철괴왕과 족장 하르메리알의 목을 쥐어 으스러뜨렸다.

그대로 손을 놓지는 않았다. 잠보는 잠시 동안, 아마도 숨이 끊어질 때까지 두 사람을 들고 있었다.

그리고 무릎을 꿇고, 몸을 굽히고, 두 명의 시체를 살며시 땅바닥에 내려놓았다.

"뭘⋯ 하는⋯."

쿠자크가 떨고 있다. 하루히로는 이해할 수 없었다. 보아하니 쿠자크는 분개한 모양이다. 뭘 화낼 일이 있는 거지? 잠보 같은 남자에게 화를 내봤자 소용없다. 그건 아니다. 우리와는 다르다. 어딘가에 전지전능한 신이 있다고 치자. 모든 것을 다 알고 있고, 뭐든지할 수 있는데도 어째서 우리를 도와주지 않는 건가? 하루히로처럼 무력한 인간이 그런 식으로 불평을 해봤자 신은 아프지도, 가렵지도 않겠지. 분명 대답해주지도 않을 것이다. 마치, 구원의 손길을 내밀어주지 않는 것에도 중대한 의미가 있으므로, 이것으로 좋다, 어리석은 너는 모르겠지만 이것이 옳은 길이라고 말하는 것 같은.

하루히로는 타카사기에게 목을 짓밟히고 오른쪽 손목에 칼이 꽂혀 있다. 왼손으로 불꽃의 단검을 뽑으려고 했더니 곧바로 타카사기가 알아차렸다. 사실, 타카사기는 역시 하루히로에게는 눈길도 주지 않았다. 그저 아무렇게나 칼을 하루히로의 오른쪽 손목에서 빼내더니 이번에는 왼쪽 손목을 찔러 관통했다.

"…큭…."

하루히로는 오히려 잠보보다도 타카사기가 원망스러웠다. 이 남자의 머릿속은 훤히 보인다. 알 것 같은 느낌이 들었다. 어느 쪽인가 하면, 이 남자는 하루히로 쪽에 속한 인간일 것이다. 관찰. 고찰. 연구. 연찬. 연마. 노력을 거듭해서, 달인이나 명인으로 보이는 영역까지 올라갔다. 그러나 거기에서 더욱 위로는 도저히 갈 수 없다. 한계점에 달해버렸다. 노력으로는 결코 도달할 수 없는 장소에 잠보라는 오크가 있다. 그 초월성에 굴복하고 매료되어, 떠받들기에 이른 것이리라.

하루히로 따위에 비하면 타카사기는 한참 높은 위치에 있다. 그러나 어딘가 심상한 부분이 보였다가 사라지곤 한다. 그 떨쳐내기 힘든 평범함을 잘 이용하면서 타카사기는 잠보를 보좌하고 있는 것이겠지. 대부분이랄까, 거의 모든 이는 범속하므로, 포르간이라는 집단에는 잠보 같은 초인은 해결할 수 없는 문제도 있을 것이다. 타카사기는 잠보에게 충분히 공헌할 수 있다. 그렇게 해서 충만감을 얻고 있는 것이겠지. 그런 삶의 방식이 있어도 나쁘지는 않다. 평범한 인간은 어차피 그런 삶밖에는 살 수가 없다는 뜻인지도 모른다.

알고 있기 때문에, 더욱 하루히로는 타카사기가 미워서 견딜 수가 없다. 앞으로 10년, 아니, 5년, 3년이라도 좋아. 필사적으로 힘을 축적하면, 타카사기라면 뛰어넘을 수가 있다. 이 손으로 죽일 수 있다. 자신이 있는 건 아니다. 단지, 못 할 건 없다는 생각이 든다. 그래서 분한 것이다. 지금은 속수무책이다. 이렇게도 약한 자신이 원망스러워서 견딜 수 없다.

"야, 바보…."

란타가 쿠자크를 보며 목소리를 높였다. 목을 짓밟혀서 말을 할 수가 없는 하루히로가 할 말은 아니지만 란타치고는 꽤 나약한 목소리였다.

"망할…!"

쿠자크가 잠보에게 덤벼들었다. 세토라가, 그리고 메리도 말리려고 했다.

하지만 쿠자크는 빨랐다.

선량한 것이다. 누구보다도, 쿠자크는. 무척 좋은 녀석인 거다. 사람으로서 정상이다. 사랑할 만한 남자다. 귀여운 후배이고, 정말로 신용할 수 있다. 소중한 동료다. 키가 큰 것만이 아니라 신체 능력이 장난 아니게 뛰어난다. 좀 더 똑똑하고, 더 욕심을 부리자면, 좀 비겁하고 계산속이 있었으면 싶다. 저 몸으로 교활하게 군다면 상당히 대단해질 것이다. 안 그래도 쿠자크에게는 근사한 폭발력이 있다. 쿠자크가 전력을 다 쏟아내면 웬만해서는 막을 수 없다.

"츠앗…!"

쿠자크가 대검을 휘두르는 순간을 하루히로는 눈으로 포착할 수가 없었다. 거대한 바위조차 동강 낼 수 있을 것 같은, 그 이상 없을, 보고 있는 이쪽의 마음까지 잘려나가는 것 같은, 뭔가 온갖 요소들이 우연히 맞물리지 않으면 실현되지 않는, 일생에 한 번밖에 할 수 없을, 그야말로 필살의 한 방이었다.

어쩌면 그것은 저 잠보조차도 위협할 정도의 공격이었는지도 모른다. 그렇다면, 더욱 쓸데없었다. 왜 그런 회심의 일격을 여기서 선보이는 거야? 물론 쿠자크가 진심으로 화가 났기 때문이겠지. 쿠자크는 잠보의 초월성에 겁먹지 않았다. 어차피 손이 닿지 않는 높은 곳에 있는 상대니까 무슨 짓을 해도 소용없다, 쿠자크는 그렇게 생각하지 않았다. 쿠자크는 어디까지나 쿠자크로서, 쿠자크답게 감정적이 되었다. 잠보를 용서할 수 없었다. 제대로 된 인간으로서, 그렇게 생각했다.

잠보가… 뽑았다.

칼이다.

잠보가 뽑은 칼은 쿠자크의 대검을 받아쳐낸 것만이 아니라, 쳐서 부러뜨렸다. 부러뜨리지 않아도 피할 수 있었다면 그렇게 했을 것이다. 다름 아닌 잠보니까.

그리고, 받아쳤던 칼로 잠보는, 비스듬히 내리쳤다.

가사 베기… 라는 것이다.

잠보의 칼은, 쿠자크의 왼쪽 어깨에서 오른쪽 허리까지를 일직선으로 베어버렸다.

쿠자크.

아아, 쿠자크.

어긋난 것 아닌가?

베인 부분부터, 몸이 어긋난다.

그대로 무너져 내린다.

두 동강이잖아, 쿠자크.

"네 이노옴…!"

세토라가 격렬하게 분노했다. 그 냉정한 세토라가. 귀여워했던 거다. 쿠자크를. 성가셔하면서도 귀여워서 견딜 수 없었던 것이다. 그래도, 그것뿐일까? 다름 아닌 세토라다. 자기가 주의를 끌어서 그 틈에, 이런 의도도 있기는 있었는지도 모른다. 하지만 그 틈에, 어떻게 하라고? 무엇을 하면 되는 건가? 뭘 할 수 있어? 역시 세토라는 이성을 잃었던 건지도 모른다.

세토라는 잠보를 향해 돌진해서 창을 던졌다. 잠보는 창을 왼손으로 쳐서 떨어뜨렸다. 그때에는 이미 검을 뽑은 세토라가 잠보에게 다가든 뒤였다.

"웃…! 큭…!"

세토라가 아무리 날카롭게 검을 휘둘러도 잠보에게는 스치지도 않는다. 잠보는 느긋하게 춤추는 것 같았다.

"못 봐주겠네."

타카사기가 웃는다. 왜 이런 놈한테 비웃음을 당해야 하는가? 하루히로가 그렇게 생각한 순간, 목에 타카사기의 체중이 실렸다. 나는 호흡조차 마음대로 할 수 없는 상황인 것이다. 하루히로는 새삼 그 사실을 실감했다.

"…젠자앙…!"

란타는 칼을 집으러 가려고 했던 것이겠지. 타카사기가 그렇게 두지 않았다. 타카사기는 하루히로의 목을 밟고 있던 발을 꾹 눌렀다가 뛰어올라 란타에게 칼을 휘둘렀다. 타카사기가 점프했을 때 하루히로는 정신을 잃을 뻔했다. 그래서 그 순간은 보지 못했지만 란타는 얼굴에 상처를 입은 것 같다.

"크앗… 큿…!"

이츠쿠시마와 유메는 무엇을 하고 있나? 하루히로는 그들에게 뭔가 기대하고 있는 것일까? 그런 거라면 그건 큰 착각 아닐까? 아무것도 못 하고 있는 내가, 누군가에게 뭔가를 바랄 권리가 있다는 건가?

"…이놈…!"

세토라가 아무리 검을 휘둘러도 소용없다는 것을 깨달았나 보다. 총명한 그녀가 모를 리가 없다. 하지만 이제 와서 멈출 수도 없겠지. 검을 버리고, 어떻게 하면 좋아? 기력도, 근성도 바닥날 때까지, 멈출 수는 없다. 아니면 누군가가 강제적으로 세토라를 말리거나.

"아얏…."

메리가 주저앉아 하늘을 우러러본다.

"…도와줘. …도와줘. …도와줘…!"

"이제 됐겠지."

잠보가 세토라에게서 검을 빼앗았다. 빼앗았다기보다, 마치 세토라가 잠보에게 검을 넘겨준 것 같았다.

"큭…!"

그래도 세토라는 잠보에게 덤벼들었다. 등에 달라붙어 두 팔을 목에 감고 조르려고 했다. 더욱이 세토라는 잠보의 오른쪽 귀를 물어뜯으려고 했다. 도대체 어디에서 그런 집념이 생겨난 것일까? 세토라는 저렇게까지 하는데, 어째서 하루히로는 포기해버린 것일까?

"치워."

잠보는 세토라에게서 빼앗은 검을 버리고 왼손으로 세토라의 얼굴을 밀어냈다. 다음 순간에는, 세토라는 내던져졌다.

"…앗, 윽…!"

곧바로 벌떡 일어난 세토라를 향해 커다란 검은 독수리가 급강하한다.

커다란 검은 독수리는 세토라의 머리를 움켜잡고 날개를 펄럭이며 약간 떠올랐다. 놓고, 곧바로 짓누르고, 격렬하게 쪼았다.

"아아아아아아아아아아아아아악…!"

"포르고!"

잠보가 꾸짖는 것처럼 이름을 부르자 곧 커다란 검은 독수리는 세토라를 쪼아 먹는 것을 멈췄다. 날아올라 잠보의 어깨에 앉았다.

유메가 활에 화살을 겨누고 잠보나 커다란 검은 독수리를 노린다. 그러나, 활이 떨린다고나 할까, 흔들린다. 시위조차 제대로 당겨지지 않았다.

"그녀가 나를 받아들였다."

뭔가가 말했다.

유메가 활을 내리고 어딘가를 본다.

메리 쪽을.

조금 전까지 메리는 주저앉아 있었다. 지금은 아니다. 일어서 있다.

"반드시 그녀의 본의는 아니었는지도 모르나, 도움을 요청받은 이상은 응하지 않을 수도 없다. 우연히도 나는 여기에 있으니까."

메리… 가 아니다.

목소리를 내는 방식, 서 있는 방식, 하나부터 열까지 메리와는 다르다.

"…너는, 누구냐?"

하루히로는 몸을 일으켰다.

"정체가… 뭐야?"

"나는 이름을 갖지 않는다. 그저 불리는 통칭만 있을 뿐이다."

메리의 모습을 한, 메리가 아닌 것이 고개를 돌려 주변을 둘러본다. 턱을 들고, 눈을 내리깔고 사물을 본다. 저것은 분명 메리가 아닌 그것의 버릇이겠지.

"…대장."

타카사기가 무릎을 약간 구부리고 자세를 잡았다. 뭔가 불온한 것을 느낀 모양이다.

"흠."

잠보는 어떤가? 여전히 태연자약했다. 그렇게 보인다.

메리가 아닌 것이 오른손을 쳐들었다. 메리의 손바닥으로 눈길을 떨군다.

"나는 단지 긴 시행착오 끝에서 생명으로 존재할 수 있는 것을 찾아냈을 뿐이다."

천천히, 오른손을 쥔다.

"나는 생명은 아니었던 것이리라. 뭔가 다른 것이었던 나는, 마침내 생명의 형태를 만들고 생명이 되었다. 그것이 나다. 나는 바란

다. 오래도록 함께 살고 싶다고. 바람을 말하면 그것뿐이나, 나는 미움받았다. 혹은… 두려움의 대상이었다. 사람은… 나를 이렇게 불렀다….”

노 라이프 킹(불사의 왕).

메리가 아닌 것이 말하기 전에, 하루히로의 뇌리에 그 이름이 떠올라 있었다.

줄곧 의심했었다. 혹시 그렇지 않을까 생각했었다. 그런 일은 없다. 그래도, 전부가 다 지나치게 기이했다. 메리는 죽어버린 것이다. 죽은 자는 되살아나지 않는다. 그런데도 되살아났다. 아니, 엄밀하게 말하자면, 되살아난 것이 아닌지도 모른다. 노 라이프 킹이라 불리는 것이 생명 활동을 정지한 메리의 육체에 파고들었다. 그리고 죽은 세포를 새로 바꿔 만들어버렸다. 메리의 육체를 빌렸으니까 메리의 기억과 성격이 남아 있다. 그러나, 이제 메리가 아니라 노 라이프 킹인지도 모른다.

아니야. 메리다.

메리.

되살아난 것이다.

메리는 아직 살아 있다.

그녀가 나를 받아들였다고 노 라이프 킹은 말했다.

도움을 요청받았으니까 응답한 것이라고.

분명히 메리는, 도와줘 하고 되풀이해 말했다. 하루히로는 아무것도 할 수 없었다. 애초에 그때 하루히로 따위는 메리의 눈에 들어

오지도 않았다. 메리는 자기 속에 있는 노 라이프 킹에게 구원을 요청한 것이다. 노 라이프 킹은 그에 응했다. 그래서 여기에 있다.

그래서, 메리는?

어디로 간 거지?

혹시나 메리는 노 라이프 킹에게 자기 몸을 넘겨줘버린 것일까?

그렇다고 한다면, 메리는 어디에?

"나는, 생명 그 자체라고 하는데도…."

노 라이프 킹이 고개를 숙이고 말한다. 아래를 향하고 있는 것만이 아니다. 어깨를 축 늘어뜨리고 있다. 깊이 상처 입고, 슬퍼하고, 탄식하고 있는 것 같다.

"나를, 생명이 아니라고.

불사의 괴물이라고.

인간들은 두려워했다. 나를 받아들이려고는 하지 않았다.

싸움을 바란 것은, 내가 아니다. 인간들이 나를 멸하려고 했다.

나에게 흠이 있었다면, 에나드 조지라는 남자를 그릇으로 삼은 일이겠지. 인간의 왕국 아라바키아의 왕이었던 남자. 친구와 측근들에게 배신당해 도망친 왕. 간신히 생명이 된 나를, 그 남자가 발견했다.

그때 그는 죽어가고 있던 것이다. 나는 그를 구해주기로 했다. 그도 나를 받아들였다.

나는 그저 생명으로서 거기에 계속 있고 싶지는 않았다.

에나드는 죽음이라는 형태로 자신의 기억과 의사를 상실하고 싶지 않았다.

우리의 이해는 일치했다.

나는 어떤 의미로 에나드가 되고, 어떤 면에서 에나드는 내가 되었다.

에나드는 자신에게 반역하고, 침소에서 목을 베려고 했던 인간들을 원망하고 있었다. 사실 근절하려고는 생각하지 않았다. 에나드는 왕이었다. 자기가 세운 왕국에서 왕으로서 환영받아야 마땅하다고 생각했다. 에나드로부터 인간들의 알쏭달쏭한 사정에 관해서 배운 나로서는, 그것은 다소 무리가 아닐까 생각했지만….”

무슨 말을 하는 걸까?

노 라이프 킹의 이야기를 이해 못 하는 것은 아니다. 아라바키아 왕국의 건국 신화랄까, 역사 같은 것은 히요무에게서 들은 기억이 있다.

인간족은 일찍이 아라반키아라는 이상향의 존재를 믿었었다. 거기에서 여행을 떠난 시오도어 조지라는 남자가 어떤 비옥한 토지에 정착해서 나라를 세웠다. 그 후예를 자처하는 에나드가 최초의 아라바키아 왕이라고.

그러나, 에나드 왕은 측근 이시두아 자에문 등에게 배신당해 쫓겨난다. 그리고 행방불명이 되어버렸다.

그 에나드가 노 라이프 킹이 되었다, 그런 뜻인가? 혹은, 훗날 노 라이프 킹이라 불리게 된 것이 처음으로 기생한 생물, 인간이 에나드였다는? 아까 노 라이프 킹은 ‘그릇으로 삼았다’는 표현을 썼다. 도망친 왕 에나드를 그릇으로 삼음으로써 노 라이프 킹이라는 형태, 형상, 뭔가 그런 것을 손에 넣은 건지도 모른다.

어째서 불사의 왕은 지금 그런 이야기를 하고 있는 것인가?

하루히로 일행은 어째서 잠자코 노 라이프 킹의 자기 이야기에 귀를 기울이고 있는 것일까?

경청할 가치가 있는 이야기이기 때문인가? 흥미가 없다고는 할 수 없다. 그 유명한 노 라이프 킹이다. 그 내력이 밝혀진다. 게다가 노 라이프 킹 본인 입으로. 그 본인이 메리의 모습을 하고 있다. 적어도 외면은 메리인 것이다.

뭔가 묘하게 공기가 긴장되었다고나 할까, 꼼짝하는 것도 주저하게 되는 분위기가 떠돈다.

아니, 분위기 같은 것이 아니다. 소리다. 소리가 나지 않는다. 새나 벌레가 우는 소리, 바람에 나뭇잎이 스치는 소리 같은 것이 일절 들리지 않는다. 이 정적은 이상하다. 그래서, 유난히 공기가 긴장된 것처럼 느껴지는 건가?

"나는 인간들의 적이었던 것은 아니다. 인간들이 나를 적으로 간주한 것이다.

에나드는 인간들의 왕이 되고 싶었다.

나는 아니다.

인간들의 말에, 내게도 와 닿는 것이 있었다⋯."

노 라이프 킹은 그저 도도히 이야기하는 거라고만 생각했다.

언제부터일까?

하루히로는 바로 지금 그 사실을 깨달았다.

노 라이프 킹은 오른쪽 팔꿈치를 굽히고, 손등을 밑으로 향하고 있다. 그리고, 오른손을 가볍게 쥐고 있다.

그것은, 그 오른쪽 손목에서 흘러나오는 건가?

메리의, 노 라이프 킹의 오른쪽 손목에서, 땅바닥을 향해서 떨어지는, 저 가느다란, 실처럼 굉장히 가느다란 줄기는, 액체일까?

피… 인가?

"나는, 친구가 되고 싶었던 것이다."

갑자기 잠보의 어깨에 앉아 있던 커다란 검은 독수리 포르고가 날개를 펼쳤다. 기이이이이이, 기이이이이이이이이이 하고, 높은 불협화음 같은 울음소리를 낸다.

노 라이프 킹의 피. 메리의 몸속을 흐르며 돌아다니고 있었는지도 모를 그것은, 소위 혈액 같은 것이 아니다. 저것은, 제시 속에서 나와서 이미 숨이 끊어진 메리 속으로 들어간 저 피 같은 것은, 좀 더 무시무시한, 어쩌면 노 라이프 킹 그 자체인지도 모를 뭔가다.

그것을 노 라이프 킹은, 조금씩인지도 모르지만 계속 흘리고 있다.

무엇을 위해서?

노 라이프 킹은 무엇을 하고 있는 것인가?

"…크아악…!"

설마 쿠자크의 목소리라고는 생각하지 않았다. 하지만 쿠자크다. 그럴 리가 없는데도.

쿠자크는 잠보의 칼을 맞았다. 동강 났다. 죽은 것이다. 인정하고 싶지 않았고 직시하지 않으려고 했지만, 쿠자크는 죽어버린 것이다. 하루히로는 또 동료를 잃었다. 절대로 잃어서는 안 될 소중한 동료를, 동료 그 이상의 존재를 잃어버린 것이다.

"커억… 후앗… 와아앗… 하앗, 우아아아아앗…."

그 쿠자크가, 몸부림치고 있다. 어째서? 어떻게? 움직일 수 없어야 한다. 움직일 리가 없다. 하지만 현재 쿠자크는 목소리를 내고 움직이고 있다. 머리를 위아래로 움직이고 오른팔을 퍼덕거린다.

아니, 머리와 오른팔만이 아니다. 왼팔도, 그리고, 다리까지.

"저럴… 수가…."

란타는 놀라 주저앉은 건가? 하루히로는 간이 콩알만 해졌다.

"노 라이프 킹…."

타카사기가 중얼거렸다.

노 라이프 킹이 노 라이프 킹이니까, 그것이 도대체 뭔가? 뭐가 어쨌다는 건가? 이상하지 않은가? 쿠자크는 왼쪽 어깨에서 오른쪽 허리까지 잘렸다. 틀림없다고는 말할 수 없지만 심장도 잘린 것 아닌가? 거의 즉사였을 것이다. 그리고 쿠자크의 육체는 두 개로 나뉘었다. 쿠자크의 시체는. 오른팔을 포함한 상반신 일부와, 왼팔을 포함한 상반신 일부 및 하반신. 이렇게 둘로. 그랬을 텐데. 어떻게?

어떻게 붙어 있는 건가?

"…우아아아앗… 아아아아아아아아아웨웨웨웨웨웨웨웨웨웨웨웨웨…!"

쿠자크는 마침내 일어섰다. 무릎을 세우고, 바닥을 짚지 않고, 뭔가 보이지 않는 힘이 일으켜 세운 것처럼, 일어섰다.

"웨웨웨웨웨웨웨웨웨웨웨웨웨웨웨웨웨아아아아아아… 어라…?"

쿠자크는 두 손으로 상처를 만진다. 엄청난 핏자국은 물론이고, 잠보에게 베인 상처는 사라지기는커녕 뚜렷하게 남아 있다. 뭔가 검붉은 것이 꾸물거리고, 부글부글 거품을 내면서, 절단면을 이어 붙이고 있는 건가?

"하핫."

쿠자크는 웃음을 터뜨렸다. 머리를 흔든다. 자기 뺨을 때리더니 머리카락을 잡아당긴다. 목을 좌우로 꺾고, 어깨를 들썩인다.

"하하핫. 우핫. 와하하하핫. 하하하하하핫. 갸하하하하하핫.

우힛. 후오하하핫. 우히아하핫. 푸핫. 쿠하하하하하하하핫.”

억제하던 것이 풀려버린 것 같은 발작적인 웃음이었다. 뭐 이런 웃는 방식이 다 있지? 엄청난 웃음이다.

“쿠자쿵…!”

유메가 외쳤다.

“아하아하아하아핫. 우헤아하오홋. 푸핫. 트하하하핫. 캬하하오호핫.”

쿠자크는 듣고 있지 않다. 들리지 않는 건가? 두 손으로 얼굴을 가리고 몸을 젖히며 계속 웃어댔다. 뭐가 우스워서 웃는 건가? 우스워서 웃는 게 아닌 건가? 그렇다면 어째서 웃고 있는 건가? 하루히로는 쿠자크에게 완전히 정신이 팔려 있었다.

언제부터인지 세토라가 서 있었다. 아니, 걸어 다닌다.

“세, 세토라…?”

하루히로의 목소리는 떨리고, 잠겼다.

“키힛. 이히아하하하핫. 으히잇. 우히하하핫. 후핫. 후히아하후히히힛.”

쿠자크는 웃고 있다.

세토라도 상태가 이상하다. 걸어 다닌다. 빙글빙글, 빙글빙글, 아주 좁은, 직경 40센티나 50센티 정도의 범위를, 작은 목소리로, 빠른 말투로 뭔가 중얼거리면서, 세토라는 오로지 계속 걸어 다닌다.

세토라는 큰 검은 독수리 포르고에게 얼굴을 쪼아 먹혔다. 포르고는 대형 독수리다. 세토라는 오른쪽 눈에서 코, 윗입술까지, 피부를, 살을, 뼈를, 그리고 안구를, 포르고의 부리에 심하게 다쳤던 모양이다. 정말 지독한 이야기지만 세토라가 어느 정도의 상처를 입었고, 숨이 붙어 있는지 아닌지조차 하루히로는 지금까지 파악하지 못했었다. 어쩌면 포르고는 세토라에게 치명상을 입혔는지도 모른다. 쿠자크와 마찬가지로 세토라 또한 죽었었는지도 모른다.

세토라의 얼굴 부분은, 처참한 꼴이긴 했지만 손상된 부분이 뭔가 검붉은 것으로 덮여 있었다. 그것은 쿠자크의 상처를 접합하고 덮으려 하는 것과 비슷한 것 같은… 이랄까, 완전히 같은 것이라고 하루히로는 생각했다.

"안 돼애애애애…."

유메가 쓰러진다. 반사적으로 이츠쿠시마가 유메를 부축해주려고 했으나 결국 둘 다 쓰러지고 말았다.

"실로 오랜만이다."

노 라이프 킹은 왼손으로 오른쪽 손목을 눌렀다.

"익숙해질 때까지 시간이 걸린다. 그녀의 바람을 들어준 것이 되면 좋으련만. 공교롭게도 나에게는 이것밖에 방법이 없다."

"그대…."

잠보는 커다란 검은 독수리 포르고를 날아가게 하고서 칼끝을 노 라이프 킹에게 향했다.

"무엇을 했나?"

"내 피를 나눠준 것뿐이다."

노 라이프 킹은 눈을 내리깔고, 오른쪽 손목을 왼손으로 계속 누르고 있다.

"오핫. 오호후하하핫. 크힛. 쿠후히히후힛. 캬히캬히캬힛. 쿠오하하핫."

쿠자크는 웃고 있다. 세토라는 빙글빙글, 빙글빙글 회전하는 것처럼 걷고 있다.

"나는 에나드와 달리 인간들을 원망하지는 않고, 그들의 왕이 될 생각 따위 없었다. 그들의 친구가 되고 싶었던 것이다. 그러나, 그들은 나를 두려워하고 꺼렸다. 나를 적대시하고, 멸하려고 했다. 나는 싸울 수밖에 없었다."

노 라이브 킹은 얼굴을, 아니, 턱을 치켜들고, 예의 아래를 보는 눈으로 잠보를, 타카사기를, 그리고 하루히로를, 란타를, 유메와 이츠쿠시마를 차례로 보았다.

그것은 메리가 아니었다. 그래도, 메리였다. 예를 들어, 그 목소리가 직접 머릿속에서 울린다거나, 눈동자에 수수께끼의 빛이 깃들어 있다거나 하는 것은 하나도 없다. 메리인데도, 메리가 아니다. 그 사실만으로도, 하루히로는 이 판국에도 이런 생각을 해버린다. 정말로 메리가 아닌 건가? 무슨 착오는 아닐까?

상공에서 포르고가 요란하게 기이이이이, 기이이이이이이 울어댔다. 하루히로는 지독하게 얕은, 숨 가쁜 호흡을 하고 있었다. 자기가 이토록 빨리 숨을 쉬는 이유를 모르겠다. 시야가 흔들린다. 귀가 아무래도 이상하다. 뭔가 무겁고 낮은 소리가 계속 들린다. 이것은 소리인가? 진동인지도 모르겠다. 아니면 하루히로는 오감에 이상을 일으킨 건지도 모른다. 이상해졌다고 해도 어쩔 수 없다. 모든 것이 다 이상하니까, 이상해지지 않는 것이 오히려 이상하다.

하지만 하루히로만이 아니라 잠보와 타카사기, 란타, 유메와 이츠쿠시마도 뭔가를 느끼고 있는 것 같다. 모두 이쪽을 보다가 저쪽을 보다가 했다.

"인간들만 그런 게 아니다."

노 라이프 킹이 미간을 찌푸린다.

"이 세계가 나를 싫어한다."

다가온다. 뭔가가. 그것은 잠보 일행이 느끼고 있는 뭔가다. 하루히로도 느끼고 있다. 뭔지는 모른다. 아무튼… 느껴진다. 느끼지 않을 수가 없다. 어디에서일까? 어디서 온 것일까? 특정할 수 없다. 그보다도 아마, 이쪽저쪽에서다. 부부부부부부부부부부부부… 라는 것 같은, 혹은, NNNNNNNNNNNNNNNNNNNNNN… 라는 것 같은, 짓눌릴 것 같을 만큼 무거운, 어떤 생물도 낼 수 없을 것 같은 낮은 음, 진동은 앞에서도, 오른쪽에서도, 왼쪽에서도, 뒤에서도 느껴진다. 중저음, 진동이 하루히로 일행을 에워싸고 있다. 그 포위망이 서서히 좁혀지고 있다.

"세계는 나를 거부하고 있다. 세카이슈(世界腫)가 나를 배제하려고 한다."

노 라이프 킹이 그 말을 했다. 세카이슈. 세계종. 그렇다. 세카이슈. 그때의.

검다. 검은 것이 보인다. 나무들 저 너머에. 그저 오로지 검다. 형태 같은 것은 없다. 오로지 검은 덩어리다. 온다. 세카이슈가. 밀려온다. 도망가지 않으면. 저것과는 싸울 수 없다. 세카이슈에는 저항할 수 없다. 도망가는 것밖에. 도망가서… 떨쳐버리는 수밖에 없다. 도망가자. 도망가는 거다. 하지만 어디로? 검은 세카이슈는 사방팔방에서 밀려온다.

"와핫. 아하아하아핫. 이히이히우힛. 캬하홋. 쿠히잇. 캬하하하핫."

게다가 아직 웃고 있는 쿠자크를 내버려둘 수는 없다. 세토라도 빙글빙글, 빙글빙글 좁은 범위를 계속 걸어 다니고 있다.

"대장, 이건 위험해."

타카사기가 말하자 잠보는 칼을 칼집에 넣고 뛰기 시작했다. 타카사기가 잠보를 따라간다. 하루히로는 기다려 하고 외칠 뻔했다. 어디로 가는 거야? 도망치는 건가? 도망칠 수 있다고 생각하는 건가?

놔두고 가지 말아줘.

하루히로는 경악했다. 이토록 자기 자신에게 실망한 적은 없었다. 하루히로는 잠보나 타카사기에게 매달리려고 했다. 그들이 하루히로를 도와줄 리가 없다. 아무리 생각해도, 그럴 의리는 없는데도.

"쿠자크, 어이, 야…!"

란타가 쿠자크의 팔을 잡아당겼다. 쿠자크는 란타의 손을 뿌리치지는 않았다. 란타에게 얼굴을 가까이 대고는 크게 웃었다.

"우헤헷. 쿠핫. 푸후후앗. 아햐햐햐햣우히에히에헤엣."

"…틀렸어, 이 녀석은!"

"세토랑! 빨리, 세토랑…!"

유메는 세토라에게 매달렸다. 세토라는 상관하지 않고 계속 걸어가려고 했다.

"유메!"

이츠쿠시마가 유메를 세토라에게서 떼어놓으려고 한다.

하루히로는 아무것도 못 하고 있다. 란타와 유메를 거들어줄 수는 있을 터였다. 어째서 그러지 않는 건가? 왜 보고만 있는 것인가?

검은 것, 검은 덩어리, 검은 물결, 세카이슈가 다가온다.

세계가 나를 싫어한다 하고 노 라이프 킹이 말했다.

하루히로도 사랑받고 있지는 않겠지.

나도 싫다.

강하게 그렇게 생각한다.

싫다고.

이런 세계, 진짜 싫다.

— 다음 권에 계속 —

# 작가 후기

여러 가지 사정으로 인해 처음 예정보다 집필 시간을 오래 잡게 되었습니다. 덕분에 예정보다 스토리가 조금 더 진전되었습니다.

이제야 마지막 장의 서곡이 끝났으므로, 여기서부터는 어떻게든 마지막을 향하여 달려가고자 합니다.

그럼, 담당 편집자이신 하라다 씨와 시라이 에이리 씨, KOME-WORKS의 디자이너님, 그 외 본 작품의 제작 · 판매에 관여하신 분들, 그리고 지금 본 작품을 선택해주신 여러분께 진심 어린 감사와 가슴 한가득 사랑을 담고, 오늘은 이만 펜을 놓겠습니다. 또 만나 뵐 수 있다면 기쁘겠습니다.

주몬지 아오

그 이후로 변한 것. 많다. 너무 많아서 헤아리는 것은 힘들다.

변하지 않은 것. 태양은 동쪽에서 뜨고 서쪽 저편으로 진다. 번갈아 찾아오는 아침과 밤. 하루히로는 모닥불에 마른 나뭇가지를 기폈다. 그렇다. 이 불꽃의 색도 변함없다. 그리고, 별. 밝은 달.

"너에게는 감사해, 란타."

"…뭐야? 갑자기. 징그럽게."

란타는 하루히로의 비스듬히 맞은편에 무릎을 세우고 앉아, 심심풀이로 나뭇가지를 구부리거나 부러뜨리거나 하고 있다.

하루히로는 무슨 표정을 지으려고 했으나, 아무래도 잘 안 되었다.

"나, 루온이 태어나서, 기뻤었어."

감정은… 있다. 없을 리가 없다. 단, 그것을 제대로 표현하는 것이 도저히 안 된다.

"유메가 엄마라는 건, 의외로 잘 와 닿지 않은 건 아니었는데. 네가 누구 부모가 되다니."

"시끄러워."

란타가 코끝으로 웃는다.

"할 일을 했더니 생겨버린 것뿐이야."

"이런 상황에서도, 기쁘다고 느낄 수 있는 거였구나 하고."

"…응."

"루온이 클 때까지는, 지켜줘야지. 적어도 그때까지는, 유메는 루온 곁에 있는 게 좋아."

"나도 그렇게 생각한다고."

"너도, 섣불리 죽거나 하지 마."

"사랑하는 여자랑 아들을 남겨두고 나 님이 뒈질 리가 없잖아."

"그러게."

"하루히로, 네 녀석이야말로…."

"내가, 뭐?"

"아니다…."

란타는 고개를 홱 돌렸다. 코를 훌쩍인다.

"아무것도 아니야."

불꽃이 일렁인다. 밤의 어둠 저 너머에서 짐승이 짖는다. 과연 짐승 소리일까? 다른 것인지도 모른다. 하루히로는 차고 있는 모피 꾸러미에 손을 댔다. 여차하면 이것을 써야만 한다. 만약 저 목소리가, 뭔가의 기척이… 가까이 다가온다면.

"나는 전부 다 되찾을 생각이니까."

"…방법은 있는 거야?"

란타는 하루히로를 걱정하고 있다. 하루히로가 잘못된 길을 가지나 않을지, 그때에는 자기가 말려야 한다고 눈을 빛내고 있다. 반대 아니야? 쓴웃음을 지어 보일 수 있었다면 하루히로는 그랬을 것이다. 지금의 하루히로는 쓴웃음 짓는 것조차 힘들다. 아무래도 웃는 법을 잊어버린 모양이다.

"찾을 거야. 반드시. 방법은 있을 테고. 열쇠는, 렐릭이야."

란타는 입을 벌리려고 했다. 그러나 결국 숨을 한 번 내쉬었을 뿐, 아무 말도 하지 않았다.

찾을 거야.

하루히로는 되풀이해서 중얼거렸다.

"반드시 찾아낼 거야."

# 재와 환상의 그림갈 level. 18
## 세계가 나를 싫어한다

2022년 3월 8일 초판 인쇄
2022년 3월 15일 초판 발행

**저자** · AO JYUMONJI
**일러스트** · EIRI SHIRAI
**역자** · 이형진
**발행인** · 황민호
**콘텐츠4사업본부장** · 박정훈
**편집기획** · 김순란 강경양 한지은 김사라
**마케팅** · 조안나 이유진 이나경
**국제업무** · 이주은 조연희
**제작** · 심상운 최택순 성시원
**한국판 디자인** · 디자인 우리
**발행처** · 대원씨아이(주)

서울 특별시 용산구 한강대로 15길 9—12
편집부 : 02—2071—2093 FAX : 02—794—2105
영업부 : 02—2071—2061 FAX : 02—794—7771
1992년 5월 11일 등록 3—563호

http://www.dwci.co.kr/

원제 灰と幻想のグリムガル 18
© 2021 by AO JYUMONJI
First published in Japan in 2021 by OVERLAP, Inc.
Korean translation rights reserved by DAEWON C. I, INC.
Under the license from OVERLAP, Inc., Tokyo JAPAN

**한국어 판권은 대원씨아이(주)의 독점 소유입니다.**

이 작품은 OVERLAP 문고와 독점계약한 작품이므로 무단복제할 경우 법의 제재를 받습니다.
잘못 만들어진 책은 구입하신 곳에서 교환해 드립니다.
정가는 표지에 명시되어 있습니다.

ISBN 979—11—6894—344—5 04830
ISBN 979—11—5625—426—3 (세트)